ヒトの世界の歩きかた

イーライ・イーストン
冬斗亜紀〈訳〉

How to Walk Like a Man

by Eli Easton
translated by Aki Fuyuto

Monochrome Romance

How to Walk Like a Man
by Eli Easton

How to Walk like a Man

ヒトの世界の歩きかた

ローマン・チャーズガード

マッドクリークの保安官助手
もと軍用犬（ジャーマンシェパード）

マット・バークレイ

DEAの捜査官

ランス・ビューフォート

マッドクリークの保安官
ボーダーコリーのクイック四代目

ティム・ウェストン

ランスのパートナー
人間

※この二人の話は『月への吠えかた教えます』で読めます。

イラスト：麻々原絵里依

1　それは危険なタンジェリン

「いいか、ローマン、よく覚えておくんだ。この会合の間、犬っぽい言動は一切慎まねばならない。誰からも怪しまれないようにな」

「イエス・サー。警戒して当たります」

念を押されるまでもない。ローマンだって、いわゆる〝クイック〟――人間の姿になれる犬の変身能力者《シフター》――の存在が、ヒトに知られてならないことは承知している。

だがランスの不安もわかるし、あれこれ言うのも緊張からだろう。鼻の下に玉の汗を浮かべて車のハンドルを切るランス・ビューフォートを、ローマンができるだけこっそり嗅ぐと、警戒や不信がにおった。ローマンの内なる犬は、群れのリーダーの落ちつかない様子に「クゥン」と鳴きそうになるが、ローマンはそれを呑みこんだ。犬っぽい言動はなし。

ふたりは保安官事務所の白いSUVで、地域の捜査機関が集まる大きな会議のためにフレズノへ向かっていた。麻薬取締局《DEA》からの発表があるという場に、ランスはローマンの同行を求めた。単に長時間のドライブの連れがほしいだけかもしれないが、ローマンはうれしかった。マッドクリークの正式な保安官助手になってから、ローマンにはまた生きる目的ができたし、ランスの役に立ちたい。それに車に乗るのは大好きだ！　とりわけ自分で運転せず、開けた窓から片手を垂らし、肌を打つ風を感じるのは最高だった。

　窓を開けているので、九月のぬるい風のにおいが鼻に届いた。どこまでも続く針葉樹の中、ローマンは顔を風へ向けた。森の中で何かが死んでいるにおいだ――小さい動物、マーモットとかそんなたぐいの。車でなければ、気晴らしに見にいっただろう。だが、今日は駄目だ。今日は違うのだ。

　微笑んで、ローマンは風をつかもうとする自分の手を見つめた。今日の彼はヒトだ。今でも信じがたいが。この、手というやつは凄い。最近の彼は、人間の体の神秘にすっかり心奪われていた。〝活性《クイック》〟になって二年経っても、夢から醒めたようにはっとすることがある――そのたびにこれは現実だと再確認するのだが。

「かなり違うと思うんです」とローマンは指をひらひらさせた。「あなたのような生まれつい てのクイックと、後からクイックになった俺のようなものとは。ずっと、犬として生きてきたから」

「違うだろうな。まるきり」とランスがうなずいた。

「俺は、犬でいたことをよかったと思ってます。軍の特殊訓練犬《K-9》でいられてよかったと。ジェイムズのそばで」

ランスが無言だったので、ローマンは失敗したかとひやりとした。もしかしたら〝ヒトらしくない〟話をしすぎただろうか。ランスは群れの仲間だが、ボスでもある。咳払いして、ローマンは車の窓を閉めた。

「そう言えば、今日の会議では、どんな話をするんですか」

「わからん」ランスが眉根《まゆね》を寄せてフロントガラスをにらんだ。「いい話であるよう願うが、しかし――」

「うちの町では騒ぎは何もありませんし。麻薬の売人たちがティムの家を銃撃した、あの夜以来」

「わかっている。だが何か起こりそうな気がするんだ。こう……首筋がヒリつくような。もう何日も、嫌な予感がしてる」

ローマンは特に嫌な予感はしなかったが、黙っていた。ボーダーコリーのクイックであるランスには、自分のテリトリーへの強烈なこだわりがあるのだ。ローマンやほかのクイックがかなわないくらいの。そのランスが何か感じているのなら、きっと正しい。

ローマンの胸が騒いだ。

「銃を身に付けていくほうがいいでしょうか？」

ランスが笑った。

「いや、会議で何かあると思ってるわけじゃない。せいぜいコーヒーとドーナツとゴマすり連中くらいだろう、脅威と言えるものは。だがＤＥＡが何の話をするのか……こんなふうに呼び集められるのは初めてだ。麻薬組織の摘発があまりうまくいっていないのかもな。どんなふうにこじれているにせよ、マッドクリークと関係がないよう祈るだけだ」

「あったら困りますからね」

ランスの哲学はローマンも知っている——目につかないようにひっそりとせよ、人間世界にはできるだけ近づくな。マッドクリークの町が人里離れた山の中にあるのは必然なのだ。

「そうだよ、ローマン。とても困ることになる」とランスがむっつり言った。

少なくとも百人もの保安官やその助手、そしてほかの捜査機関の面々が集まっていた。ローマンはランスのそばを離れず、紹介されれば「どうも」とだけ言って口をつぐんだ。耳をかいたり、周囲の人間のにおいを嗅ぎたいのも我慢だ。軍にいた頃に見覚えた、武骨な軍人らしく振舞った。ヒトらしい自然な態度はまだ難しくとも、兵隊の真似なら心得たものだ。

それどころか、こうして制服姿の集団に混ざっていると、昔に戻ったようだった。アフガニスタンにいた兵隊たちよりここの人々は年上で、あれほどの活気も陽気さもなかったが。それでもローマンにも理解できるジョークがとびかい、互いに背中を叩きあったりしている。その上そう、コーヒーとドーナツがあった。白いアイシングつきのレーズンのドーナツがローマンのお気に入りだ。そのドーナツを六つ平らげたところでランスににらまれて、ローマンは食べるペースをゆるめた。

ドーナツのあと、報告の時間が来た。

森林局がまず報告を行った。でっぷりした腹と白髪頭の、年嵩《としかさ》の男が口を開く。

「昨年、カリフォルニア州では四百以上もの違法マリファナ農場が発見された。そのうち三百ほどが、シエラネバダ山脈にあった」

森を切り開いて土がむき出しになった一帯の写真が表示された。ビニールシートで作った巨大な溜め池もある。

「最大の問題は、公共の地と動物の棲息地への広範囲の損壊だ。これらの違法農場は大量の殺虫剤を使用しており、樹木を切り倒し、獣に毒の罠を仕掛けている。耕作用の貯水池を作り、何百ガロンという地下水を吸い上げて地域の水を涸らし、下流の水を横取りしている」

ランスの言ったとおりだ。いい話ではなかった。次々と続くスライドを見つめ、ローマンのうなじの毛が逆立つ。ローマンは自分のキャビンを取り囲む深い森を愛していたし、そこを駆け回るのが大好きだ。ヒトの姿でも、犬の姿でも。森は美しくて、生命にあふれている。こんなことを彼の森にされたらただではおかない。

「環境への影響のみならず、知らずに行き合わせたハイカーやキャンパーの身も危険だ。まさに去年、それが原因の殺人が十二件起きている。森林局の局員の身も危険にさらされている。

局員はこうした訓練を受けていないし、そんな高度な捜査体制もない。よって我々から州知事に、そして知事から大統領に、DEA捜査官の派遣を要請した」

続いてDEA——麻薬取締局——の男が話し出した。ディクソンという名の男だ。茶色の髪には白いものが混ざっていたが、体は締まっていて威圧感があった。ブルージーンズに金の〈DEA〉のロゴが入った黒いTシャツを着ていた。

「切迫した事態であることはあらためて言う必要もないだろう」とディクソンが切り出した。

「カリフォルニアにあるのはほとんどがマリファナ畑だが、アリゾナやテキサスでは阿片《あへん》や覚醒剤精製ラボがこのような森林公園内に増加している。幸い我々には、このカリフォルニア山中で合同作戦を行うだけの予算が与えられた」

ディクソンが町名のリストを表示した。マリポサ、オークハースト、ブライスバーグ、コールターヴィルなどの名がその中にある。その上、白黒のリストの中にはマッドクリークの名まであった。ローマンの隣に座るランスの体が張りつめて震え出していた。

「この新オペレーションを〈グリーン・ゴースト作戦〉と呼ぶ。今後十二ヵ月かそれ以上、これらの町へ、常駐の捜査官を派遣する。このDEA捜査官はきみらのオフィスに駐屯し、DEAの指揮下で地元との協力体制を構築する。我々には——」

「少しよろしいでしょうか！」とランスが勢いよく立った。

ディクソンがランスをじろじろ見る。

「何か？」

「リストにある町の保安官として、我々にも発言の権利はあると存じます。我々は余分な人材など要してはいない。現状で人手は余っておりますし、はっきり言ってマッドクリークの周囲にはいかなる麻薬取引の懸念も存在しない」

ランスは最大出力モードだ。響きわたる声に、自分に言われたわけでもないのにローマンは椅子でもぞもぞしてしまう。だがディクソンは目を細めただけだった。

「マッドクリーク？　ではきみは、ビューフォート保安官か」

「まぎれもなくそうです」

ディクソンがうなずいた。

「そうか、保安官、残念ながらきみらに発言権はない。これは連邦政府による作戦であり、実行に当たっては分析に基づいて場所を決定している」

スライドが切り替わると、リストにある町がシエラネバダ山脈上に点で表示され、それを線がつないでいた。マッドクリークはほかのどの町とも遠く離れ、重要な位置にあるのがローマンの目にもよくわかる。ランスにもわかったのか、腰を下ろし、青い目を不安げにギラつかせていた。ローマンは本能的に腕や肩をさすってなだめてやりたくなる。だがそれは、犬の作法だ。なのでじっとしていた。

ディクソンが続けていた。

「私はここから作戦指揮を取り、森林局との調整をする。町に派遣されたＤＥＡの現地捜査官はここへ報告を入れる。彼らは基本的に独立して行動するが、きみらの協力を要する時もあるだろう。怪しい地域の捜査などに。きみらにはなるべく――」

ランスがまたぴょんととび上がった。

「一言よろしいですか？　この〈グリーン・ゴースト作戦〉に当たる人員の追加が必要だというのなら、我々が自分で選んで雇うことはできませんか？　幾人かいい候補が――」

「ビューフォート保安官、派遣されるのは専門の訓練を受けたＤＥＡのエージェントであり、我々が雇用している。いいや、きみに雇ってもらう必要もないし、その人選にも服装にも、いちいちきみの口出しはいらん。我々が、捜査官を、きみたちの町に派遣させてもらう。きみらの好意に甘えてオフィスに間借りさせてもらうことになるが、彼らの上司はきみではない。これでわかったかね？」

ディクソンは忍耐の限界にきていたし、周囲の人々もご同様だった。何人かが体をひねってランスに刺々《とげとげ》しい目を向けた。もしかしたら――とローマンは思う――みんなあの白いアイシングのレーズン入りドーナツがもっとほしくて、さっさと切り上げて一刻も早く食べに行きたいのだろうか。

だがランスは意にも介さなかった。濃い黒髪、ターコイズブルーの瞳、絞った体つきと整った顔のランスは、迫力満点だ。ランスは肩を威圧的にいからせ、そのままずっと、ＤＥＡの男を見据えていた。ディクソンが視線を返す。ランスとのにらみ合いに勝てる人類は存在しない以上、先にディクソンが目をそらした。ランスのことを無視してスライドの説明に戻り、話を続ける。ランスは腰を下ろした。

ランスからあふれる怒りの波動がローマンにも伝わってくる。ランスの反発はよくわかった。マッドクリークの町に他所者《よそもの》が来るのが嫌なのだ。それもこんな、裏道のすみずみまでのぞきこみ、保安官事務所に居座るような捜査官など。ローマンもうなりを呑みこんだ。彼だって嫌だ。マッドクリーク保安官事務所が大好きなのだ。チャーリーと一緒のオフィスにはローマンの机もある。机や、ほかの持ち物にまでローマンの名前が小さく入っている！　事務所で働くのはクイックばかりだし、他所者にうろつかれたら常に気を使うことになる。

ディクソンは〈グリーン・ゴースト作戦〉についてさらに細かな説明を続けた。ローマンもなるべく聞こうとしたが、ランスの怒気に気を取られていたし、この作戦が彼の大事な皆や大事な町をスパイするようなものだと思うと不安で仕方ない。心がキリキリした。

マッドクリークの町は、多くのものたちの安息の地なのだ——善良で純粋な、時には迷える魂の。ローマンにはよくわかる。迷えるひとりとして。

会議が終わると、ランスは廊下の端にローマンを引っぱっていった。

「ここで待っててくれ。俺は担当者と話して、どうにかならないかたのんでくる」

ランスの青い目は激しく燃えて、見るだけでこちらの目が痛みそうだった。声はローマンにやっと届くほど低い。

「もっとも、あまり強くは言えないけどな、マッドクリークに変に注目されたくはない。畜生が。とにかく誰とも話さないでくれ、それに何も——おかしなことはするんじゃないぞ。いいな？　すぐ戻る」


ローマンは廊下で待った。

フレズノの郡保安官事務所は背の低い石の建物だ。壁に設置された木の厚板は写真や証明書、地図などで埋まっていた。ローマンは壁に背を向け、軍隊式〝休め〟の体勢をとっていた。保安官助手の服装——緑色のズボンとネクタイ、カーキ色のシャツにバッジ姿の彼を、人々はろくに目もくれず、ガードマンか置物であるかのように通りすぎていく。

皆、好き放題しゃべっていた。ローマンの耳に、何人かがランスについて洩らす文句が聞こえてくる。何が不満なのかただの仕切り屋なのか、それとも「何かやましいことでもある町なのか」と。ランスの言っていたとおりだ、あまり反発しすぎると怪しまれてしまう。制服姿の年嵩の女が自分の地区の薬物事件の話をしていて、ほかの人々は予算や痛む膝の話をしていた。皆、飲みすぎのコーヒーとファストフードのにおいを漂わせている——それと少し鼻につくオイルのにおい。ローマンはじっと立って待ちつづけた。

人々が出ていくと、廊下は無人になった。ランスはまだ戻らない。ローマンの目が男子トイレのほうへ動いた。マッドクリークまでの長時間ドライブの前に、やはりトイレへ寄っておきたい。ランスの許可を求めるべきだろうか。

本物のヒトなら許可を待つだろうか？　多分、違う。ランスは彼の上司であって飼い主ではないのだし。それにローマンはここで何かの番をしているわけでもない。待っているだけだ。

さっと踵《きびす》を返し、ローマンはトイレへ向かった。

ドアを押して入り、角を曲がる。白タイルの壁に三つの小便器が並び、二つの個室にシンクが数個。すでに男が一人いた。まさに小便をしているところだ。

ローマンはさっと目をそらしたが、ＤＥＡの黒いＴシャツがたくましい肩や引き締まった腰に張り付いているところはもう見た後だった。若く鍛えられた体はまるで兵士で、褐色の髪は後ろが短く、頭頂部では少し長めだ。その男の小便のにおいがねっとりと立ちのぼる中、ローマンは出入口に近い便器の前に立った。男から一番遠くに。近づくのはまずいとわかっていた。内心近づきたくて、クンクンとにおいを嗅いでみたくて、うずうずしていたが。

ヒトというやつは、時々やたらと面倒だ。犬の本能では、見知らぬ相手はまずにおいを嗅げばいい。はるかにわかりやすい！　ローマンは色々なにおいをしっかり分類して覚えこんでいるのだ。便器や木や草にかかった小便のにおいから、前に嗅いだ相手ならすぐわかるし、体調が悪いとか最近何を食ったかまで当てられる。

だが人間は、犬に股間を嗅がれるのを嫌がる。こっちもヒトの姿をしてる時となると、それはもう論外な行動で、喧嘩になってもおかしくない。ローマンはよく知っていた。まだちゃんとわかっていなかった頃、まさにそれで幾度も揉めたのだ。

ローマンはじっと下を向き、自分のモノをつかみ出して便器へ向けた。一瞬、つい時間を使って、もう一度宙に漂う尿の純粋なにおいを嗅いでしまう。そこから読みとれたのは……男、健康そのもの、繁殖期の盛り、しばらく砂糖は摂取していない、少しのビールの香り。男自身のにおいも嗅ぎとれた――温かく、かすかに汗ばんでいて、それも何か嫌なことがあったばかりのような刺々しい汗だ。

状況を把握して満足すると、ローマンは小便を始めた。顔は上げない。すませてズボンのファスナーを上げた時、まだ男が便器の前に立っていたので驚いた。男は、右手だけでズボンの一番上のボタンを穴に通そうと苦心していた。左手がスリングで吊られている。途端にローマンの心に、うなだれて足を引きずっていく犬とヒトの姿が浮かび、同情の思いがこみ上げた。アフガニスタン、アフガニスタン。

男はちらっと、情けなさそうな目でローマンを見た。

「案の定、俺は左利きときてね。ズボンなんてくそくらえさ」

何も考えず、ローマンは大股に一歩寄ると「やろう」と膝をついた。

ズボンの両側をつかんで寄せ、前を合わせてボタンを穴に通した。頭上で男が身をこわばら

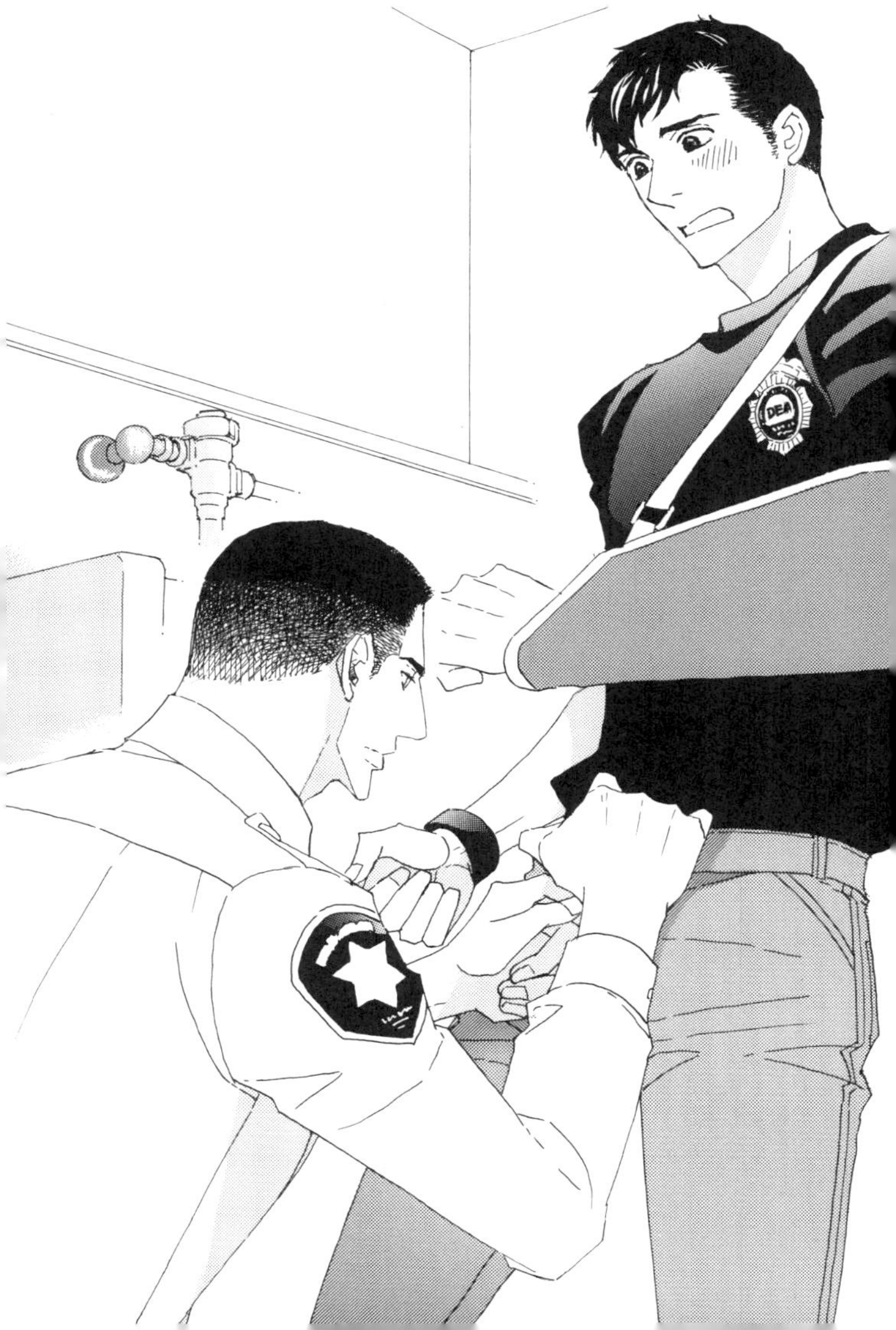
DEA

せ、右手をゆっくりとズボンから離した。ローマンはつまみをつかみ、ズボンを指で中から押さえながらジッパーを上げた。

「ほら」

手を引く時、ズボンごしに少し膨らんできた張りのある何かに指がかすった。同時に、雄くさいにおいが上がり、ローマンをとまどわせる。膝をついたまま眉間に皺を寄せた。やめられない——小鼻を広げて、もうひと嗅ぎしようと布ごしの膨らみを見つめた。このにおいは……麝香《じゃこう》っぽい。そしてタンジェリンのような——オレンジが熟して饐《す》えていくまさにその瞬間のようなにおい。いいにおいだ。すごくいい。

男が一歩下がった。

「どうも。俺は……えっと、今のは、うまいもんだな」

ローマンは立ち上がって男の顔を見た。表情を読むことには自信があるが、目の前の顔には当惑した。相手の唇はかすかに開き、ローマンには経験のない熱っぽい好奇のまなざしでこちらをうかがっている。

その表情が、ぱっと驚きに変わった。

「えっ、あんたはあの時の！」

ローマンも気付いて、一気に思い出していた。この男は、数ヵ月前の麻薬組織摘発作戦の最中にローマンが救出した男だ。アジト強襲の緊張と混乱の中——彼とランスがただ傍観しているべきだったあの時——遠くでこの男が撃たれるのを見て、ローマンは自制を失ったのだった。薄明かりで見えた、がっしりした顎と鼻の形がどうしてか……あの刹那、ローマンは彼をジェイムズだと信じた。そして銃火の中に突っ込み、自分の身だけでなくランスの身まで危険にさらし、作戦を台無しにしかかった。

二人とも無傷ですんだし、この男を安全なところまで担ぎ出せたが、運が良かっただけだ。あの失態はローマンの経験の中でも一番の恥だった——ヒトとしても犬としても。

どう反応したものかわからず、ローマンはひょいと首をすくめるとシンクの前に立った。水を出し、手から男の、そして自分のにおいを洗い流す。

「コアースゴールドで、俺を銃撃から救い出してくれたのはあんただろ」

男が隣まで来ていた。ほんの一歩先に。ローマンは鏡ごしに目を合わせた。男の茶色い目は大きく、睫毛が長く、張りのある顎が少しジェイムズを思わせる。熱心な表情だった。

「あそこで俺は——この腕をね。ひどく撃たれてさ」

スリングに吊られて胸元にたたまれた腕に、ローマンの目が行く。

「大変だったな」

「そこはまあ、ほら、現代の医学ってやつがあるから。リハビリとかなんとか。段々よくなってるよ。それにあんたに助け出されなかったら死んでたかも。でもあれは危険もいいところだよ、撃たれてたかもしれない！」

「わかってる」

自責の念で胸がうずいた。水を止め、ペーパータオルをつかむ。しばらくあの夜のことは考えていなかった。いい思い出じゃない。ペーパータオルを捨てて、ほかにどうしようもなく、振り向いた。男はそこに立ってローマンを見ていた。そのまなざしは鋭く深い。ローマンは落ちつかなくなってきた。

「ちょっと待ってくれ」男がローマンごしにのばした右手をシンクで洗い、拭いた。「これでよし」と照れたように笑って右手をさし出す。「握手したかったけどそのままじゃね。あんたの手はもう俺のをさわったようなもんだけど、せめてもの礼儀」

一瞬の尖った抑揚が、ユーモアなのだということまではわかったが、どこが笑いどころかローマンにはわからなかった。彼は男の手を握り返した。

「俺はマット。マット・バークレイだ。あんたのことを何度も考えてたんだよ。探し出して礼を言いたいとも思ったけど、てっきり民間人なんだろうと。保安官助手だったのか」

ローマンのバッジを眺めて、マットは彼の手を握ったままだった。ローマンも手を引かない。強くてやわらかいマットの手に握られているといい気分だ。誰かの手の感触が恋しい。

「今は。そうだ。保安官助手、ローマン・チャーズガード。マッドクリークの」

マットの顔を複雑な表情が次々とかすめ、ローマンの手を離した。

「あんたは……マッドクリークだったのか。ふうん」

「イエス・サー」

マットが横を向いた。「そりゃそうだよな」とひとりごちる。無事な右手で髪をぐしゃっとかき混ぜ、困ったように笑ったが、ローマンには意味がわからなかった。

「そうか、ローマン……あんたも、あの保安官みたいに非友好的な姿勢なのかな？」

どう答えればいいのだろう。人間の言葉の裏を読むのはあまり得意ではないローマンでも、この男がランスに好意を持っていないのは感じる。ランスを悪く言うようなことはしたくない
ローマンは、ただ黙っていた。

マットが首を振り、出口へ向かった。

「わかったよ。まあ、いい。とにかく。さっきも言ったけど——ありがとう」

がっかりさせてしまったのがわかったし、残念だった。マットのことは嫌いじゃない。それどころか軍人風の動きかたや短髪がとてもよかった。なつかしい日々を思い出す。それに、見ていたい顔だ。

「さよなら、マット・バークレイ」とローマンは声をかけた。「きっと、また」

「ああ、また会えるよ」

マットが不思議な笑みを返した。

2　誰が見張りに鈴をつける？

〈犬のキオク　1〉

最初のはっきりした記憶は、ジェイムズ・パトソン軍曹に会った日。

ローマンは、犬舎の中にいた。清潔だし広々としていたが、それでも遠くに見える緑の草地に行くのを邪魔する固い金属のワイヤーフェンスが大嫌いだった。走りたくて全身がうずうずした——息の続く限り、肺が焼けて足が動かなくなるまで走りたい。それに淋しかった。人間がやってきては食べ物をくれたし、たまにはなでてもくれたけれど、いつも去っていった。

ジェイムズが来るまでは。

ジェイムズは、誰かと一緒に犬舎まで歩いてきた。二人とも緑色のシャツと、緑と茶色の斑点のズボン姿だった。二人は犬舎の中に入ってきた。

「やあ、いい子だな」とジェイムズが片膝をついた。

「ローマンて名前だ」と連れがくたびれた声で言った。「あんたがまだ見てない犬はこいつだけ。俺としちゃ、こいつが一番いい犬だと思うね」

「よろしく、ローマン」

　ローマンの耳と首をなでるジェイムズの手は力強く、とても気持ちが良かった。ジェイムズからはいいにおいもした――明るい光とか温かな毛布とか陽光の下でかくちょっとの汗とか、そんなにおいだ。ジェイムズはローマンをじっくり眺め、大きな手を後ろ脚に這わせた。片脚を上げて、膝で曲げ、肉球にさわってきてもローマンは好きにさせた。

「いい血統だよ」と連れが言った。「純血のジャーマンシェパードだ。父方は三世代続けての軍用犬、母親はドッグショーで優勝してる」

「すごくきれいな犬だな」とジェイムズが呟いた。

「ただ、若いけどな。一から教えこまないとならないぜ、軍曹」

　ジェイムズは何も言わず、ローマンの顔を手ではさんでじっとのぞきこんできた。その瞬間、ローマンは見通されているのを感じる。ジェイムズが彼の心までのぞきこんできたように。

「お前はいい子にできるか？」ジェイムズが優しい声で聞いた。「お前は勇敢か？」

　ローマンがとび上がってジェイムズの顔を舐めようとすると、鼻がぶつかった。ジェイムズが笑った。

「どうやら一つ目の答えは〝ノー〟、二つ目は〝イエス〟だな。この犬には何だか特別なところがあるね。何かはわからないが、間違いなく特別だ」

ジェイムズはローマンの耳をさすり、大きな笑みを浮かべた。不意にローマンはこの人間につれていってほしくてたまらなくなる。そして、かなったのだ！　犬舎を去る時、ジェイムズはローマンの首輪に綱をつけて一緒につれていった。

あの日の、純粋で燃え上がるような喜びを、ローマンは今も思い出せる。あの日、未来が始まったのだと信じていた。自分はジェイムズのもので――そしてジェイムズは彼のもので。行く先は見当もつかなかったが、すごく楽しいだろうとわかっていた。とても待ちきれない！

「父さん、言っただろ、ルーシーは俺と同棲を始めるわけじゃない。住むところがなくなったんで彼女が何週間かうちに泊まるだけだ」

『そんな馬鹿な言い訳は聞いたこともないぞ。これが神の啓示でなければ何だと？　まさに結婚のタイミングが来たんだ――お前は新しい町で暮らしはじめ、彼女は家を必要としている。いい加減、マシュー、行動に出ろ！　何を怖《お》じ気《け》づいている？』

「別に怖じ気づいてなんかいないよ、父さん」マットはできる限りおだやかに言い返した。「そんな段階じゃないだけだ。俺の任務がいつまで続くかわからないし、ルーシーは学位の勉強が――」

『結婚したら学位は取れないとでも？　馬鹿を言うな。お前の母親はお前と兄が素っ裸で砂場を走り回ってる間に学位を取ったんだぞ。お前の態度は恋人に不誠実だ。男になれ、いいから——』

父は話しつづけた。マットが借りたばかりのキャビンの居間を、箱をかかえたルーシーが歩いていく。彼女がマットのほうを向き、寄り目になって顔をしかめた。マットは首を縄で吊られる真似をして「うえっ」と音を立ててみせる。ルーシーが笑った。

『何か言ったか？』

父が叱責《しっせき》を止めてたずねた。

「ああ、ご近所の犬だよ。なあ父さん、俺は出かけないと。保安官事務所に行って、月曜の準備が出来てるかたしかめておきたい」

電話の向こうから重い溜息がした。トーマス・バークレイ将軍を黙らせられるものがあるなら、仕事の邪魔はしてはならないという信念だ。仕事優先、いついかなる時も。

『わかった。この件について私の意見はよくわかっただろうしな。考えることだ。お前にとって新たなスタートなんだぞ。しかも、ルーシーと一緒に暮らすんだ。婚前なのにそんないい加減なことでいいのか。そんな扱いは、その娘に失礼だ』

「ルーシーと話し合うから、父さん。いいね？　もう行くよ」

『気を引き締めろ』

父は、まだ不機嫌そうな声のまま電話を切った。

「まったく！」とマットは呻いた。「きみが来れば父さんが大騒ぎを始めるって、思ったとおりだよ」

「悪かったわね」ルーシーが口をとがらせた。「でもありがたいとは思ってるのよ。たった二ヵ月で次の部屋を探すのは大変だし、うちのいとこの誰かに泊めてもらったらエルナンデス家のママ連合に頭が上がらなくなっちゃうし」

「わかってる。いいって」

ルーシーは一月からロースクールに通うことになっていて、十一月末の感謝祭から新年までは家族のところですごす予定だ。それ以上の〝家族団らん〟には彼女の神経が参ってしまうだろうと見て、マットはここを避難所に提供したのだった。

「それにこの山の空気はもう最高よね。落ち葉とさわやかな空気！　サマーキャンプに来た気分。本当、焼きマシュマロ食べたい！」

マットは揺れる息を吐き出した。父親とのああいう会話が大嫌いだ。嫌でたまらない。

「そりゃよかった。でも俺たちは感謝祭の頃には破局してみせないとな。父さんは結婚の話となるともう頭に血が上っちゃって、今や俺がきみに『不誠実だ』とか『失礼だ』とか叱りつけてくる。まったく」

「あなたのお父さんはカッカするのが仕事みたいなもんよ。そういうひとだもの」

「まあな」

「でも破局はもうちょい早めのほうがいいかもね。うちのママが、結婚式の計画をがっつり立てちゃう前に」

「は？」

ルーシーは申し訳なさそうだった。唇を嚙む。

「うちのパパがどれだけ保守的か知ってるでしょ？　言えるわけないじゃないの、秋の間はあんたと一緒に住むなんて――ほら、その、婚約したとか、そうでも言わない限りはさ……」

「ルーシー！　冗談じゃないぞ！」

時々、マットは自分が異性愛者《ヘテロ》だという嘘とごまかしが、まるでブラックホールのようにどんどん周りを呑みこんで拡がりつづけているような気がする。

「大丈夫よ！　婚約ってだけで結婚じゃないし！　婚約者との破局なんてよくあることだし、なんてことないわ」

「お前の父さんに殺されるよ」

「それより先に自分の父さんに殺される心配をしなさいよ」

ルーシーがにやっとウインクした。このルチアーナ・エルナンデスはマットのとてもいい友人で、かつ、偽装カップルの共犯者でもあった。カリフォルニア大学バークレー校の、司法制度のクラスで出会った一年前から。豊かな黒髪をポニーテールにして眼鏡をかけた彼女はいかにもかわいい秀才娘という感じだった。ルーシーにとっても都合が良かったのだ、マットとつき合っていると皆に思いこませておくほうが。ルーシーの両親はとても保守的で、娘が司法の道を志すことまでは大目に見て、それなりに自慢に思っていたが、夫と子供を持てと毎度口やかましくルーシーに迫っていた。

くそう。婚約だと。どうしてこんな面倒なことに。

(嘘をつくからだ)

とにかく今は考えたくもない。もっと大きな仕事が目の前だ。

「じゃあまあ俺は、さっきも父さんに言ったけど、あれはでまかせじゃないし、保安官事務所に顔を出してくる」

「まだ土曜じゃないの、ダーリン《カリーニョ》。仕事は月曜からでしょ?」

「そうだよ、でも俺がどんな穴蔵に押しこまれるのかたしかめて、机がわりの段ボール箱を設置してきたくてね。ほかに喧嘩腰の相手がいるなら先に知っておきたいし」

「それは夢いっぱいの話ねえ」とルーシーがからかった。

ランス・ビューフォート保安官のオフィスで働くと思うと、気が滅入る。そこは否定しようがなかった。どうやらビューフォート保安官の異議申し立てはフレズノのあの会議だけでは終わらず、ぴしゃりと拒絶されるまでかなり度を越したことを言ってきたらしい。そのせいでマットの上司ディーン・ディクソンは、マッドクリークの町で何かうさんくさいことが起きているのではないかと怪しんでいた。マットとしてはそんなことはないと願いたい。赴任先の仲間を密告するのはマットのキャリアにも血圧にもあまりいい影響を与えまい。これはマットがＤＥＡ捜査官として初めて単独で当たる任務で、しっかりやりとげようと決心していた。

そっちに比べれば、ルーシーとの状況など他愛《たあい》もない話だ。

「今日は来てないかもよ、あなたを嫌ってるその保安官さん」

「かもな」

ルーシーが目を細めた。

「あら、違うんだ？　会いたい相手は保安官じゃない、あのイカした助手のほうね、でしょ？　あなたの命を救ってくれた？」

マットはもぞもぞと身じろいだ。保安官事務所へ行くのはローマン・チャーズガードに会いたいからではない。絶対に違うとも。

「言っただろ、ルース。あの男はイカしてるけどちょっと風変わりなんだ。何だか変な男だよ」

見知らぬ相手のために銃火の中に走りこんだだけでは甘いと言わんばかりに、ローマンは男子トイレでマットのズボンのジッパーを上げ、誘われてるのかと思ったマットの目をただきょとんと無頓着に見つめていた。あんな行動に出る男がどこにいる。少なくとも、フレズノの保安官事務所のトイレにいるのはおかしい。

風変わりだろうがなかろうが、ローマン・チャーズガードは色気の塊のような男だった。背が高くて一九〇センチ近い上、陽をさえぎるような広い肩で、息を呑むほど鍛えられた体、大きな手、大きな足、長い顔にこの上なく優しい目をしていた。黒っぽい無精ひげ、軍隊風に刈上げた濃い黒髪。耳はぴんと突き出して、しかも榴弾を受けたように右耳の端がちぎれていた。その傷で、マットの心はぐっととらえられた。ちょっと間の抜けた形の耳だが、同時に傷のおかげで不敵な戦士の雰囲気がある。マットは少しばかり軍人に傾倒していて――少しではないか？　――ローマン・チャーズガードにはその趣味ど真ん中を撃ち抜かれていた。

「でしょうねえ。あの軍人さんに会いたいわけじゃない、と。了解。あんたが出かけてるうちにキッチン用品出して片付けとくわ、いい？　優しい友達だよね！」

「自分の昼飯作りたいからだろ？」とマットが返す。ルーシーが笑った。

「疑り深いんだから、マッティ。そこ悪い癖よ。帰りに店に寄ってグラハムクラッカーとチョコレートバーとマシュマロ買ってきてね。あ、カボチャも！」

「まだ十月に入ったばかりだぞ」とマットはぶつぶつ言った。

「いいじゃない、山の中に来たんだもの。秋を目一杯満喫しなきゃ！」

己にもそんな余裕があるようにと、マットは祈った。自分の秋は悲惨なものになりそうだという予感があった。

マットは、自分の赤いジープ・チェロキーをメイン通りの保安官事務所前に停めた。車を降りて周囲を見回す。町のたたずまいは素朴で質素だった。カリフォルニアの山中によくある町のようにウェスタン風の街並みを真似てもおらず、町の中心部にはアイスクリームの店もマクドナルドも、モーテルすらなかった。旅行者お断り、とすら見えるくらいだ。建物はほとんどレンガ造りで、頑丈だが飾り気がない。窓辺を彩る花箱のひとつもない。公園はあって、大通りの右手に四ブロック分の緑地が広がり、どんよりと肌寒い日だというのに住人たちがうろついていた。

飾り気のない町並みであっても、それとも逆にそのせいか、小さな町には心地いい活気があった。どこか……生き生きとしている、とマットは思う。公園でくつろぐ妙に大勢の人々のほかにも、赤いネオンサインで〈デイジーのダイナー〉と表示されたかわいいレストランがあって、ウインドウ越しにほとんどのテーブル席が埋まっているのが見える。歩道にも人がいた。郵便局では、かなり生え際の後退した耳の大きな男性が、小太りの男性相手に熱っぽくしゃべりまくっていた。町のそこかしこで数人のグループがただ立って会話したり――。

いや、ちょっと変だ。眼鏡をかけた若者が、歩道で行き合った男と、互いに体を擦り合わせていた。マットは目を細めてよく見直す。性的な感じはしない。これ以上ないほどそぐわない取り合わせで、眼鏡の若者のほうが二十歳以上年下だろう。だが、彼らは胸や脇などを相手と擦り合わせ――若者はその動きをくり返そうと向きまで変えた――そして立ったまま何事もなかったかのように話し出した。

ハイタッチの新しいバージョンか？　しかし、流行りのジェスチャーで挨拶しあうようなタイプにも見えない。仲間同士の秘密の仕種？　ふうむ。

とは言っても、マットの当面の問題ではない。時間の無駄だ。首を振り、マットはこれから十二ヵ月間の自分の拷問房となる場所へ向かった。マッドクリーク保安官事務所の前には木目調の茶色い看板が出ていた。一階建てのレンガの建物には大きな窓があり、外付けのブラインドは半開きだ。

心を決めると、マットはドアを開けた。頭上で小さくベルが鳴った。

建物の中は肌寒く、暖房はつけていないようだ。真正面の受付机の後ろに女性が座っていた。とてもふわふわの長い金髪で、八十年代なら違和感がないような化粧をしている。二十五歳とも四十歳とも言えるような顔だった。大きな茶色の目と人好きのする顔立ちで、鼻は長く、陽気な笑顔だ。名札には〈リーサ〉とあった。

「いらっしゃい！　ご機嫌いかが？」と彼女がはずんだ声でたずねた。

マットは誰かいないかと周囲を見回し、自分が話しかけられているのをたしかめた。

「ええと……いいよ、そっちは？」

「すごくいいわよ！　何かお手伝いできることがあるかしら？」

「こちらにいるかな、その――」ビューフォート保安官だ、ビューフォート保安官。「――チャーズガード保安官助手が。いやそれか、ビューフォート保安官は?」

「いるわよ!」

リーサがただにこにこと微笑みかけてくる。マットはうなずいた。

「そうか。よかった。じゃあ伝えてほしいんだが……」なんなんだ、これは。「ビューフォート保安官に、DEAのマット・バークレイが――」

向こうで同時に二つのドアが開いた。ビューフォート保安官とローマン・チャーズガードが隣り合った戸口に立って、マットをじっと見つめていた。いや、そこまで聞こえるほど大声じゃなかっただろう。

ビューフォート保安官は変わり者だ。かなり若く、見た目もいい。黒髪に青い目、筋肉の形が浮き出しそうなぴったりの制服。どこかの世界で出会っていたらいい男だとそそられたかもしれないが、あの刺々しい態度はありえない。今も彼はマットのことを、窓に描かれたエグい落書きのようににらみつけていた。〈マッドクリーク最低〉とでも書いてあるのか。〈ビューフォート〉と〈マザーファッカー〉を組み合わせたフレーズとか?

チャーズガードのほうはと言えば、この男が何を考えているのかも謎だ。ぴたりと動かず、表情ひとつなくマットを凝視していた。

チャーズガードの目は金褐色だ。敵意はない。好奇の目、と言ってもいいか。まったく、なんてたくましい肩だ。

マットは視線を引きはがし、上司のほうに声をかけた。

「ビューフォート保安官？　俺はマット・バークレイ。ここを担当するＤＥＡの捜査官です。任期は月曜からですが、挨拶しておこうと思って。机の準備も、もし出来るなら」

ビューフォートとはまだ距離がかなりあって、握手を求める義務感は感じずにすんだ。しかも一歩も近づいてこない。

「少し失礼」とビューフォートが低く固い声で言った。「助手と話がある」

彼はローマンを向いて自分のオフィスへ首を傾けると、一緒に入っていってドアを閉めた。

マットはまばたきした。まあ、これは……予想どおりひどいスタートだ。

「肉汁《ブロス》飲む？」とリーサが陽気に聞いた。

「え？」

「ブロスよ！　牛肉のゆで汁と鶏のゆで汁があるけど。すごく！　美味しいの。コーヒーのほうが好きならそっちもあるわ！」

「その……俺はコーヒーのほうがありがたいな、どうも。でも自分で取ってくるよ」

リーサの機嫌はとにかく損ねたくない、なにしろこのオフィスで唯一マットを歓迎してくれている相手だ。軍とＤＥＡでの経験からいって、お茶汲みを期待されることほど女性を怒らせることはない。

「あら、いいのよ！　手間なんかじゃないから！」

リーサは立ち上がるとスキップを――本当にスキップを――しながら廊下の奥へ向かった。きっとコーヒーと……ブロスのある場所へ。

マットがこの町に来てたった一時間だが、マッドクリークはこれまで訪れたどこよりおかしな町だった。

ランスはオフィスをうろうろと、険しい顔で歩いていた。

「どうにか避けられないかとあらゆる手は尽くしたんだが。どうやら、マット・バークレイと最低一年間はつき合わねばならないようだ」ここで足を止め、ふと考えこんだ。「あの男が尻尾を巻いて逃げ出してくれれば別だが」

その発想もランスの目にともった光も、ローマンは気に入らなかった。

「でも言っていたでしょう、あまり強く言うと逆に怪しまれると」

「もう手遅れだ」とランスがぼやいた。

「マットがここにいるのも悪くないかもしれません。俺とあなたとチャーリーだけでは手が回りきらない。薬物組織対策のパトロールも計画通りにいっていませんし」

ローマンが保安官事務所で働き出したのはこの春のことで、ランスがこの地域にマリファナの栽培人たちが入りこんでくるかもしれないと恐れた時だった。ローマンは群れのボランティアたちで巡回パトロールを組織した。だが正式な保安官助手となって数ヵ月、何かと手が空かない。群れの誰かを助けたり、足りないものはないかと立ち寄ったり、道の崩落や迷いこんだ野生動物への対処があったり、ランスに言われて町に来た他所者を見張ったりで。

定期的に町の皆を見回ったり手を貸すのは好きなのだが、フレズノでのあの会議以来、ローマンはマリファナ栽培業者のことが気にかかっていた。マッドクリークは何千エーカーもの自然に囲まれていて、それを守らねばならないのに、今はろくに手が回らない。

ランスが額をさすった。

「人手がありがたくないわけじゃない。だが訓練された捜査官が四六時中町にいるとなると……馬鹿でなければ、真実に気付かれてしまう。経験の浅い男なのがせめてだが。記録によれば最近までＳＷＡＴに所属していた。射撃向きで、捜査は苦手なタイプであるよう祈ろう」

「ですが前に、人間は我々の存在をなかなか信じないと言ってましたよね？　変身など、おとぎ話の怪物のすることだと思っているから」

うろつきながらランスが鋭くローマンを見た。

「まさしく。バークレイもその手の堅物だといいが。エキセントリックな住人が多いだけだと言いくるめられるかもしれないな。問題はだ、町には今、若いクイックが大勢いる。群れの集会でどれだけ口酸っぱく言おうが、若いのはどうしてもボロを出す。まだ未熟だからな」

「そのとおりです」

クイックになってすぐの自分がどうだったか、ローマンも覚えている。どれほどの失敗をやらかし、周囲から奇異の目で見られたか。ヒトになるまで気付きもしなかった、数えきれないほどの細かな人間らしさというやつ。

「俺に何かできることはありますか？」

ランスが足を止め、ローマンの両腕をつかんだ。

「こういうのはどうだ。今日、バークレイの写真を撮る。書類のためだとか言ってな。それで今夜、群れの集会を開くんだ。あの男の顔と、彼と関わらないようにするのがどれだけ重要なことかを、皆に伝える。あの男の前では行動に注意しろと」

「名案です」

「その上でやはり――バークレイを町から遠ざけておければ、そのほうが安心だ。彼は違法なマリファナ畑を探すために来たのだから、毎日そうするよう仕向けよう」

「どうやって？」

ランスがニヤッと、獰猛に笑った。

「今から、きみの仕事はバークレイのそばについて回ることだ。いいな？　地元の案内役としてバークレイを担当してくれ。車であちこちを案内し、新しい場所へつれていく――誰も住んでいないところにだ。わかるな。できる限りあの男を町から引き離すんだ。このオフィスでは、きみの隣にデスクを置き、背中は窓に向けさせる。しばらくチャーリーには別の部屋に移ってもらおう。こうしておけば、バークレイが誰かに電話したりメールすれば、きみにも大体のことがわかる。彼が怪しみはじめたなら、すぐ気付けるだろう」

ローマンはうなずいた。大きな責任だが、ランスに信頼されているのがうれしい。

「私のほかの任務についてはどうしますか?」

「必要なことはチャーリーと俺で対処する。きみの最優先の仕事はバークレイだ。彼にクイックのことを勘付かれたら……神のみぞ知る、だ」

ランスは苛々と髪をかき回した。

「こんなことをまかせてすまない、ローマン。だがこれが最善の手だと思う。とは言え、用心してくれ。彼と長時間すごしながら自分のことを隠すのは簡単ではないだろう。できると思うか?」

「イエス・サー!」

心から、ローマンは答えた。本気だ。マッドクリークの町は、希望を完全に失っていたローマンに帰る場所と生きる目的をくれたのだ。そして今、この群れをこの手で守らねばならない。マット・バークレイが真実に気づかぬよう、全力を尽くす覚悟だった。

3　犬と思春期

〈犬のキオク　2〉

「がんばれ、ローマン。お前ならできる。お前なら大丈夫だ！」

ローマンは震えていた。空から叩きつける冷たい雨で、毛皮はずぶ濡れだ。頭から流れ落ちる水が目に入る。ハッハッと息をつき、後ろ脚を折って泥にぺたりと座りこみ、疲れきり、もうあきらめたくてたまらなかった。

片足を上げ、泥の上に横たわりかかる。もう寝ないと。だがジェイムズがそこにいて、彼を見つめ、待っていた。ジェイムズを置いて倒れるわけにはいかない。

ジェイムズがしゃがみこみ、ローマンの目をのぞきこんだ。

「寒いしずぶ濡れだよな、チビ。だけど戦場ではもっとひどいことがあるかもしれない。コースが濡れてるからって何だ——お前ならできる。ローマン、わかるか？　お前ならできる！」

その頃のローマンには、ジェイムズの言葉はほとんど雑音のようで意味などわからなかった。

だが、声にこもった励ましと命令は聞きとれたし、自分がするべきことは理解できた。障害コース自体にはすっかり慣れていたが、難易度が次々と上げられていくのだ――壁を作り、障害物を追加して。今回のコースには建物があり、ローマンは樽から屋根に飛び移らねばならなかった。急勾配の屋根は雨で滑りやすい。そこからもう四回も落ちていて、ローマンは怯えていた。腰が痛いし、脚が震えている。

「ローマン！　こっちを見るんだ」

ローマンは屋根から目を離し、ジェイムズの顔を見た。

「がんばれ。一回うまく走りきったら、帰れるぞ。熱い風呂に入れてやる。それにほら……」

ジェイムズが何かをポケットから出した――缶だ。ローマンはクゥンと鳴いた。蓋に描かれた形から、中に何が入っているのか知っている。魚だ。油に浸かった美味しい魚。味もだが、ねっとりしたにおいも同じくらいたまらない。ローマンの大好物！

「わかるだろ？　最後まで走りきれ、相棒、そしたらこれはお前のものだ。お前ならできる。一気に走れ。思いきりあのタイルを突っ走ってこい。行くぞ！　一発勇敢なところを見せてくれ！」

ジェイムズの声は低く揺るぎなかった。ローマンの全身が、それに応えようとうずく。深い溜息をついて立ち上がった。ジェイムズと一緒にコースのスタート地点まで小走りで向かうと、体をたわませて合図を待った。

ジェイムズがさっと右手を振った。行け！　ローマンは走った。木のスロープを駆け上がり、細い板を渡る。その間も雨が叩きつけ、ジェイムズはローマンの横について命令を放っていた。ローマンが空すら飛びたくなるような声で。

三つの輪にとびこみ、抜けた。いつもなら輪は燃えているが今日は違う。それから身を縮めて二枚の壁の間を、頭上で動く丸太を避けて腹ばいに抜けていった。大音量の轟音が鳴り響く。タタタッ、タタタタ！　それを無視した。

「行けローマン、飛べ、飛べ！」

次は屋根だ。ローマンは箱の上にとび上がり、錆びついた樽にのった。身構え、力をかき集め、力の限りに屋根へ跳ぶ。濡れた樽で爪が滑ったが、全身の勢いを使って屋根のてっぺんへ、その向こうへと駆け抜けた。

逆側の斜面でつるつると滑りながら、地面へ無事に下り立った。次は何回もこなしてきた木の梯子、それからとがった石だらけの台、そして下りの梯子。その次はいつもジェイムズから「屈め」と命じられるところで、今もジェイムズはその命令を怒鳴っていた。ローマンは身を低くして、長く狭い筒にもぐりこんだ。

逆側から出てきたローマンを、ジェイムズがしゃがみこんで待っていた。

「やったな！」

ジェイムズはローマンを引っつかむと抱きしめた。訓練中は甘い顔は見せないジェイムズだが、任務が終わって兵舎に戻るといつもローマンをかわいがってくれた。ふたりは毎晩ジェイムズのベッドで眠った。ローマンが食べるものはジェイムズがその手でくれたものだけ――ほかの兵士たちがこっそりくれるおやつは別にして。ふたりは片時も離れなかった。

そして今、ローマンは訓練をやりとげたに違いない。ジェイムズに抱きしめられている。いい気分だった。ローマンはぐったりした頭をジェイムズの肩にのせた。自分の力を出しきり、それをジェイムズが喜んでくれているのが幸せだった。幸福で、誇らしい。温かな幸せの玉を呑みこんだみたいに。

「お前は世界一の犬だよ、知ってるか？」

ジェイムズが低く途切れる声で囁きながら、ローマンをきつく抱きしめた。その声には深い思いが満ちていた――愛と、入り混じった悲しみ。

そしてローマンには……よくわかった。言葉が染みこんできて、理解できていた。ジェイムズはローマンをきつく追いこんだことに――仕方なくとは言え――罪悪感を覚えていて、ローマンが無事やりとげてほっとしているのだ。

いいのだ、とローマンはジェイムズの耳をなめた。

その時、ふっと奇妙に、目の前が透きとおる感覚があった。いきなりわかったのだ、自分とジェイムズはチームなのだと。ふたりで一緒に働いているのだと。ローマンは犬で、ジェイムズは人間、ローマンのハンドラーだ。そしてローマンは、こんな重要な仕事を与えられた自分を、ジェイムズのようないいハンドラーと出会えたことを、何より幸運だと思う。心からジェイムズを愛していた。ジェイムズのためならなんでも――どんなこともできる。自分のこの体でできることなら。もしかしたら、それ以上のことまで。

それがローマンにとって初めての、不思議な自意識の目覚めであった。そして、それは一度では終わらなかった。

月曜の朝、ローマンはマットの到着を待っていた。マットのデスクのそばに直立不動で立ち、入ってくるマットを出迎える。

「保安官の指示で、今日はこのあたりを案内する。以前、マッドクリーク周辺の対薬物組織パトロールを俺が指揮した。その時にどこまでやったか見せよう」

「わかった。それでいい、楽しみだよ」

マットはスーツとネクタイ、白いシャツという姿で、左手を黒いスリングで吊っていた。肩に帆布のバッグをかけ、右手にサーモスのカップを持っている。

「メールをチェックしようと思って来たんだけどね。ダイナーで朝飯も食おうかと。まだ七時にもなってないよ」

そう言ったマットに、ローマンは茶色い紙袋をかかげてみせた。

「デイジーが卵サンドイッチを作ってくれた。車は前に停めてある。行こう」

メイン通りには、車に乗りこむふたりの姿しかなかった。ローマンの車は脇に金の保安官事務所のロゴが入った白いピックアップトラックだ。古い車種だとランスは言っていたが、そんなのはかまわない。ローマンは熱烈な愛着をこの車に抱いていた。この車を運転するのはいつでも歓迎だし、早速朝からマットを町の外につれ出せそうでほっとしていた。

この車でローマンが一番気に入っている部分は、電動の窓だ。運転しながら、この窓を開け閉めして遊ぶのが好きだ。だがランスにそれは「人間らしくない行動」だと言われていたので、マットを乗せている間は我慢するしかない。

「じゃあ……今日は、具体的にどんなことをする予定なんだ？」

マットは助手席でシートベルトを締め、サーモスのカップからコーヒーらしき香りの液体を飲もうとしていた。

「地図を持ってきた」とローマンは車の後部を頭で指した。「谷を見渡せる尾根がある。そこからなら、対策を取れた場所と取れていない場所がよく見える」

「じゃあ山登りか？」

「片道たった六キロくらいだ」

マットが目を丸くした。

「往復十二キロ？　行く前に俺の家に寄ってくれ、こんな格好じゃ駄目だ」

マットは自分の借りているキャビンの場所をローマンに教えた。ローマンもランスもチャーリーも、そして週末の群れの会合にやってきたクイック全員が、マットの家の場所などとうに把握しているとも知らずに。嘘が苦手なローマンは、とにかく無表情でマットの指示通り運転した。マットが着替えてくるまでキャビンの外で待つ。

出てきたマットは、最新素材の灰色のズボンに無地の白いTシャツ、薄手の上着に登山靴、茶染めのアームスリングという姿だった。

助手席のドアを閉め、マットは微笑した。

「スーツ姿とは一時間でお別れか。不満はないけどね」

「今の服のほうが似合っている」とローマンは礼儀正しくほめた。

マットに奇妙な目で見られたが、その理由がわからなかったので、そこから三十分ほどローマンは口をとじ、やがて車は土の道の入り口、目的の細い山道に着いた。

ローマンは車からバックパックを引き出した。

「地図は持っていって上で見せる」

「いいバックパックだね。俺もそういうの持って来たかったけど、まだ箱のどれかに埋もれてて。でもポケットに色々入れてきた」とマットは上着のポケットから水のボトルを、ズボンのポケットからカメラと携帯を取り出してみせた。「ナイフは要らなくて助かったよ。ナイフまでポケットに入れてたら、明日にはソプラノで歌う羽目になるからな」

何故ここで歌の話が出てきたのかローマンにはわからなかったが、返事をしないとという義務感に駆られた。ローマンのバックパックは、ダイナーへの忘れ物を保安官事務所が引き取ったものだ。くすんだオレンジ色で、あらためて見てみるとたしかに「いい」バックパックのような気がする。それを背負った。

「背中に物を背負えるのはとても便利だ」

マットが、少し意表を突かれたように笑った。

「そう……だね。卵サンドを忘れないでくれよ。さっきからずっといいにおいがしてて。まず食ってから登ろうか？　腹が減ったよ」

「先に食べよう」

もうほとんど八時だ。空は明るくなってきたが、まだ朝露に濡れた草のにおいがしていた。ローマンの大好きなにおいだ。紅葉の香りもする――無数の緑の先端が枯れていく、かすかに焦げたにおい。じき落ち葉になって足裏で砕ける。あれも大好きだ！

マットはボンネットによりかかってサンドイッチを食べていた。ローマンも真似した。

「仕事という気はしないな」

マットが呟いた。いい声だ。これを表す言葉をリリーの教室で教わったのだ。メロフェアス？　マロディアス？　そんな感じの。力強くて深い響きのある声で、そこに大体いつもユーモアがにじんでいる。まるで彼の声に微笑みが隠されているかのように。マットの声を聞くとローマンの耳がピンと立ち、胸がざわつく。

「仕事だ」ローマンは答えた。「山で違法な薬物活動をさせないために来ている。だから山を見回らないと」

「わかってる。全然、不満とかじゃない。オフィスの中よりここのほうがいいよ。腕の負傷でSWATから蹴り出されて、デスクワークの樽腹になるのを心配してたし」

マットは締まった腹をポンと叩き、包み紙を丸めて袋に放りこんだ。

「行こう、ローマン。とりかかろう」

ローマンはいつものように大きな二口で食べ尽くさず、もっとお行儀よくサンドイッチを食べているところだった。最後のかけらを食べ終えると、丁寧に指を舐めていく。マットがじっと凝視していたので、急いですませると、車をロックした。二人は山道を登っていった。

その山道は足元が悪く、ところどころ細くなっている。どちらかと言えば獣道だ。二キロほど進んだところでマットがそれを指摘した。

「どうしてこんな道知ってるんだ？　あまり使われてない道みたいだけど」

「今から向かう尾根に通じる道を探していた。それで見つけた」

「へえ、凄いな。迷う心配とかしないのか？」

「迷う？　それは、どういう意味だ？」

ローマンにはまるで理解できなかった。どんなに人里を離れたとしても風が遠い町の音を運んでくるし、高所に行けばどこにいるのか見渡せる。せせらぎは谷への道標だ。それに最悪の場合、自分のにおいをたどれば必ず道に戻れる。

「ああ、凡人のやることだ、気にしないでくれ。ちょっと止まろう」

急斜面にさしかかってマットの息は荒かった。先を登っていたローマンが足を止めると、マットも止まった。

「腕は大丈夫なのか？」とローマンは、無理をさせてないようにと願いながらたずねた。

「ああ。使いすぎなきゃもう痛まないよ。リハビリの後とかさ。スリングのおかげで手を使っちゃ駄目なのは忘れないですむけど、いい加減外してさっぱりしたいよ」

マットが右手で水のボトルを取り出して飲んだ。

「くそ、あんたはペースが速いな。山登りには少し自信があったけど、本当によく鍛えてるなあ」

「ありがとう」

ローマンは少し得意げになった。思い出がなつかしくよみがえる——ジェイムズやほかの兵たちがローマンのコンディションは最高だとほめながら、なでてくれた日々。だがマットはローマンをなではしない。残念だ。あの慈《いつく》しむ手を失って、永遠に埋まらない穴が心にできてしまった。

「あんたは、このあたりを本当によく知ってるんだな。マッドクリークに来てもうどれくらい？」

「二年」

「それだけか？」

マットは珍しいことを聞いたかのように驚き顔になったが、ローマンには意味がわからなかったのでただ肩をすくめた。

「その前はどこにいたんだ？」

「軍だ。アフガニスタン」

納得したように、マットがうなずいた。「俺は海兵隊に入ったけど、二年と持たなかったよ。俺には向いてなくてさ」

「どうしてだ」

「個人的なことでね。俺の親父は……ま、要は俺は、軍人の息子として育ったってことだ。高校を出てすぐ入隊するものだと決め込まれていて、だからそうした。でも結局、もっとプライバシーと自由のある生活がしたくて。だからさ――」

何か言わねば、とローマンは少し焦った。

「……わかるよ」

「あんたは？　どうして軍をやめたんだ？」

地面に倒れて血を流していたジェイムズの姿がまざまざとよみがえる。とてもこらえきれず、細い鳴き声がローマンの喉からこぼれていた。気恥ずかしくなって、強く咳込んだ。

「先に進もう。まだ遠い」

幸い、マットはそれ以上詮索してこなかった。ふたりは今度はマットを先に、彼のペースに合わせて登っていった。一時間半ほどで尾根に到着する。最後には岩を這い登らねばならなかった。ローマンはマットに手を貸そうと先に行って手をのばしたが、マットはそれを笑いとばした。

「よしてくれ！　ケツを蹴っとばすぞ、山男。片手が使い物にならなくたって、こんな岩の上まで自分のケツ引っぱり上げるくらいできるさ」

その言いかたは気さくで、ジェイムズの隊にいた兵たちが叩きあう軽口のようだった。普通の男のように扱われて、ローマンの胸に幸せなぬくもりがともり、言い返していた。

「ならやってみろ、お嬢ちゃん《ティンカーベル》」

「見てろよ」

マットは最後まで登りきり、ふたりは尾根に立って景色を見回した。

地質調査図の山番号４９７の尾根からはマッドクリークの谷全景が見渡せて、ローマンお気に入りの景色であった。頂上ではないが、眺めは素晴らしく、何年か前に起きた山火事で――まだ炭のようなにおいが強く残っている――視界をさえぎる邪魔物が一掃されていた。今の尾根は若草色の茂みや松の若木ばかりで、とがった峰を何マイルも行く獣道から、色々な角度で谷を見下ろせる。

　今朝は空もすっかり澄みわたって、太陽はまばゆい球形で、みずみずしい緑の谷にほんのところどころ紅葉の赤や黄が散っていた。

「こいつは凄い」マットが、感嘆の息で見回した。「眺めがいいって言ってたけど本当だね」と遠い町を指した。「あれがマッドクリークか」

「ああ」

「いやあ、フレズノからここまで延々と車でかかったけどさ、こうやって見るとまさに本当に周りに何もないんだって実感するよ」

「家がある。小屋《キャビン》も」

「ああ、でも隣町すら全然見えない」

たしかにそれはそうだ。町の住人たちには願ったりだ。

ローマンはバックパックを下ろし、開けた。

「地区を方眼グリッドで分割した」

　保安官事務所から大きな地勢図を持ってきていた。この春、対薬物パトロールを指揮した時にもこれを使った。マットの前にその地図を広げ、風に持っていかれないよう四隅を石で押さえる。

「今いるのがこの地点だ」とローマンは地図上の山を指した。

マットにこの地域のことを説明する。景色と地図を比較し、区切った区画についてわかっていることを、そしてわからないことをマットに伝えていく。ブロード・イーグル通りを指した。この春、ティムの家が銃撃された場所だ。大きな川や流れの場所、私有地と州の保護区の森についても教える。ローマンの説明に、マットは次々と鋭い質問を返した。頭が切れる。

だがしばらくするとマットの目がぼんやりしてきて、初日としてはこれで充分だろうとローマンは話を切り上げた。

教えたいことが、それはたくさんあった。流れの中で遊ぶのが好きな熊のことや、爪や尿でマーキングされたその熊のテリトリーの境界のこと。マットに狐の親子の話もしたい。ローマンがここに越してきてから、その狐たちがどんなふうに活動範囲を広げていったか。ワシが肥えたウサギやネズミを狩る草地のことも教えたい。仕事がなく狩りで食うしかなかった時、ローマンもそこで狩りをした。

だがそのどれも薬物捜査とは無関係だし、そもそも人間はそんな話には興味がないかもしれない。なのでローマンはどの話もしなかった。

ローマンの説明が終わると、マットは髪をぐしゃっとかき混ぜた。地図を見やり、景色を見て、しばらく何か考えこんでいた。

「本当によくここまでやったよな。ちょっと働きすぎなくらいだろ」

そのマットの口調は軽いものだったが、何か不思議な響きがあった。けげんに思っているかのように。

「この町と森とそれを囲む土地を守るのは、俺の仕事だ」

答えたローマンに、マットが片方の眉を上げた。

「保安官助手ってのは、大体がダイナーに車を停めたままそういう仕事をすませようとするだろうよ。これは……軍隊みたいだ。じつに徹底的だ」

「俺には軍の経験がある」

「知ってるさ。変に取らないでくれ、これでも感心してるんだよ」マットはふうっと息をつき、また景色に目を向けた。「だがあまりに広すぎるよ」

「広い土地をほんの幾人かで守らねばならない」ローマンは心から同意した。「これまでランスと――ビューフォート保安官と一緒にパトロールしてきたが、今はほかにもやらねばならない仕事がある」

マットは手を振った。

「いやいや、とても一人じゃ――二人だろうと十人だろうと、何か起きていないか目を光らせておくのは無理な広さだよ。定期的にパトロールしたってね。幸い、俺のここでの仕事はちょっとそれと違う」

「違う？」

「俺はアンテナのようなものさ。もしこのあたりで何か起きてるなら、遅かれ早かれ痕跡が出る——森を切り開いた痕、煙とか下流に流れ着くゴミ。それに、違法なマリファナ栽培人だろうと食ったり車のガソリンを入れたりしなきゃならない。何か怪しい動きが見つかれば俺からディクソンに連絡して、あとはＤＥＡが片付ける」

ローマンは何も言わなかった。町を守る仕事を自分のかわりに誰かに任せるというのはすっきりしない。大体、ランスも言っていたが、ＤＥＡの捜査員がさらに増えると町の秘密が暴かれる危険も増すのだ。

「町の住人は全員把握できてるのか？　顔を見ればわかる？」とマットがたずねた。

「それはもう」

間違いない。ローマンはマッドクリークにいるすべての群れの仲間と、すべての人間をよく知っている。ランスにも負けないくらいに。全員の顔とにおいを。

「なら、町に誰かがやってくればすぐわかる？」

「ああ」

マットはうなずいた。

「ここを回るより、町にいたほうがいいんじゃないかという気がするんだよ。ここは……だだっ広いだろ。町なら怪しい奴が来りゃすぐわかる。ほら、森で獣を追いかけるより水場で待ち伏せしたほうが効率がいいじゃないか。違うかな？」

筋は通っていたが、ランスの拒否が目に浮かんだ。マットが町に腰を据えて行き来する全員に目を光らせるなんて、ランスはとにかく避けたいはずだ。

「ほかにも手がある」

ローマンはマットの注意を地図へ引き戻し、続けた。

「広いエリアなのはたしかだ。だが、道路はそれほど多くない。ほとんどがさっき車で走ったような道――使われていない土の道や防火管理道《ファイアロード》だ」と地図の細い線を指した。「誰かが森の中で何かするなら必ず道のどれかを通るし、資材運搬のためにかなり大きな車で来るはずだ。そこで、これらの道に釣糸を渡しておく。糸が切れれば、車が通ったんだとわかる。この方法ならエリア全体を捜索する手間がはぶける。糸が切れてなければ、その先には人が立ち入っていないということだ」

「いい考えだ」マットは顎をかいた。「気に入ったよ。カメラか何か、糸に連動させられるともっといいんだけどな」

「前にランスに聞いてみたが、金がかかりすぎる。それにバッテリーを大量に持ち込む必要がある。ほとんどのエリアには電気が来ていないから。カメラを完全に隠すのも手間だ」

「たしかに」マットがうなずいた。「じゃあとりあえずは糸だけで」

そこでためらい、つけ加えた。

「これはいいやり方だ、ローマン。教えてくれてありがとう。俺の仕事が楽になるよ」

ローマンは小首を傾げて、じっとマットを見た。本気でほめているのか、それともローマンにいちいち指示されてうるさく思っているのか？　だがマットの顔は――出会いから初めてきれいにひげを剃られた顔は――くつろいで裏がない。まなざしは温かだった。とても。

マットが咳払いをして、目をそらした。顔がいつもより赤い。地面に広げた地図の横で彼はローマンと同じくしゃがみこみ、膝に肘をのせていた。ふたりの距離が近い。さっき地図を広げた時にマットに近づきすぎていたのに気付いて、ローマンはいきなりきまり悪くなった。ヒトとしては不自然な近さのはずだ。肩がほとんどふれ合いそうだった。パーソナルスペースという概念を、ローマンが自分の犬に呑みこませるまでに長くかかったし、まだ時々忘れてしまうのだ。

マットは景色に目をとばし、何も言わなかったが、下唇を舌先でちらりとなめた。風が舞い上がり、ローマンはふっとマットのにおいをとらえる……登山の汗の、甘く熟したようなにおいと、それと――またあのにおいだ。フレズノのトイレで嗅いだ、むっと甘い、タンジェリンのにおい。どうしてこんなに美味そうなんだろう、このにおいは？　なんていいにおいだ！

ローマンが知る限り、これに一番近いのは、軍隊時代に兵士の股間で嗅いだにおいだ。時にかすかに、時に濃く。だがそこを嗅ぐなと訓練ではっきりしつけられていた。小便のにおいとも違う。もっととらえどころのない、雄っぽい、濃密なにおい。

セックスに関係するにおいかな、とローマンは気付いた。ふうむ。そのにおいが、どうしてマットから時々はっきりにおうんだろう？

どういうわけかその香りがローマンの心を包みこみ、イガのように食いこんでくる。これを嗅ぐと、マットにもっと近づきたくなるのだ。群れの仲間にするようにマットの腕をさすったり、顔を寄せて、首筋とかどこでもいいからにおいを嗅ぎたい。マットに寄りかかりたい。そうすれば頭や背中にさわってくれるかも。

だがそんなのは、犬の行動だ。マットはローマンの飼い主ではないし、友でも、群れの仲間ですらないのだ。マットがローマンにさわってくれるわけがない。その逆も。ローマンは、ランスに言われたように番犬としてここにいるのだから。

ローマンは立ち上がった。

「尾根に沿って進めば、その先から東の谷がよく見える」

マットも立ち上がるとうなずいた。ローマンの目を見ようとしない。

「そうだな。行こう」

金曜の夜にはマット・バークレイは「いい仕事の始めかたができて」とても満足だと、ローマンに言ってくれた。ランスも満足そうだった。この週ずっと、ローマンがマットを町の外につれ出していたからだ。ローマンも、週が終わり、皆がほめてくれたので満足だった。これでマットの任期終了まで残り三六〇日。

自分の小さなキャビンで、ローマンはひとりの夕食を食べた。チリビーフの缶を温めて、リリーから教わったとおりにレンジで調理したジャガイモの上にかけたものだ。キッチンのテーブルに向かっていると、自分の咀嚼音が響くほど静かだった。静寂の中、マットに言われたことを思い出しては何回か幸せな鳴き声をクンとこぼす。ヒトにしては、マットはとてもジョークが上手だった。たとえローマンに全部は理解できなくとも。仲間に対するようにマットにからかわれたり何か言われるのが好きだった。対等の立場のように。軍にいた皆のように。

食べ終わると、少しの間本を読んだ。リリーがくれた五年生向けの教科書で、夜中に博物館にとじこめられてしまった子供たちの話だ。リリーは水曜の夜にクイック初心者相手の授業をしている。ローマンは次の授業で質問する言葉にいくつか印をつけた。今年中には高校生レベルの本を読めるようになって、いずれ高卒認定試験《GED》に合格したいのだ。だが今夜はまるで集中できず、あきらめて本を置くと、ベッドに入った。

丸一日の山歩きで体は疲れていたし、マットの前でヒトらしく振舞おうと気を張っていたので頭も疲れている。それなのに、うまく眠れない。半分起きたまま、マットの姿があれこれと頭に浮かぶ。

ランス・ビューフォート保安官の助手であるローマンとしては、マット・バークレイに警戒もしているし、危険を招きかねない他所者と見なしている。

だが、犬としてのローマンは、マットが大いに気に入っていた。生き生きと変化するマットの表情。茶色の、いつも優しくてキラッと光る目。マットの身のこなしも、においも好きだ。マットからはいいエネルギーが、強いエネルギーが発散されている。きっと善人なのだ。そして哀しい男――時々、秘めた哀しみが伝わってきたが、どうしてかは聞けなかった。それを除けばマットはそばにいて楽しい人間で、ローマンを幸せな気持ちにしてくれる。

もしかしたら、とローマンは思う。マットならクイックの秘密に気付いても、誰にも言わないかもしれない。町の秘密を守ってくれるかも。だが、それを当てにするわけにいかないのはローマンもわかっていた。危険すぎる。

半分うとうとしながら、ローマンの頭はまたマットから時々してくるにおいのことを考えている――むっとして甘い、タンジェリンのにおい。ローマンの心をムズムズさせるにおい。思い出すだけで今もムズムズしてくる。すごく。

しまいにローマンは、眠れないことにうんざりして体を起こした。その時、自分の問題に気づいた。

怯え、慌てふためいたせいで、今が何時だか考えもしなかった。保安官事務所支給の携帯を取ると、ローマンはすぐランスにかけた。

ランスが、身構えた声で出た。

『ローマン？　もうほとんど夜中だ。何かあったのか？』

「俺は、医者に行かないとなりません」

『どうしたんだ』

「俺の……俺のペニスが腫れ上がって固くなってるんです。クモに嚙まれたか、何か……何か……」ごくりと唾を呑み、ローマンはパニックをこらえた。「わかりませんが、ガンとか？」

ガンで大勢のヒトが死んでいることや、しこりや腫瘍が出来ることは知っている。

電話の向こうから沈黙が返ってきた。長い沈黙だった。

「……ランス？」

『ああ、うむ、ローマン……』ランスの声は引きつっていた。『それは初めて起こったことか？　つまり、人間になってから初めて？』

「はい」

『ああ……』

ランスが手で受話器を覆って何か言った。何を言ったのかローマンには聞きとれなかったが、向こう側でティムがクスクス笑っているのは聞こえた気がした。ランスが『悪かったな』とまた電話口に戻る。

恐怖の中でも、ローマンの心にちらっと苛立ちが湧き上がった。

「医者に行くべきでしょうか？」

ランスが咳払いをした。

『そうだな。つまり。群れの、なりたてのクイックたちから聞いたことがあるが、その、体の機能によってはゆっくり目覚めてくるものもあるという話だった。ヒトとしての機能が。数年かかることもある』

ローマンはうなずいた――ランスからは見えないのだが。時が経つにつれ、自分が段々とヒトらしくなってきた自覚はある。もしくは、自分の体により深くなじみつつあると言うべきか。たとえば、本当に最近、腋の下に毛が生えるようになった。ヒトの姿をしている時にもだ。始めは自分から〝犬がにじみ出している〟んじゃないかと不安になったが、それから、ジェイムズも同じ場所に毛が生えていたと思い出した。

『そして、その機能のひとつが……ううむ。まず、聞いていいか。きみは、その、欠損はないか？』と聞いたランスは、さらに『どうして俺がこんなことを』とかなんとかぼそぼそ呟いていた。

「その言葉はまだ習ってません」

『きみの睾丸《こうがん》だよ、ローマン。金玉だ！　まだあるか？　場合によってペットはタマが切り取られていることがあるから、ほら』

「自分にはまだあります」

ほかの軍用犬を見た時のことを考えてみたが、ありがたいことにタマは皆にあった。軍用犬はペットとは違うのかもしれない。天に感謝だ。ローマンは自分のタマが気に入っていた。

『よかった。それは素晴らしい』ランスの声はそらぞらしかった。深々と息を吸う。『よし。ならおそらく、きみのヒトとしてのセクシュアリティのスイッチが入ったのだろう。問題ない、ローマン。まったく正常なことだ。きみは、あー、犬だった時に、雌のにおいで興奮したこともあったんじゃないか？』

そう言われると、ローマンは気恥ずかしくなる。

「あったと思います、何回か。でもちゃんと見たことはありませんから！」

自分のそれを見下ろした。寝る時に服を着るのが好きではないので、ペニスは堂々とあからさまだった。まさに腫れ上がって、赤らみ、固くなっている。何かの異常のように。ためしに携帯を持ってないほうの指でさわってみて、痛むんじゃないかと握りしめてみた。少しズキッとしたが、すごく気持ちがいい。心を満たしていた恐怖がゆるんで、恥ずかしげに消えた。

そう、それはそうだ、雄の男根は挿入のために固くなるにきまっている。森の中で獣の交尾を見たことだってある。細部まで観察していなかったけれど。

「電話してすみませんでした、保安官」

じつに間抜けなことをしたと落ち込みながら、ローマンはもそもそと言った。

『いや、そんなことは……』ランスがふうっと息をついた。『かまわない。とにかく……それは、自分で面倒を見たまえ』

「面倒を見る？」

『ううう』とランスがうなった。それから『限界だ』という呟きが聞こえ、今度はティムが電話口に出る。

『こんばんは、ローマン』

「何でしょう、ティム？」

声は笑っていたが、ティムの口調は優しかった。

『よしいいかい、こうするんだ。ローションかワセリン、何かそういうものは手元にある？』

「ガンオイルなら」

ティムが鼻を鳴らした。

『いいや、ガンオイルはありえない、まったくもう。わかった、それはもういいや、なくてもなんとかなる。まず手で握るんだ、きみの――』

その後ろで『ローマンとテレフォンセックスなんて許さんぞ』とランスの声がした。

『初歩の手ほどきをしてるだけだよ！　ちょっと黙ってて』

その時にはローマンは不気味なほど腫れ上がったモノを握っていた。いや、これは気持ちがいい。ためしにぎゅっと握りこんでみて、はっと息を呑んだ。すごい！

『オーケー、じゃあローマン、その手を上下に動かすといいよ。それで、段々……盛り上がってきたら、手を速く動かすんだ。最後のほうには勢いよくね。わかった？　でね、オーガズムが来ると、精液が出てくるから。それも正常なことだよ。ていうか、それが目的なんだ。それがすめば腫れはおさまる。わかった？』

「はい。もう切らないと」

ローマンは、ほとんど夢中で手を上下させながら、かすれ声で答えた。

『それがいいね。じゃ、楽しんで！』

笑いながら、ティムが電話を切った。

ローマンは背後に携帯を放り投げた。どこかに落ちる。もうどうでもよかった。毛布を床に払うと壁にもたれ、足を広げて座る。

うわ、たまらなくいい！　左手もうずいてきて、両手でかわるがわる上下にしごいていたが、片手を陰嚢にのばした。いつもより熱く、張りつめている。陰嚢をさわるのも気持ちよかったが、腫れた男根にはかなわない。その男根はすっかり固い芯を持ち、それを包んだ皮が上下に気持ちよく擦れている。しごくうちに親指が先端をかすめ、背骨がびりりと痺れた。

「うわ、わっ、わっ」

ローマンは声を洩らし、背中を壁に押しつけてもっと足を開いた。

股間から雄くさいにおいがむっと立ちのぼって、鼻腔をくすぐった。マットを思い出すにおいだ。時々マットからしてくるうっとりする甘い香り――。

そう思って、においを嗅いだ瞬間、胸から重い呻きが上がって、ドクンと脈打つ快楽がはじけた。ローマンのペニスから白いものがあふれ、胸や顎に三回、四回と飛び散る。ローマンは手を握りしめ、身をよじり、この至福の感覚にしがみつくことしかできなかった。

終わると、ベッドにぐったりと沈み込み、息を整えようとした。耳でドクドクと鼓動が鳴っている。

これは――こんないい気分は初めてだ。サーディンの缶より素晴らしい！ これだけで、ヒトになっただけの価値はある。

それに、手！ ローマンは両手を見下ろした。ティムが言っていた精液というものが、少しついている。手というやつは世界で最高に便利だとすでに認めていたが、それどころか。信じられない、こんなとんでもないことまでできる器用な両手を授けられた唯一の獣だなんて、ヒトはなんと幸運なんだろう。地球を人間が支配したのも当然だ。

もっとも、人間が寝室にこもらずに外に出てこられる理由がわからない。油断していると仕事や勉強の時間まで注ぎ込んでこれに熱中してしまいそうだ。「ヒトとしてのセクシュアリティ」というやつは一時的なものなのだろうか？ それともこれからずっとこれと一緒に生きていくのか、腋の下の毛のように？

ずっとでありますように。

そう願ったのを最後の記憶に、ローマンは眠りに落ちていった。

4　赤面記念日

〈犬のキオク 3〉

「お前は世界一の犬だよ」

ジェイムズがそう言った。瀕死で、倒れて。

ローマンはジェイムズの顔を舐めて胸に手を置いたが、血のにおいは金属的で鋭く、切りつけられるようだった。多すぎる。血が。

（あんな危険なことをするなんて……どうして？）

ジェイムズとローマンは、二年間アフガニスタンにいた。よく長い車列の先頭でジープに乗って旅をした。ジープが停まると、ジェイムズとローマンは車を降りるのだ。ローマンは先に進んで道を嗅ぎ、あのズルい、爆発する何かが土に埋められていないかたしかめる。爆発するモノは色々なにおいがして、たとえばC－4と呼ばれているやつや、トーベックス、塩素酸カリウムなどがあるが、ローマンはすべてを識別できるよう訓練されていた。

ジェイムズとローマンが原野を調べることもあった。熱い地面に固い拳のような激しい陽光が降りそそぎ、まばらな草はしおれている。ローマンが駆けていってにおいを嗅ぎ、ジェイムズがそれを追った。もしローマンが何かを見つければ、ジェイムズが印をつけて誰かを呼び、掘らせる。

アフガニスタンにはほかの犬たちもいて、いつもそれぞれのハンドラーと一緒に旅をしていた。ローマンとジェイムズのように。ふたりは決して離れなかった。一度も。ジェイムズがトイレやシャワーに行っている時はローマンは外に座って待った。

自分が、これまで見た使役犬たちとは違っていることをローマンは知っていた。ずっと知性的なのだ。たとえばローマンは理解していた。地中の爆発するモノを見つけることで、自分が命を救っているのだと。足を吹きとばされた兵を見たことがあったから。ローマンがたしかめた地面は、誰が歩いても安全だ。そのために念入りにやっている！　彼とジェイムズのふたりで、確実に。誰より賢くて早い、最高のふたり！

「この犬は俺たちの話を全部わかってるみたいだぞ」

ジェイムズの友人のワコは、よくそう言ったものだった。

夜、時たまジェイムズはワコやほかの兵たちとトランプで遊んだ。ローマンは床に座ってジェイムズの足にもたれていた。ほかの兵たちから、なでてやろうと呼ばれた時以外は。

「わかってるに決まってるだろ」とジェイムズが母音をのばすように嫌味っぽく言い返す。

「ローマンのIQはお前よりずっと高いんだ」

「むかつくな。ロー、おいで！」

　ワコはローマンをなでるのが好きだった。それがワコの緊張や不安、心の痛みをやわらげているのを感じていたので、ローマンは呼ばれると行った。たとえ疲れていて、ジェイムズのそばで寝そべって休んでいたくても。

（ジェイムズ……）

　どうしてあんな真似を？

　あれがあった日は――はじめからおかしかった。ローマンは起きた時からそれを感じていて、ジェイムズにも伝えようとしたのだ。今日は仕事に行ってはいけないと。だが結局ジェイムズに引っぱり出された。

「お前、一体どうしたんだ？」ジェイムズは軽くにらんでみせた。「ほらおいで、ロー。お仕事の時間だぜ、相棒」

　ローマンはその命令に従った。ジェイムズがそうしようと言ったのだし、ジェイムズのほうがずっとよくわかっているはずなのだ。

　その日、ふたりが加わっていた車の隊列は攻撃を受けたのだった。道の両側から迫撃砲と銃弾が雨のように浴びせられた。ふたりが乗ってたジープのガラスも砕け、一面に飛び散った。ドッ、ドッ、と弾丸が金属に当たる。ジェイムズがローマンを押し倒して覆いかぶさった。外で誰かが悲鳴を上げ、ローマンの頭が焼けるように痛んだ。もがいて、ジェイムズの体の下でか細く鳴く。

ジェイムズが体を少し起こしてローマンを見た。

「ヤバい！　ローマンが撃たれた！」

「何だと？」

ジープの前にいた男が座席ごしにこちらを見た。

耳の横にジェイムズの手がふれると、激痛が走った。ローマンから離れた手は血まみれだった。

「クソッ、手当をしてもらわないと！」

ジェイムズの声は震えていた。ローマンが聞いたこともないほど。ローマンは怯えて、無力で、外の騒音は――慣れるよう訓練されてきたその音が、今はやたらと大きく恐ろしく聞こえた。鼻面をジェイムズの膝の下につきこみ、その下の隙間に隠れようとする。

「畜生、早く――」

「車から出るんじゃない、軍曹。銃撃を受けてるんだぞ！」

「隊の後方に医療班のバンがある。それにこっちのサイドは敵を制圧しかかっているようだ、なんとかなるさ」

「馬鹿野郎、沈静化するまで待て！」

「ローマンは頭を撃たれてるんだ、すぐ行かないと！」

ドアが開き、ジェイムズがローマンをジープから引っ張り出す。ローマンの体を起こし、肩にかついだ。

「俺がついてる」とジェイムズは言った。「大丈夫だ」

身を屈め、走り出す。ジェイムズは車を盾にして車列すれすれを走った。隊は道のカーブで待ち伏せされていて、医療用バン——白い車体に赤い十字の——は列の後端にいた。ローマンにもその車が見えたが、はるか彼方のようだった。銃声と爆音が、ジェイムズが駆けていく車列の向こう側から響く。半分はすぎた。身をたたむような体勢で走るジェイムズの息が荒い。

その時、世界が真っ白になった。爆風でローマンの体がジェイムズからはじきとばされる。宙を飛び、十数メートル先の地面に叩きつけられた。足の裏が切れてうずき、頭の傷が凄まじく痛んだ。奇妙に音のない世界を見回す。閃光が見え、戦車が攻撃する低い丘陵から黒い煙が上がっていた。遠くの男たちが叫んでいるのが見えた。あっちの負けだ。だが音が耳に届かない。水の中にいるように。

（ジェイムズ——）

あちこち見回して、ジェイムズを見つけた。ジェイムズは地面に倒れていて、足があるはずの場所には血と裂けた布地しかなかった。ものすごい血だ。血溜まりと静寂の中、ローマンはジェイムズのところまで這っていった。

「お前は世界一の犬だよ、知ってるか？」

ジェイムズの声ははるかに遠かったが、ローマンには届いた。愛しい手がローマンの首筋をなでる。ジェイムズの顔の血と土埃に、涙がすじを付けていた。

「お前なら大丈夫だ……絶対に大丈夫だよ」

ローマンはしょっぱい涙を舐めとった。大好き、大好き、大好き。どこにも行かないで、置いていかないで！

心の中でそう幾度も幾度も、ローマンはくり返した。ジェイムズの目がうつろになり、その魂がどこかへ行ってしまってからも、ずっと。いつまでもくり返しつづけた。衛生兵がローマンを見つけて、運び出されるまで。


マッドクリークにきて二回目の金曜、マットは保安官事務所に早めに着いた。今日もすぐローマンと一緒に外回りに行く予定だったが、ふたりで出る寸前に正面のドアが開いた。ビューフォート保安官が、ちょっともさっとした茶色の髪が肩まである若い男と一緒に入ってくる。その見知らぬ若者は、薄手の上着に細身のスキニージーンズを穿《は》いていた。とにかく長い足につい目が引き寄せられる。見とれていた自分をいさめ、マットは若者の顔へ目をやった。

「ティム！」

リーサが奥の休憩室から走り出してきた。ドアの音を聞いたのだろう。ただ来たのが「ティム」だとどうやって知ったのかは、マットにはまるで謎だ。ランスもその謎の人物もまだ一言も発してないのに。とびついてきたリーサをティムが抱き返し、片手でリーサのうなじをぎゅっと握った。

「やあ、リーサ」

「まあ珍しい！　こんな朝早くに町で何をしてるの！」

ティムがうんざり顔をした。

「ファーマーズマーケットの運営が、ミーティングを開くんだ。いい場所にできる新しいブースをみんなが狙ってる。ファーマーズマーケットの売り子たちときたら、とんでもなくおっかないんだよ。あ、どうも！」

ティムは最後にマットへ向けて挨拶した。驚いたふりを装ってはいるが、その目を見たマットは、ティムがもう何もかも予習済みだと感じていた。

「はじめまして、だね。あなたがマット・バークレイでしょう、ＤＥＡのひと」

ティムが、ローマンとオフィス横に立つマットへ近づいてきた。逃げ道を探してしまう。ティムの口調は親しげだったが、マットへ向けた目はきつく、とがめるようだった。何者だ？

ティムが右手をさし出した。

「僕はティム・ウェストン。ランスのパートナー」

「はじめまして」

マットはティムの手を握った。若くてかわいく、軽そうな男だというのにその手は固く、マメだらけだった。

パートナー？　その言葉からカップルを連想したが、ありえないと一蹴した。ランス・ビューフォートがゲイのわけがない。なら、ランスがビジネスパートナーとして副業を持っているということか？　ファーマーズマーケットがらみで？　もちろん、ファーマーズマーケットで麻薬を売っているわけがない——だがこのマッドクリークの町でならありえないとも言いきれない。

顔の当惑を読まれたか、ティムがまだマットの手を上下に振りながらはっきりくり返した。

「だから、ランスのパ、ー、ト、ナ、ー。いわゆる彼女と同じ。ただおまけのパーツ付きの」

「えっ。それは……よかった」

マットは必死でうなずきながら、愕然としそうになる声をごまかそうとしていた。ビューフォート保安官がゲイだと？　信じられない——。

「やあ、ローマン」

ティムはマットの手を離すと、長身のローマンの頭をなでに行った。親密な挨拶のように。なでられるのが好きなのか、ローマンの顔にぱっと笑みが浮かんだ。このマッドクリークでは誰もがおかしな挨拶をするのか？

「何か、このことで気になるかな？」

ビューフォート保安官が鋭くたずねた。ティムの後ろに立ち、あからさまにその肩に手をかけている。

「俺が？」マットは聞き返した。「まさか。そんなの……あるわけない」

「それはなによりだ」ランスはもう一度じろりとマットをにらんでから、ティムに軽いキスをした。「じゃあまた今夜な。ミーティングでは好きなだけ俺の権威をふりかざしていいからな」

「そんなことしないって」

ティムがランスのシャツをつかんで引きよせ、真剣なキスをした――わざわざ見せつけられているのだと、マットは感じる。強面《こわもて》のランス・ビューフォート保安官にマットが色目を使うとでも思っててか。

キスがすむと、ティムとランスはたっぷりと互いを見つめ合っていた。心底、いたたまれない。

「ええと――その、俺たちは丁度出るところだったから、じゃあ……」

マットは必死に言った。かつてないほどローマンの車の中に行きたい。

「いい一日を、ふたりとも」ティムがニコッとした。「そうだ、マット、近いうちに夕食を食べにきて。ガールフレンドのルーシーも一緒に！」

「どうしてルーシーのことを――」

「じゃあね！」

ティムは外へ出ていった。

保安官がマットに向けた目つきは「お前をディナーに誘うなんてありえない」なのか「ティムには決して逆らうんじゃないぞ」なのか、もしかしたら「こいつが本物の男の生き方ってやつだ、よく見とけ」なのか――。

いやまあ最後のひとつはひがみだろう、マットがクローゼットのゲイだと知るわけもないのだから。だがそう言われたも同然だった。まさに堂々と誇らしい「これが俺だ、文句あるか」宣言。くそ、うらやましい。保安官は自分のオフィスへ入り、リーサもまたキッチンスペースへ戻っていった。

「じゃあ行こう」とローマンが正面ドアへ歩き出した。「今日も忙しくなる」

「ああ」とマットは上の空で応じた。

ビューフォート保安官への尊敬の念が、ちょっとばかり芽生えていた。それにしても、あの男は日常的にセックスできる相手がいて、それでもあんなにピリピリしているということか？　欲求不満だったらどうなることか、神のみぞ知るだ。

いやはや。

登山口で、マットはローマンの車から出て体をのばした。今週、ずっとローマンとふたりで山道にテグスを張り、細い登山道までチェックして歩き回ってきた。段々この地域にもなじみが出てきた。いいところだ。

このシエラネバダ山脈は、マットがこの数年住んでいた乾いて熱いサクラメント・バレーとは全然違っていた。子供の頃に父の赴任先だったテキサスやサンディエゴとも。

ここの気候はすごしやすい。空気はさわやかで、見渡す限り、針葉樹の緑色と秋の紅葉が入り混じった木々のうねりが広がっている。まるで宇宙にある秘密の箱庭。ここではウォルマートなど邪悪な神話の存在でしかなく、この景色の中では人類は支配者などではない。

昔からマットは、戸外で遊ぶのが一番気楽で好きだった。自然の中で。そこでは誰も期待を押しつけてきたりしないからかもしれない。森では軍の基地も学校も関係ないし、将軍の息子だからと注目にさらされたり、ありえないほどの優等生を演じようとしなくてもいい。自然の中では誰もマットにあきれたりしない。自転車、登山、スキー、どれもただ自分のためにがんばればいい。気分次第、無理にやる必要はない。他人の目を気にする必要もなく、自分が楽しめればいいのだ。

勿論、近ごろの山歩きはひとりではなく、ローマン・チャーズガードという連れがいたが。だがローマンは、そばにいて気の休まる相手だった。山にいるだけでいつも幸せそうで、最初にマットがついていけなくなった時はマットにペースをまかせてくれた。

今日のふたりは町の境界からかなり北、ローマンがマッドクリークの〝テリトリー〟だと見なしている地域を見に向かっていた。登山道の入り口までは保安官事務所から車で五十分で、マットはその間にサーモスのカップに入れたコーヒーを飲み尽くしていた。ローマンはいつものごとく自分のタンブラーに入った〝肉汁《ブロス》〟を飲んでいた。

どうも、保安官の母親が事務所用に大量のブロスを作っているらしく、皆がそれを喜んで飲んでいた。健康法の一種か何かなのか、マットはまだつきとめられていなかった。

とにかく、飲んだコーヒーには出口が要る。ローマンが糸を張る準備をしている間、マットは森の中で用を足した。戻ってくると、ストレッチで筋肉を伸ばしながら、ローマンの仕事ぶりを眺める。

車は、土の道が濃い茂みに消えていくあたりに停めてあった。奥まで来る車があれば引っかかる位置に糸を張れるよう、少し手前で停めてある。ローマンは透明のテグスを使い、高さ一・二メートルあたりに張ることでほとんどの獣を避けていた。丁度いい位置に木があればそれに糸を渡し、木がなければ車に積んだ頑丈な木杭を使った。

周囲の山の景色は息を呑むほど素晴らしかったが、ローマンのたくましい体と真剣な顔、金茶の瞳、黒いミリタリーカットもなかなかだ。マットは不躾《ぶしつけ》なくらい見つめて目を楽しませた。全身が筋肉のローマンは、その気になればいくらでも威圧的になれる。だがたとえばこんな時、作業に集中しているローマンの顔はやわらかだった。滑るテグスを大きな手で結ぼうとするのに夢中で、舌先が口からちらりとのぞいている。まったく――ちょっと抜けた男だが、信じられないくらい色気がある。

今日のふたりの目的地は、十二キロほど山道を入ったところにある、ＤＥＡからの衛星写真に写っていた山の禿げ痕だった。山火事の痕というところだろうが、見てたしかめたほうがいいとローマンが主張した。確実にしたいと。

マットとしては、自分の仕事がうまく行きすぎるくらい順調な一方、それが不安だという奇妙な状態にあった。ローマンとふたりで毎日山に出かけている。楽しい。あまりに楽しくて、もしＤＥＡで事務仕事に回されるようなら森林局に転職してもいいかと考えはじめているくらいだった。父は癇癪を起こすに違いないが。父は、マットが海兵隊をやめてＤＥＡに入った時もいい顔をしなかったが、少なくともＤＥＡはまだ〝本物の〟捜査機関だ。

こんなに毎日が楽しくて、それが後ろめたい。だがグリーン・ゴースト作戦の指揮官のディクソンはマットの仕事ぶりにいたく感心していた。最新のテレビ会議では、マットにその仕事のやり方を発表させたくらいだ――糸の仕掛け、地図のグリッド化とナンバリング、衛星写真のチェックについて。そして、ほかの捜査官たちにそのやり方に倣《なら》うよう命じた。マットの栄誉の瞬間。

そうでありながら、マットは自分が誘導されていることもわかっていた。このフィールドワークは、彼を町から引き離しておくための手段なのだと。マットだって馬鹿じゃない。気になっているのは、そんなことをする理由だ。後ろ暗い理由からなのかどうか。

「すんだ」とローマンが言った。「移動しようか？」

「ああ……」マットは首を振った。「悪い、今朝は少し気が散ってて」

「ティムに会ったからか？」

「え？」

「ティムに会って、驚いていたから」とローマンが少しおずおずと言った。

「いや違うよ！　というか、驚いたのはたしかだ、ビューフォート保安官がゲイだったとはね。でも……あのふたりの幸福を願うよ」

ローマンが納得したようにうなずいた。

「ティムは、ランスにぴったりの相手だ。ふたりで暮らしはじめてから、ランスはとても幸せそうだし、前よりおだやかになったとみんな言う」

「あれでか？」

その反応に、ローマンが微笑んだ。

「ああ、そうだ。保安官が強烈だと思うなら、あのひとの母親に会うといい」

「そうなのか、それはパスさせてもらいたいね」

マットはクスッと笑った。バックパックを肩にかつぎ、ふたりは出発する。

ローマンは山歩きの時は口数が少なく、森に神経を集中させている。だが今日のマットは話したい気分だった。

「この仕事、俺が思ってたよりずっと外回りが多いな。気分がいいよ」

マットは左腕をのばした。近ごろ腕の調子も良く、もうスリングも外した。まだあまり腕を上げるとズキッとするが。

「オフィスにいるよりずっといい」とローマンも同意した。「はじめのうちはデスクをもらえて、本物のヒ――保安官助手らしくできて楽しかった。だが、一日中部屋の中にいるのは好きじゃない」

ふたりは防火管理道《ファイアロード》に出た。肩を並べて歩けるくらいに道幅が広い。ローマンはマットにニコッと、裏表のない笑みを見せた。ローマンの笑顔なんて片手で数えられるくらいしか見た覚えがない。そんなふうに顔を輝かせた彼は十歳あまりも若く、ほとんど子供っぽく見えた。マットに少年趣味があるわけではないが。

「こうやってこんなにいつも外に出ていて、ビューフォート保安官からは何も言われないのか？」

マットがたずねると、ローマンの笑みが消えた。

「いいや。これが俺の仕事だ」

仕事とは、薬物捜査のことだろうか。きっとそうだろう。

「前の仕事は好きじゃなかったのか？」とローマンがたずねた。マットは肩をすくめる。

「ＳＷＡＴはカッコいいし箔《はく》も付くけど、退屈してるか危険度満タンか極端な仕事だったよ。それに、こいつのせいで辞めるしかなくてね」と少し左腕を上げてみせた。「その後はサクラメントの事務所でデスクワークさ。ケツが痛くなるよ、いい意味じゃなく」

ローマンに向けて眉を上下させてみせた。こらやめるんだ、ローマン相手に誘いをかけるのは――。

「俺はずっと自分の好きな仕事についてきた」ローマンが熱をこめて語った。「本当に不幸せだったのは、仕事がひとつもなかった時だけだ」

「軍から出た後か？」

ローマンはうなずいた。唇が引き結ばれている。ローマンが過去の話をしたくないらしいと感じるのは、これが初めてではない。だが今日はあえてマットは踏みこんだ。

「軍ではどんな任務に？」

ローマンはためらってから、答えた。

「色々やったが、大体は、爆弾を嗅ぎ当てる任務を」

「へえ、軍用犬部隊のＫ－９みたいな？」

「ああ。Ｋ－９だった」

マットは感心した。Ｋ－９の部隊にいるローマンの姿も思い描ける。ローマンはいつもごく自然体で、頼り甲斐と優しさがあり、犬たちにとてもなつかれそうだ。

「凄いね。K－9にとても入りたがってた連中を知ってるけど、みんな駄目だった。あそこに選ばれるのは大変なんだよ」

「犬が？」とローマンが当惑顔で眉をよせてたずねた。

マットは笑った。

「俺が言ってるのはK－9の隊員のことだよ。勿論、犬も念入りに選んでるだろうけどね」

「ああ……」

ローマンが赤面した。見事なまでの明るい紅潮がTシャツの首元から顔へ、生え際まで広がっていく。耳も生き生きした赤に染まっていた。とりわけ、傷のあるほうの耳が。

ローマンは自分の勘違いを恥ずかしく思ったのだろうが、別に気にするようなことではない。とはいっても男同士、マットもからかわずにはいられない。笑って言った。

「おやおや、血のめぐりがよさそうで何よりだ。見えないだろうから教えておくけど」

「一体何の話だ？」とローマンが足を止めた。

マットはニヤッとしながらローマンの顔へ向かって手を振る。

「顔が赤くなってるよ。もう真っ赤だ」

「俺は、赤くなったりはしない」

「そうか？　今、なってるよ」

ローマンはポケットに手を突っ込んで携帯を取り出したが、鼻が二つになったといわれたかのように慌てていて手がおぼつかない。携帯の電源を入れた。鏡アプリを入れているのかと、マットは少しおかしくなる。きっとローマンは自分がキマっているかどうかより、歯に何かはさまってないかを気にするタイプだろう。

ローマンがじっと自分の鏡像をのぞきこんだ。

「本当だ！　赤くなってる！」

「そうだよ、赤くなってるよ」

ローマンはサングラスを頭の上までぐいと押し上げ、しきりに顔の向きを変えながら自分の顔をたしかめていた。予想よりマシだったとでも言うように、はっきりと肩の力が抜けていく。それからニコッとした。

「初めてだ。これもゆるやかな変化というやつだろうな、セックスと同じ」

「は？」

顔を上げたローマンと、マットの目が合った。ローマンが硬直する。茫然としたローマンの顔に、消えかけだった紅潮がまた戻り、一気に濃く染まった。口が小さく動いたが、何も言葉が出てこない。

マットにはどういうことかさっぱりだった――セックス？　ゆるやかな変化？　何のことだ。それでも「セックス」という単語がローマンの口から出た瞬間、本能がその響きにとびついて、ベルトの下あたりがざわついてきた。

ふたりは見つめ合った。あの男性トイレでの一件を除けば、ローマンからはどんな誘いもほのめかしもなく、ただ無頓着な顔しか向けられていない。マットががっかりしたことに。だが突然に、彼らの間の空気が変化し、ローマンの目の中に何かが生じていた――熱と……そして、狼狽と。

「俺は……近ごろやっと……その……」

ローマンがもごもごと呟いた。

え？　ああ――。

「それって、軍から出た後しばらくご無沙汰だったたってことか？」

マットはそう当たりをつけた。退役軍人がそんな話をしてるのを耳にしたことがある。戦場のトラウマというやつは、性衝動を叩きつぶしかねない。人によっては勃起もできなくなるそうで、マットに言わせれば、国家のために随分と大きな犠牲を払ったものだ。

ローマンはほっとした様子だった。うなずく。

「やっぱり。そりゃ大変だったな。負傷したのか？　撃たれた？」

マットが聞くと、ローマンが先のちぎれた耳に手をやった。こわばった声で言った。

「銃弾で少し傷を受けた。だが問題なのはそれじゃない。俺は……変わったんだ。あれから。それで、とても大変だった」

あまりにも抽象的な言いかただが、軍にいた時にひどいことがあったのだろうとわかる。マットの心が痛んだ。ローマンと一緒にいればいるだけ、この男の強面の底には繊細さや哀しみ、〝無垢〟と呼びたくなるような——そんなわけないのに——何かがやっと薄皮一枚で覆われているような気がしてくる。マットはローマンをハグしたかったが、こらえて肩に手を置いた。とても広い肩だ。

「気にすることはないさ。俺の友達にも、戦地で心に相当な傷が残った奴がいたよ。大変だったな」

普通の男なら肩をすくめてマットの手を払うところだろうが、ローマンは一歩身を寄せてきた。その肩は前にすぼまり、もっとなでてほしそうに見えた。

どうしたらいいのか、マットは迷った。それから、今朝ティムがローマンの頭をなでていたのを思い出し——まあ少々ぎこちなく——ローマンの肩をなだめるようにさすってやった。ローマンが顔を横へ向け、溜息をついた。ほっとしたように。

自分は一体何をしているのかと首をひねりながら、マットはさらにローマンの肩をなでた。丸い肩口は手からはみ出そうなくらい大きく、筋肉は固く締まっている。手が、何も考えないうちにすべり下り、二の腕をなでた。指の下で力こぶが動く。ローマンがおだやかな吐息をこぼした。

だがマットのほうは——おだやかどころかムラムラしはじめていた。もうこの二週間、ずっとローマンにさわりたかったのだ。コアースゴールドのアジト摘発作戦直後にローマンのことを考えていた月日を数に入れるなら、もっと長いこと。そして指でその筋肉を感じながら、今、この先に進みたくてたまらない。このままふたりはまばたきほどのうちに一線を越えるのか、それとも、この奇妙な仲間の結束をたしかめただけで終わるのか。ありえないことに、こうなった今でもローマンから誘われているのかどうかマットにはまるで判断できない。キスしたら殴られるだろうか。ローマンのことは気に入っているが、この男が何を考えているのかがわからない。かけらも。

マットはごくりと唾を呑んだ。

「じゃあ……」

「ほら、あそこ」とローマンがそっと囁いた。

マットは山道を見上げた。アカギツネが一匹、歩みの途中で凍りついてふたりのほうを凝視していた。まるでこちらを気にせず道を横切ろうとした瞬間、彼らの姿が小鬼かなにかのように魔法の光でさっと浮かび上がったように。

「うわ、きれいだな」とマットは囁き返した。

いきなりローマンが動いた。「ホウッ」と大きな声を立ててキツネに向かって走り出す。獣は、まるでカートゥーンアニメのキャラクターのようにローマンを二度見してから、茂みへ駆けこんだ。ローマンもそれを追って茂みにとびこみ、姿を消した。

マットも笑いながら追った。はしゃぐローマンはいい眺めだ。枝がバキバキ折れる音がした後、ゆっくりと、きまり悪そうにローマンが戻ってきた。

「見失った」

「みたいだな。はしっこいやつだ」とマットは鼻を鳴らす。

「ああ」ローマンが腰に手を当て、微笑した。「気分がさっぱりしたよ」

「そりゃよかった」

マットの胸の中に、何か温かな光がともった。友情？　多分。少なくとも。それ以上を求めたい気持ちは押しつぶした。

ローマンが深々と息を吸い、両手をさすった。

「急いだほうがいい。例の空き地に行くまでまだかかるし、二本足では進みが遅い」

「そりゃたしかにそうだろうさ、ローマン」

マットは首を振ったが、顔には笑みがあった。

5　アヤしい結束

衛星写真で見た山の禿げ痕は、自然にできた空き地だった。ローマンは「かなり前に山火事があったんだ」と言ったが、マットの目ではよくわからなかった。土曜にふたりは、またその山道を確認しに戻った。

　この保安官事務所には〝週末〟という概念がないかのようだったが、日曜はマットの休日だ。そしてその暇をどう使ったものか、マットには何の案も浮かばなかった。

「ヨセミテに行かない？」ルーシーが朝食を食べながら誘った。「車でここから二時間かかるけど、きっといい景色よ」

　マットは気乗りしなかった。

「どうだろうな、俺は平日ずっと山に行ってるから」

「じゃあ、そうね、映画は？　少し外に出たいんだもの。あと一日勉強したら頭が破裂しそう」

　ルーシーがめかし込んでいることに、マットは気付いた。キャビンにいる時は古いジーンズとTシャツ姿なのに、今朝はシャワーもすませてさっぱりした黒髪を長く垂らし、新しいジーンズにレース付きの長袖を着ている。キッチンのカウンターを今にも指ではじき出しそうだ。

「じゃあ映画に行こうか。悪いな、仕事にかかりきりで」

　ルーシーはその謝罪を手で払った。

「仕事のためにここにいるんでしょ、カリーニョ。順調でよかったじゃない。それに、町にコーヒーショップがあるから、人恋しくなるとあそこに行ってるもの」

その言葉で、ティムがルーシーの名を知っていたことを思い出した。

「そこで町の誰かと話しただろ？　きみのことを言われたよ」

「そう！」ルーシーがニッコリした。「あのコーヒーショップでは皆、すごくおしゃべり好きで。食料品店でも。古本屋でもそう。あと郵便局――凄いの、郵便局のひとったら話が止まらなくて！　もう大変」

「この町で何か気になることを見てないか？」

ルーシーが唇を引いた。

「そうねえ、そう言われると……ここのひとたちって、少し変わってるわね」

「どう？」

「コーヒーショップで会った女性のことなんだけど。リリー。私のテーブルにやってきて座ったかと思うと、そのまま私とずーっと、それこそ二時間もおしゃべりしてたのよ！　すごく親しげで。ちょっと馴れ馴れしすぎるくらいって言うか。でもいいひとよ。結構な歳なのにとてもきれいなの。五十六歳なんだけど、どう見たって三十五歳ってところ。自分のやってるスキンケアを教えてくれて――」

マットは軽く不安になった。二時間とは、随分長い。

「俺ときみのことは話してないよな？」

聞かれて、ルーシーは後ろめたそうな顔になった。

「えーと、ちょっと話しちゃったかも……」

「ルーシー！」

「家族からは婚約したと思われてるけど本当は違うの、ってことだけよ」

「きみが俺の偽装だって話をしたのか？」とマットは息をつめる。

「まさか！」あきれ顔をしたが、ルーシーは安心させようとマットの腕に手をのせた。「あんたがゲイだなんて誰にも言うわけないでしょ、マッティ。それはあんたの話だもの。彼女に話したのは、私たちはただの友達だけど、どっちも家族のプレッシャーがきつくて恋人のふりをしてるってことよ。それだけ」

マットはほっと溜息をついた。それから、自分が何を心配しているのかと首をひねる。ビューフォートはゲイなのだから仕事に支障が出る心配はないし、この町にマットの父親の知り合いがいるわけでもないのに。だが隠すのがあまりにも深く染みついて、習い性になっていた。

「それに、ほとんどは私の親の話だったし」ルーシーが続けた。「リリーの言う通りよ。私は親に本当のことを言うべきね——今は学ぶのが最優先で、急いで結婚する気はないんだってことをちゃんと」

「じゃあそのリリーって女性のほかに、何かこの町でおかしなことはあったか？」

「色々おかしな町だとは思うけど、悪い意味でじゃないわよ。私、小さな町に住むの初めてだし。都会育ちだからね。だからよく知らないじゃない？」ルーシーは目を細めてマットを眺めた。「この町に何かあると思うの？　たとえば何よ。エイリアンの乗っ取り？　共食い？　悪魔崇拝？」

「見当もつかない」とマットは正直に言った。

ルーシーがポンポンとマットの腕を叩いた。

「ここはいい町よ。私は好き。で、映画に行くの、どうするの？」

マッドクリークの町には小さな映画館があった。メイン通りの、昔ながらの古めかしい映画館だ。二本立てで『黄色い老犬』とさらに別の犬の映画、リメイク版『南極物語』を上映していた。ルーシーはすっかり映画を見る気だったし、最近の映画のためにオークハーストやフレズノまでドライブする気にもなれなかったので、町で見ることにした。

上映時間三十分前くらいに映画館外のチケット売り場の列に並んだマットは、すっかり皆の注目の的になっていた。誰もが彼を見つめている。そろって黒髪と青い目で顔立ちのいい五人家族がすぐ前に並んでいたのだが、彼らは自分たちのチケットを買うと、映画館脇に立ってマットとルーシーを見つめた。窓ごしにチケットを売っている陰気な目の老人など、ひどく緊張してしまって、マットへの釣り銭をまともに数えることもできなかった。

「一体何やらかしたのよ、バークレイ？」とルーシーが囁いた。

「何もしてない！」

「皆があんたを怖がってるみたいじゃないの」

「俺は何もしてないんだって！」とマットは言い張った。

チケットを受け取り、ルーシーと並んで映画館の入り口へ向かう。チケットを確認している娘――赤毛をやたらに盛った十代の少女――は二人が嚙みつきでもしないかというように不安そうに見つめていた。そして入場した二人が三列目に座ると、すぐ後ろに座っていたカップルが立って席を移った。

一体全体どういうことだ？

ルーシーが、わざとらしく目を見開いてマットを見つめた。

「なんてこと、マッティ！　あなたきっとものすごーくひどいことをしたのね！」

「俺に何ができるって言うんだ！　毎日ずっとローマンと一緒に山歩きしてるのに！」

「前に町にいた斧殺人鬼にそっくりなんじゃないの」

「斧殺人鬼って何だよ」

ルーシーは肩をすくめた。

「知らないけど、皆があんたを見る目つきからして絶対そんなところよ」

一本目の映画が始まる五分前、二人の列に誰かが息せききってやってきた。ビューフォート保安官だ。ジーンズに長袖のデニムシャツ姿で、慌てて来たように顔が上気している。その後ろには彼のパートナー、ティムもいた。

「やあバークレイ！　こんなところで会うとは、奇遇だな」

ビューフォート保安官がそう言いながらマットのすぐ右隣へドサッと座った。

「失礼」とティムが前をすり抜け、保安官の向こう側へ座る。

マットは周囲を見回した。古い映画にしては客が入っているが、それでも空席は充分にある。なのにどうしてわざわざ保安官が彼の隣に？

しかも、全員がまだマットを凝視している。

一体何だこれは。

マットが振り向くと、丁度ビューフォートが額の汗を拭うところだった。マットの勘ぐりすぎかもしれないが、それでも九割方、ビューフォートと彼氏に映画の予定なんかなかったのはたしかだ。誰かから一報が入るまでは。

「犬の映画の大ファンみたいですね？」とマットは皮肉っぽくたずねた。

「そうなんだ、とってもね」

答えたのはティムだった。保安官ごしに二人のほうへ身をのり出している。その目がルーシーへ向いた。

「どうも、僕はティム。あなたがルーシーでしょう？　彼はランス、保安官なんだ」

ルーシーはにこやかに微笑んだ。マットの前に身をのり出してティムの手を握り、次にビューフォート保安官と握手を交わした。

「こんにちは！　はじめまして。どうして私の名前がわかったの？　マットが何か噂してた？」とルーシーが目をパチパチさせる。

ティムが小首を傾けた。

「実のところ、ランスのお母さんのリリーから聞いたんだ。リリーは町中の全員を知ってるから」

「なんてこった」とマットはつぶやき、席に沈みこんだ。ルーシーが本音をぶちまけた女性リリーは、ビューフォート保安官の母親だったのだ。素晴らしい。

「リリー！　そう言えば。あのひと、とても……話し好きなのね」

ルーシーが言葉を選んだ。ティムがニヤリとする。

「詮索好き、って言いたいんじゃない？　そのとおり。彼女、悪気はないんだけど」

「俺の母親の話はやめておいてくれるか？」ビューフォート保安官がとがった声でティムに言った。「せっかくの休日なんだ、胃潰瘍を起こしたくはない」

「はいはい、ベイブ」

ティムがチュッと保安官の唇にキスをして、もう一度唇を重ねた。

曇り空から太陽がのぞいたかのようにルーシーが満面の笑みになった。マットへ向けて眉を上げる。このこと黙ってたわけ？　マジで？

「あ、私ちょっと化粧室に行ってくるわ。映画の前に」

「もう始まるぞ！」とマットが言った。

「だから急ぐのよ！」

ルーシーが立ち上がって出ていった。どうやら彼女のほうはこの保安官たちの乱入をすっかり楽しんでいるようだ。

すぐさま映画館が暗くなって、予告編が始まった。ルーシーの席にドサッと重い体が座る――彼女にしては重すぎる。マットが顔を向けると、隣の席に座ったのはローマン・チャーズガードだった。

「どうも、マット」とローマンが行儀よく、真面目な声で挨拶する。

マットは内心呻いていた。信じがたい――保安官事務所の全員が彼の後をついて回っているのか？

「やあ、ローマン。いきなり犬の映画が見たくなって駆けつけたのか？」

「ああ、『黄色い老犬』は見たことがあるが、もう一本はまだなので」と生真面目に答える。

マットの皮肉はローマンにはまるで効かなかった。

「きみは、見たことが？」

「いや……記憶にはないね」とマットは溜息をついた。

「『黄色い老犬』は本当に悲しい話だ。涙せずにはいられない」ローマンは茶化すでもなく真顔で言った。「ポップコーン、ほしいか？」と菓子のバケツを差し出す。

「いや、別に――」

ビューフォート保安官がマットの向こうから手をのばしてバケツをつかんだ。「ありがとう、もらおう」と山盛りすくってティムへ手渡す。

「どういたしまして。窓口にチケットを取り置きしてくれてありがとうございました」

マットはビューフォート保安官をじろりとにらんだ。保安官はそれを無視する。「しっ！映画が始まるぞ！」

そして、保安官はさらに異様な行動に出た。すでに充分おかしな状況だというのに、彼は立ち上がると、背後に座った人々へ向き直り、大声で宣言した。

「さあ、今から静かに映画を楽しもう。静かに、だ。野次やおしゃべり、その他の音も一切なしで！」

それだけ言って、保安官はまた座った。

マットは手で顔を覆い、首を振った。ドッキリ番組か何かの中に入りこんでしまった気がする。哀れで間抜けな犠牲者が息が止まりそうなくらいビビらされるたぐいのやつに。

戻ってきたルーシーが通路に立ち、自分の席にいるローマンの姿に目をぱちくりさせた。

「こんにちは」

「どうも、こんにちは」とローマンが、彼女を通そうというように立ち上がった。

ルーシーがマットに目で問いかける。

「ルーシー、彼はローマン。ローマン、彼女はルーシーだ」

「ああ……！　マットの隣に座りますか？」

ローマンはすっかりまごついた様子で、その声には何か間抜けなことをしたと思いこんだ時の風変わりな揺らぎがでていた。

その声の変化を自分が聞き分けたことや、今すぐローマンをなぐさめてやりたくなった気持ちについては、深く考えたくない。「いいんだ」とマットは言った。

「ええ、いいのよ」ルーシーがマットにウインクした。「そこに座ってて、ローマン。あなたの隣に私が座るから。いい？」

ローマンがまた座った。これから四時間、彼と同じ肘掛けを分け合うわけだ。逆の肘掛けはビューフォート保安官と。せめて何時間かくらい、邪魔者扱いされていることも行き場のない欲求不満のこともすっかり忘れてぼうっとしたかったのに。

暗い映画館でローマンの隣に座る時間が嫌なわけではない。そりゃ人並みに、そんな状況では期待もしてしまう。だが嫌なのは、マットの一挙一動をこうやってビューフォート保安官に見張られていることだ。そしてマットは……反発を覚えていた。段々と、むかっ腹も立ってきた。いいように操られているのは間違いない。ビューフォートは何かを隠している。それどころか、町中がマットから何かを隠している。

そしてその瞬間、マットは心に誓っていた。必ずその秘密をさぐり出してやる。

月曜の朝、マットはまっすぐ保安官事務所へは向かわなかった。行けばローマンがいて、彼を外回りにつれ出そうと待ちかまえているだろう。だが、今日こそは町をじっくり見て回るつもりだ。

ここならしばらく気付かれないだろうと、横道にチェロキーを停め、メイン通りへ歩いていくと左へ、保安官事務所とは逆側へ曲がった。何人かの姿が通りにあった。数人が親しげにマットに挨拶したが、少なくとも三人がマットの顔を見た途端に猫を見たネズミのように逃げ出した。

ビューフォート保安官は、住人にマットのことをどう吹き込んでいるのだ？　どうしてそんなことを？　ビューフォートが何か違法な組織犯罪に関わっていて、それに町民全員が加担しているとか？　ちょっとありそうにない話だ。もしビューフォートがこっそり麻薬取引か何かしているとして、どうしてそんな大人数に打ち明ける？　理屈に合わない。

ほかに町全体で隠すようなこととはなんだ？　殺人？　カルトの一種？　埋蔵金？

これはマットの被害妄想で、町には秘密なんかない、という可能性もまだなくはない。だがビューフォート保安官がマットの赴任に強硬に反対した態度、住人がマットを見る時のまるでギロチンの刃が落ちるのを待つような目つきには、どうしても説明がつかないのだ。

不毛な思考に首を振って脇道へ曲がったマットは、あやうく若い男につまずきそうになった。

何回かまばたきしてやっと状況をつかむ。その若者は四つ足になって這いつくばり、消火栓のにおいをフンフンと嗅いでいた。ぽかんと口を開けて見つめたマットの前で、若者が立ち上がると、着古したカーゴパンツの前を開き、今嗅いだばかりの場所めがけて放尿を始めた。金色のしぶきがキラキラと朝陽にきらめく。

「ちょっと！　一体――そんなことしちゃ駄目だろう！」

マットは瞬間的に〝警官〟モードに入った。正確には警官ではないのだが。

若者がマットへ顔を向け、ニコッとした。

「ハロー！」

「一体何をしてるんだ！　すぐやめろ！」

若者の茶色の巻き毛は耳元でくるんと巻かれていて、ヴィクトリア朝の令嬢のようだ。大きく茶色い目をしていた。酔っ払いや精神不安定のようには見えないが、どちらかのはずだ。

「やめられないよ」と若者がすまなさそうに言った。小便はまだ出続けている。

マットは腕組みして、にらみつけた。

何の羞恥心も、または不安も見せず、若者は小便をすませてズボンのファスナーを上げた。

「これでよし、じゃね！」

彼はさっさとメイン通りへと跳ねていった。

走っていった、とは言いづらい――両腕を曲げてよろよろと、何も履いてない足を道に引きずるようにしながら手を振り回している。物凄く変だ。

マットは「止まれ」とか「警察だ」と呼びかけそうになったところで、ふと気を変えた。口をとじ、若者の後を尾《つ》ける。

若者が跳ねていくスピードは速く、マットはゆるい駆け足で追った。小さな家が並ぶ道を一ブロックすぎ、そして次のブロックへ入る。

先尖りの白いフェンスのある家に向き直って、突如として若者がおかしくなった。庭にある大木に駆け寄ると、その木めがけて吠え立てたのだ。そうとしか表現しようがない。あまりに本物の犬そっくりな声で、犬の吹き替えで一山当てられそうなくらいだ。細い両手で木の幹をかきむしりながら、上を見上げる——茶トラの猫を。猫は枝の上で攻撃的に背をたわめた。

「シャアッ」と猫がうなる。

「ワンッワンッワンッ」と木を引っかいて若者が応じた。頭が動くたびに茶色の巻き毛が跳ねる。

マットはきつく目をとじ、自分をつねって、また目を開けた。いいや、夢ではない。本当に、枝にいる猫に向かって男が吠えている。

携帯電話を取り出し、マットは動画を撮りはじめた。奇妙なことはどれだけ些細でもすべて記録しようと決めていたし、これは些細なんてレベルのものではない。

家のドアが開き、年のいった女性が急ぎ足で出てきた。品のいい花柄のワンピースや黒髪に見える白い筋から、いかにもお祖母ちゃんという雰囲気の女性だ。表情はおののき、こわばっていた。まだ携帯で撮影中のマットをちらっと見てから、彼女は若者へ駆け寄った。

「ルーベン！」と大声で呼んだ。若者の腕を引っ張る。「ルーベン、やめなさい、今すぐ！」

きっぱりした声に、若者は樹上の猫に吠えかかるのをやめた。女性を見やる。

「あっ、どうも、エスター」

「中へいらっしゃい。あなたの朝食はもう仕度してありますよ」

その声は険しかった。

「わあ、やったあ！」と若者が両手を叩いた。

「すみません！」とマットは若者を家へつれていこうとする女性へ声をかけた。女性が不審な目を向けてくる。「すみません、少しお話をうかがえますか？」

その年配の女性、エスターはうなずいたが、まずはルーベンを家の中へとつれていった。

「朝食はキッチンよ。家の中で待っていなさい、ルーベン！」

「はあい！」

エスターは扉を閉めると、マットのほうへ戻ってきた。その顔は青ざめて不安そうだ。本当に、この状況には大げさすぎるくらいの心配顔だった。「なんでしょう？」とそわそわしてマットへたずねる。

「さっきの若者はあなたの血縁ですか？」

「そういうわけでは」と曖昧に答えた。「でもここしばらく、私があの子の面倒を見ているんです。ほかに頼れる者がいないので」

「俺が見た時、彼は……メイン通り近くで立ち小便をしていました。消火栓に向けて」

「なんてこと」エスターがさっと手で口を覆った。「本当に申し訳ないことを」

「その、彼は、何故そんなおかしなことを？　ルーベン、と呼んでましたよね？」

「あの子は……」

エスターの目がチラチラと動き、まるで瞼の裏から答えを読みとろうとしているようだった。

「……あの子は、インフルエンザにかかってしまって！」

「インフルエンザ？」

エスターが必死に頭を上下させた。

「ええ。熱を出してて。まるで猫並みに具合が悪くなってしまって！」

マットは顎をかきながら、「嘘だろう」と面と向かって言いそうになる自分をこらえた。

「じゃあ俺は、その、この件をビューフォート保安官に報告しておきます」

「ええ、私もそうします」とエスターが心をこめてうなずいた。

マットはまじまじと彼女を見直したが、脅しのつもりなどではないようだ。住人の誰もが保安官と世間話をする仲なのか？

「ルーベンがよくなるまで目を離さないほうがいいですね」とマットは白々しく言った。

「そうしますとも。ありがとう、ミスター・バークレイ」

エスターが背を向けて家へ入っていった。

しばらくしてからやっと、マットは自分が一度も名乗っていないことに気付いた。


保安官事務所へ行くと、マットはまっすぐビューフォート保安官の部屋の前に行き、ノックした。渋面のビューフォートがドアを開けた。

「入れ、バークレイ」

マットは入ってドアを閉めた。

「保安官、今朝おかしなものを目にしました」

「そう聞いた。いいかあれは――」

「いいえ、聞いて下さい。男がひとり、消火栓のにおいを嗅ぎ、そこに小便をかけて、猫を木の上に追おうとしてたんですよ！」

鋭い声で、まるで何かの証拠になるかのようにマットはそう強調したが、あらためて聞くとあまりにも馬鹿らしかった。

ビューフォート保安官はうなっただけだった。

「ルーベンか。可哀想な子だ。町に来たばかりで。少し頭が鈍いと聞いている。それに、インフルエンザにかかっている」

「普通はインフルエンザにかかったからって犬みたいな真似はしませんよ！」

　マットはつい失笑していた。皆、彼を馬鹿だと思っているのか？

「誰が犬の話をした」とビューフォートが険しく言い返した。

「は？」

「犬以外の動物もにおいを嗅ぐし――相手を追いかける。たとえば、キツネも。熊も。ほとんどの動物に当てはまる話だ」

「だから何なんです！」

　保安官が何を言いたいのかさっぱりだ。マットは歯をぐっと噛んで、失礼なことを言うまいとした。

「俺が言っているのは、わざわざ犬を持ち出すことはないだろうということだ」保安官が言い張った。「インフルエンザは高熱を引き起こす。高熱は幻覚を生む。違うか？　今回のはそういうことだ。以上。だが報告してくれたことには感謝する。ルーベンの面倒をしっかり見られるよう、エスターに必要な支援を行おう」

　ビューフォート保安官はマットの肩に手を置くと、出口の方へ押していった。

「では、いい一日を」

　ドアが開き、押し出されたマットが前によろめくと、彼を廊下に残してドアが閉まった。マットは頭にきてそのドアをにらむ。ただ、怒る権利が自分にあるのかどうかは自信がなかった。

実際、ルーベンは頭が鈍いのかもしれないし、もしかしたらインフルエンザなのかもしれない。だがそれでは、ほかのこととの説明がつかない。たとえば……肉汁《ブロス》のことやおかしな挨拶のこと、そして映画館のこと。どの住人もマットが何者か知っていて恐れていること。

ローマンが背後からやってくると、マットの肩に手をのせてなでた。軽く、強靱で優しい指でなでられて気持ちいいなんてありえないが、なんともいい気分だった。

「出発しようか？　卵サンドの準備もできてる」

「今日は外回りに行きたくない」とマットは強情に言った。「デスクで、遅れてる報告書を仕上げたい」

「でも行かないと」

ローマンが不安そうに言いつのった。ファックスをマットに手渡す。送信状の宛先にはマットの名があった。二枚目はまだ新しい衛星写真で、森の中にぽっかりと空き地があり、木の切り株が見えていた。小さく、何かがギラッと光っている。金属製のもの――車かなにかのような。

写真の下には、ＧＰＳの座標と簡単な手書きの文がそえられていた。〈森林局によれば政府の土地で、本来何もない場所だ。早急に調査。ディクソン〉

「俺のファックスをのぞいちゃ駄目だろう」とマットは棘をこめずに言った。

「すまない。宛先を見る前に目に入ったんだ」

マットは溜息をついた。机に座っている時間はなさそうだ。

「これはどのあたりだ？　確認できたか？」

ローマンがうなずいて「うちのテリトリーのずっと北側だ。車で一時間、それから八キロくらい歩きになるかもしれない」と答えた。

マットもうなずく。不意に、ビューフォート保安官やマッドクリークから一日距離を置くのも悪くない気がしていた。だがまずは、ひとつやらねばならないことがある。

「トイレに行ってくる。それから出よう」とローマンに言った。

「わかった。飲み物を用意して、車で待っている」

「俺にはブロスはいらないよ！」とマットは皮肉をこめて言った。

「コーヒー、ブラック。ああ、覚えている」

ローマンに嫌味は通じない。

トイレに行ったマットは、個室に入って携帯電話を取り出した。撮影した動画を見返す。残念ながら消火栓への小便のところは撮り損ねたが、ルーベンが猫に吠え立てている姿は映っており、どこからどう見ても異様な光景だった。

指を〝送信〟ボタンの上にかざして、マットはためらう。日曜、映画館での出来事の後で、家から上司のディーン・ディクソンにメールを送っていた。もう保安官事務所からは安心してメールも送れない。

〈マッドクリークの町には何かあります〉とマットはそのメールに書いた。〈それが違法なのか、麻薬絡みなのかまではわかりませんが、この町はおかしい〉

〈調査を続行しろ〉とディクソンからは返信があった。〈ビューフォートはその町で十年間保安官をしている。その前は彼の父親が保安官だった。もしビューフォートがよからぬことに関わっているなら、我々が住民を救わねば〉

ルーベンの顔を思い起こす。人懐っこく、天真爛漫な。そして不安に青ざめたエスターの顔を。ディクソンは今日起きたような出来事を聞きたいだろうか？　それとも頭のネジがゆるいだけだと一蹴されるか？

それにディクソンにこの動画を送るのが〝住民を救う〟ことにならない、という気がするのはどうしてなのだろう？　卑怯な密告者のような最低な気持ちがするのは？

マットはためらい、それから動画の送信をやめた。もっと材料がそろうまで待とう。

トイレを流し、彼はローマンと合流しに向かった。

6　はじまりの一歩

〈犬のキオク 4〉

ローマンは、テキサスのサンアントニオにあるK－9の施設まで、巨大な飛行機で搬送された。壁に固定したケージに入れられ、ほかにも五、六匹の犬が同じように運ばれていた。一匹の犬はケージを揺らすほどガタガタ震えていた。

ローマンはそこまでではなかった。少なくとも外面的には。頭を包帯で巻かれていたが、医者によれば彼は「ラッキーだった」らしい。右耳の一部や毛皮や皮膚の一部は爆発でちぎれたが、頭部への弾丸は頭蓋に命中せず、かすめただけだった。傷は縫い合わされ、移送の許可も下りた。

そうであっても、ローマンの心はズタズタだった。ケージの敷物の上に寝そべり、両手で頭を抱えて、ひたすらに眠りつづけた。頭蓋に弾丸の穴は開いてなくとも、心の、ジェイムズがいた場所にぽっかりと大穴が口を開けていた。

それに、それだけではない。肌の下がざわめき、筋肉の中で、骨の奥で、何かがうずき、頭蓋をガンガンときしませている。長く、いい、いい、もっと長くとのびたい衝動に始終せっつかれていた。限界まで長くのびたい。傷の痛みなどにかまわず。だがケージの中では体をのばせない。

ジェイムズと一緒に死んでいればよかったと思った。離れたことなどなかったのだ、ジェイムズがローマンの犬舎にやってきたあの日から。ローマンもジェイムズと同じ箱に入って帰ってくるべきだった。

サンアントニオに着くと、子供の頃に暮らしていたような大きめのケージに一頭だけ移された。その隅で身を丸めて、ローマンは眠った。起きている時はうろうろと歩き回って伸びをした。前足を前に遠くのばし、尻を宙につき上げて。

周囲の会話のすべてが理解できていた。

「いい犬だな。どうしてああやたらに伸びてるんだ？」

「さあねえ。ＰＴＳＤ？　ハンドラーが死んで、心が折れちまって」

「じゃあ殺処分か？」

「は？　まさか！　軍用犬を殺したりするもんか。こいつはヒーローなんだぜ、あんた。いや、もしもう限界ってことなら、里親を探すだけだ。できればまたやる気になってほしいけどな。しばらくそっとしといて、それから新しいハンドラーとやっていけるか見るさ。それでいいだろ、ローマン？」

男は手で軽くケージを叩き、唇で音をたててローマンを呼んだ。ローマンはそれを無視し、足にせっつかれるようにさらに必死に歩き回った。この男たちはジェイムズではない。どうでもいい男たちだ。今言われたこともどう受けとめていいのかわからなかった。

新しいハンドラー？　そんなものがほしいだろうか。アフガニスタンへ戻り、道や果てのない土の上で爆弾を探したいか？

いいや。ジェイムズなしでは、嫌だ。

だがジェイムズはそう望むだろうか、ローマンに戻ってほしいと？　ローマンならアフガニスタンで爆弾を見つけられる。ジェイムズの友を救える。軍の力になれる。その熱意を持つべきだと、ローマンにはわかっていた。せめて、覚悟とやる気は。だがそんなものはなかった。もう無理だ。全身が痛んだし、うまく息もできないくらいジェイムズが恋しい。誰かとまた最初からなんて……ありえない。

ローマンは何週間かケージの中で暮らし、担当の獣医は三人替わった。誰ひとりどこが悪いのかつきとめられないまま、ローマンの具合は日に日に悪化していった。

そしてある夜、ついに頭まで病が広がった。暗い夜だった。遠くには施設を照らす光がまばゆく白く落ちていたが、ローマンの犬舎は暗く、だから自分に何が起きているのかよくわからなかった。

これ以上なく気分が悪くなって、ローマンは目が覚めた。筋肉が燃えるように熱く、痙攣と吐き気に襲われていて、全身がかゆい。痛みにハッハッと喘《あえ》ぎ、なんとか立ち上がった。動くと痛むが動かずにいられない。だから歩き出し、勢いよく走り、犬舎のワイヤーフェンスに体当たりしたかと思うと、逆側のフェンスに全速力でつっこんだ。隣の犬が吠え出し、たちまち全部の犬が騒ぎ出した。

バン！　ローマンは走る。バン、バン！

なめらかなワイヤーフェンスにぶつかるといい気分だった。体の奥深くにあるかゆみに届き、少し楽になる。バン、バン、バン。

骨が砕けていくようだった。いい形で——まるで痛む歯が抜けるように。バン、バン！　走っていく足の裏がおかしな感じになって、違和感がある。足が大きく、さらに大きく、腫れ上がっていく。バン、バン。四つ足で走るには足が長すぎる感じになると、ローマンは仕方なく膝を曲げて走りつづけた。バン、バン！

「いい子だ」とジェイムズは言ったのだ。「お前は世界一の犬だよ」と。本心から言ってくれた。ジェイムズにとって、ローマンが世界一の犬だったから。バン、バン！　犬たちが激しく吠え、それからぴたりと声がやんだ。恐怖にひりつくような静寂が落ちた。

ローマンは走りつづけた。自分の体が何かなじみのない、うまく動けないものに感じられるまで。もう走れなくなるまで。そしてうつ伏せに床に崩れ、喘いだ。耳の中で濁流のように血が荒れ狂っている。

腹。むき出しの肌に、犬舎の床がひんやりと冷たい。両腕と両足が体の脇にだらりと、これまではありえなかった形で長くまっすぐにのびていた。ローマンは頭を上げて見回した。左側の犬舎にいるドーベルマンがケージの隅で身を縮めていた。ローマンを見ようとせず、怯えきって震えていた。

ローマンは自分の体を見下ろそうとしたが、まだ腹ばいだったし、あたりがとても暗い。前へ這い進み、ケージの先端にさす小さな光を目指した。コンクリートの床にふれた両足の裏がおかしな感触だった。ひどく過敏だ。そして光の輪の端にたどりつくと、ローマンは止まって、ゆっくりと自分の前足を光に照らした。

それは、彼の前足ではなかった。それは人間の腕。人間の手だった。

じっと、まじまじと見つめて、ローマンは自分の目が信じられずにいた。それから光の中へ進み、全身を照らす。

ローマンは、人間に変わっていた。

コリン・〝大将《キングピン》〟・クレリーはマッドクリークに到着し、すでに感心していた。いやあマジでここまで車で何時間走ったか、とんでもないクソ田舎にもほどがある。器具やら商品やらを運んでＬＡと行ったり来たりするのはさぞ骨が折れるだろう。裏を返せばそれだけ見つかりづらいということだ。それこそ肝心な点。

ルーフィから見せられた地図ときたら！　涎《よだれ》が出そうなほど広大な、何もない土地。木と岩と山だけの。ここに隠れてしまえば、彼らは牧草にまぎれこんだ針一本も同然。どうせ言うなら、大麻畑にまぎれこんだ注射器の針一本も同然、か？

「ほらな、コリン」ルーフィがそう言いながら町に二つしかない信号のひとつ目をゆっくり走りすぎた。「最高だろ、だから言ったろ？　な、言ったろ？」

「まだ言いきるには早いだろうがよ」

コリンは苛々と言い返した。ルーフィはこの手のことをまかせるにはあまりにも自分のことしか見えてない。

だがこのルーフィが、最近のお勤めの最中にマッドクリークのことを聞きこんできたのだった。刑務所で同房になった男がカリフォルニアのシエラネバダ山脈の奥にある、どこからも遠く孤立した小さな町の話をしていたのだ。仲間と一緒にその町を見に行った後、コアースゴールドのマリファナ農場に警察の手入れが入ったのだと。外に出たらあの町でひと仕事始めてやる、とふかしていた。

だが、ルーフィのほうが同房者より先に外へ出た。そしてコリンは——コリンとしては、新たなビジネスチャンスを逃すつもりなど毛頭なかった。

コリンは十年前にロサンゼルスへやってきた。オハイオのコロンバスから、映画スターになる気満々で。ジェイムズ・キャグニーのような、昔ながらの敵役を目指していた。才能だってあったのだ、『ダイ・ハード』に出てくるような間抜けなドイツ連中や『キングスマン』の舌足らず野郎とは違う。コリンなら純アメリカの悪漢になれた。

だが、映画業界がコリンに目を留めることはなかった。どいつもこいつもクソばっかりだ。結局、コリンは映画よりも現実の悪党《ワル》のほうがカネになると気付き、この五年間はドラッグを売りさばいて稼いできた。もう都会は飽き飽きだ。ロサンゼルスで日がな相手をしなきゃならない負け犬やヤク中、魂の抜けた腑抜けどもにもうんざりしていた。

そこに降って湧いたマリファナ農園の話には……心そそられた。マリファナは最近大人気で、しかも処方箋があれば医療用マリファナは合法。もうじきカリフォルニアは処方箋なしでも合法になるという噂もあるし、そうなればマリファナ市場は花開く。スターバックスみたいに、どこの街角にもマリファナ店ができる。合法的な取引だ——ロサンゼルスで彼が売ってきたヤバいドラッグとはまるで違って。

そう、マリファナこそが未来だ。リスクは低く、儲けは山盛り。ラスベガスの町ができた時みたいに。そして今、彼も新たなベガスの土台に立とうとしている。低いところからの第一歩になるが。現在、マリファナ栽培には州の認可が必要で、前科なし、地元の議会の賛同など、身動きもできないくらい規制がかかっている。畜生が。これまで法律にビビって商売をあきらめるようなコリンではなかったし、これからもそのつもりはない。いいや、彼の流儀でやらせてもらおう、いつものように。そして法が後追いで整備されれば、合法的にうまく立ち回って、失敗する隙もないくらいでっかい商売にしてやる。

マッドクリークに着いたのは午後二時くらいで、コリンは空《す》きっ腹《ぱら》もいいところだった。ダイナーが目に入る。保安官事務所と道をはさんだ向かいだ。都合がいい。

「あそこに寄ろうぜ」とダイナーを指した。「食いながら様子を見よう」

「いいねえ、バーガー食いたい」とルーフィも賛成する。

町の中心の道は、五十年代のアメリカ映画からそのまま出てきたみたいだった。斜めに線が引かれた駐車スペースがあって、ダイナーからあまり遠くないところにルーフィが車を入れた。

コリンはミラーで髪形をチェックする。髪は薄くなり生え際が後退している――親の遺伝だクソが――もののまだ赤茶色を保っていた。頭をかくふりをして指先でボリュームを出す。ヤク中に潰されてから少し不格好に見える鼻を拭いた。悪くない。アビエーターサングラスのレンズは緑色。そう、かなりイケてる。

車のバイザーを上げ、ビュイックの助手席のドアを開けた。車の外でルーフィが待っていた。あたりを見回し、小声で囁く。

「おとなしくな、たのむぜ？　ほら覚えてるだろ、リコが言ってた軍人の野郎、ローマンの話。リコたちが車で町を回ってただけの時からしつこかったって。だから目立たないように、な？」

コリンはイラッとした。

「向こうはたった一人だろ、よせよルーフィ、ビクビクすんな。大体お前のがよっぽど前科者ってツラしてるぞ。フードをとって髪をとかせ。いい加減にしろ、こいつはビジネスなんだぜ」

ルーフィがぐいとフードを外し、黒髪に指を通した。「ごめん、クセでつい」

「とにかくここはロスじゃねえし、俺らを探してる連中もいねえからあまりビクつくな。神経質になんなよ、フォークやスプーンをカタカタ鳴らすな、貧乏揺すりもやめろ。いいな?」

「わかったよ、コリン。ああ」

無駄な身繕《みづくろ》いをしているルーフィを残して、コリンは歩き出した。ルーフィは典型的な使い捨てタイプの男で、コリンもそこが気に入っている。コリンのようなアイデアあふれる男のそばに、自分の意志を持った人間など必要ないのだ。それにルーフィはマリファナに詳しい。子供の頃からあらゆる手を使って育ててきて、今もアパートのクローゼットの中はまるでジャングルだ。ルーフィは必要な存在だった——なにしろコリンはありとあらゆる植物を枯らしてきたクチだ。とは言え、心底イラつく。

ダイナーのドアを開けると、頭上でドアベルが鳴った。五十年代のような古くさい青い制服の金髪のウェイトレスが客にコーヒーを注ぎながら顔を上げ、コリンに微笑んだ。

「いらっしゃい!」とじつに無邪気に言う。「どこでもお好きなところに座ってね!」

コリンはとっておきの笑顔を返した。彼の好みはもっと毒のある女だが、選り好みできる場所ではない。

「どうもありがとう、お嬢ちゃん」

そう答えて席につく。

このダイナーときたら、まさに昔ながらだ。ピカピカの赤のレザーのブース、ラメの渦巻き入りのテーブル、カーブしたカウンター、古くさいスツール。しかも作り物っぽさはなく、かえって洒落て見えるくらいに古い。とにかく、町全体が古くさいのだ。コリンにとっては好都合。のどかに暮らしている連中のほうが、コリンたちのような存在には無防備だろうし。さて、どうなることか。最初のシーズンがうまくいけば、何年かここに腰を据えて山と儲けられるだろう。いずれマリファナが合法になればコリンも合法的に土地を購入し、まさしく建国の父となれる。その気になれば今だって買うだけのカネはあるが、そんなことはしない。記録に名前が残ってしまうし、目をつけられかねない。それでは元も子もないのだ。そうじゃない。コテージを借りてねぐらにし、離れたところにひっそりとマリファナ畑を作る。金脈がここにあるのか誰にも知られないように。それがお利口さんのやり方ってやつだ。

コリンはほくそ笑み、ラミネートされたメニューを眺めた。ああ、いい予感がする。この町は気に入りそうだ。もしそのローマンという男に首をつっこまれても、何の心配もない。コリンとビッグTで片付ければいい。自警団気取りの男ひとり、彼らの敵ではない。

俺の相手がしたいなら軍隊でもつれてこい、とコリンは悦に入った。

マットが仕事を終えて帰宅してしまうと、ローマンは机のパソコンで動画を見ながら冷や汗をかいていた。

ノックせずにランスが入ってくると、ローマンはまずいところを見つかったとばかりにはっとキーボードから身を引いた。

もちろん、ランスにはすぐバレた。

「一体何を見てたんだ、ローマン？」ニヤッとしてランスが机を回りこんでくる。「まさかポルノの存在に気が付いたのか？」

モニターに映ったものを隠したかったが、もう遅い。ランスが画面をのぞきこみ、ローマンを振り向いた時には意外そうに眉を吊り上げていた。

「これは……スケートボードに乗るブルドッグ？」

恥ずかしくてたまらず、ローマンは横を向いた。

「それは……」と舌がもつれる。「その、マットが……」

「どうした？」

「昨日、二人で山にいた時にマットが細い道を見て、そこをマウンテンバイクで走ってみたいと言ったんです。それで、俺も来ないかと誘われました。断りたかったんですが、あなたにマットから目を離さないよう言われていたのを思い出して、それで……」

「いつ行く約束をした？」

「日曜です。どうしよう」とローマンは両手で顔を覆った。

「こっちを見るんだ、ローマン」

気が重かったが、ローマンは従った。両頬が熱いのが自分でもわかる。赤面するというのは、どうも人間の特性の中でもあまり好きになれないもののようだ。自慰ほど楽しくないのはもちろん。

どうせランスにはローマンの感情など丸見えだ。顔が赤くなろうとなるまいと。

「いいか」とランスがゆっくりと言った。「勤務時間外までバークレイを見張ることはないんだ。休日にまでやってくれなくていい。きみにも休息が必要だ、ローマン」

「別にかまいません」

それどころか、休日にマウンテンバイクで遊びに行かないかとマットから誘われてうれしかったのだ。まるで……友達同士のように。とにかく浮かれた気分だった。自分が自転車の乗り方をまるで知らないと、あるいは乗れるかどうかもわからないと、気が付くまでは。

「でも、話からするとマットは自転車に乗るのがとても上手いようなんです。自転車を二台も持っている。新しいのと古いのを。古いほうを俺に貸してくれると、そう言うんです。でも……犬が車輪になんて……」ローマンは身ぶるいした。「みっともないことになったらどうしたらいいのか……」

馬鹿げている。軍の訓練では障害物コースを駆け抜けてきたし、何百回となく車や飛行機に乗ってきた。だが二つの車輪の上でバランスを取らねばならないと想像するだけで、すくみ上がってしまう。

ランスが顔をそむけた。肩が静かに震えていた。笑っているのだ、とローマンにはわかる。腹は立たなかった。さっさとすませて、どうすればいいのか教えてほしいだけだ。

ランスがこちらを向き、目から涙を拭った。

「ローマン、きみは最高だな」

「はあ……」

ローマンはムッとした息をつく。ランスは両手を上げてみせた。

「いや、そうじゃない、よくわかってるよ。初めて自転車に乗るのは少し怖いだろう。特に、四本足で走るのに慣れていると」

「俺に乗れるんでしょうか？」

「もちろん乗れる。フレッド・ビーグルが町を自転車で走り回ってるのを見ただろう？　デイジーも自転車に乗っている」

「でもふたりとも生まれつきのクイックです」

「関係ないさ。こういうのはどうだ、うちのガレージにティムの古い自転車がある。今電話してみるから、きみに乗りかたを教えてくれるか聞いてみよう。よければ今夜にでも来るといい、日曜にそなえて練習できる」

「ありがとうございます」

ローマンは心底ほっとした。胸の中が温かくなる。ランスとティムはとても親切だ。二人のためならローマンは何でもするだろう。たとえ何だろうと。

「それと、そのな、そもそも俺がここに来たのはだ、日曜のディナーにティムがマットとルーシー、それときみも、うちに招待したいそうだ。来るか？」

「はい」

ローマンはティムの料理が大好きだった。レンジでチンしたジャガイモやスープ、その手のローマンに作れる手軽な料理よりはるかに美味しいのだ。

「結構」

ランスはローマンの肩を叩くと、出口へ向かった。そこで振り向いて、心配そうにローマンを眺める。

「きみとマットは……」もぞもぞと耳をかいた。「きみたちが仲良くなるのは当然だろう、あれだけ一緒にいればな。ただ忘れないでくれ、ローマン。マットは仲間じゃない。きみは本当の自分を彼に見せてはならない。まずは町が第一だ、いいな？」

「もちろんです」

ランスがうなずく。「よし」と言って去った。

本心から答えたつもりだったが、初めて、その答えがしっくりこなかった。ローマンの口に嫌な味が残る。嘘を言ったかのように。だが真実のはずなのだ。町が一番大事なのだ。なのにどうしてこんな悲しい気分になるのか、ローマンにはよくわからなかった。

7　てっぺんから急降下

日曜の早朝、ジープ・チェロキーを停めるマットを、ローマンは窓から目で追っていた。彼のキャビンにマットが来るのはこれが初めてで、ローマンはひどく緊張していた。もう一度見回すが、部屋はいつもより片づいているほどだ。昨夜と今朝、床を掃き出したし、いつも食事をする小さなパイン材のテーブルはあまりに磨き立てたので薬剤とレモンのにおいがぷんぷんしていて、ローマンはいつものシリアルをそこで食べられなかった。

ぴっちりしたサイクル用パンツを引っ張る。ティムが貸してくれたものだ。しっかりしたパッド付きで股間が痛くならないですむ、と言っていた。ショートパンツの裾が短すぎる。着心地も妙だ。太腿半ばくらいまでの黒いパンツは、皮膚の一部のようにぴったりくっついていた。ペニスも睾丸もしっかりと、独房に監禁されてるみたいにとじこめられている。こんなものを着るのは初めてだったし、自分が間抜けだと思った。というかそう感じていた、ドアを開けるまでは。

マットが、ローマンを凝視した。その口はぽかんと、診察室で医者に「口を開けて」と言われた時のように開いていた。ローマンは、自分の足に変なところがあるのかと見下ろした。筋肉質な足だ。膝まわりの筋肉はカットされたダイヤモンドのようで、その上毛深くて、茶色のふわふわの毛が生えている。それでもローマンの目には充分に人間らしい足に見えた。

「ええと……」マットがごくりと唾を呑んだ。「うわ。よく鍛えてるんだな」

ローマンはもぞもぞと、落ちつかない気分でドアノブをいじった。

「ワークアウトで足を鍛えてるんだろ。その筋肉……」ローマンを見上げて、マットはいきなり赤くなった。「というか……」と咳込む。「どんなワークアウトをやってるんだか教えてほしいよ。見事の一言だ」

「ワークアウト?」

「そう。スクワット何回? バーベルトレーニングはどれくらい?」

一瞬マットが何を言っているのかわからず、ローマンは追いつめられていた。次の瞬間、はっと思い出す。ジェイムズにつれられて基地のジムに行ったことがあり、そこでジェイムズはうなったり呻いたりしながら汗みどろで、棒に付けた大きな重りを持ち上げていた。兵たちはどのくらいの重さまで持ち上げられたかよく自慢し合っていた。マットが言っているのはあのことに違いない。

「俺はただ、歩き回ったり走ったりするだけだ」とローマンは答えた。

「そりゃよっぽど恵まれた体質なんだな……」

マットはローマンの足をもう一度眺めてから、横を向いた。

ローマンの肌がぱっと温かくなり、腹の中がふにゃふにゃになった。ドアノブをきつく握る。

「中へ入ってくれ。その……もし、かまわなければ」

「じゃあ、少しだけ」

マットが微笑んだ。

ドア口からローマンが下がる。マットは中へ入ってぐるりと見回した。ローマンの住むキャビンは、町が所有する二十戸のキャビンのひとつだ。群れの仲間がボランティアで建ててくれたものだった。この間の夏、ローマンも新しい一軒を建てる手伝いをした。新入りのクイックたちが住むところはいくつあってもいい、ほとんどが金も仕事もないまま町へ来る。

ローマンのキャビンはとても小さく、完全にひとり用だったので、誰かと同居する必要もなかった。それに町から離れすぎていて、ほとんどの群れの仲間はここに住みたがらない。ワンルームで、壁際にソファベッドがあり、中央には格子縞の古いカウチともっと古いテレビ、コーヒーテーブル、ほかにローマンが食事や勉強をするキッチンテーブル、壁際のキッチンカップボード、オーブン、シンク、そして冷蔵庫がある。

ローマンは心からこの場所を愛していた。自分のものであるというだけで。そしてフルタイムの仕事で町のために働く今、家賃を払わずに住んでいるのをもう後ろめたく思わなくてもいい。

「すごいなローマン、完璧に片付いてるじゃないか。俺の部屋を見たらがっかりされそうだよ。物ばっかりでさ」

壁に掛かった写真に、マットが近づいていった。

ローマンもその隣に立つ。胸が締めつけられた。マットにこの写真を見せたかったのに、突然、あまりにも私的なもののように感じられていた。

「これは誰?」

マットが、ジェイムズとローマンの写った写真を指さした。軍の写真係が撮ったもので、ローマンのかけがえのない宝物だ。マッドクリークへたどりついて読み書きを教わった後、ローマンはジェイムズの姉へ手紙を書いた。リリーが宛先を調べ、手紙の文章をきちんと直してくれたのだ。その手紙で、ローマンはジェイムズの友人だと自己紹介し、ジェイムズがどれほど勇敢で素晴らしい人物だったかを語った。ジェイムズの姉は、心のこもった返事とともにこの写真を送ってくれた。

写真の中で、ジェイムズは片膝をついて屈みこみ、片腕をローマンの肩に回していた。ローマンは舌をだらりと垂らしていて、幸せにあふれて見えた。ヒトになるよりも昔のことだ。

「ジェイムズ・パトソン軍曹だ」ローマンは言いよどんだ。「……俺の、親友だった」

マットはローマンのほうを向き、見つめた。笑みが消える。

「だった？」

「地雷で死んだんだ」

「それはつらかったな……」マットの声は静かだった。写真をまた見つめる。「俺の兄のミッチも、イラクで戦死したんだ。俺が十五歳の時。親父にはひどい痛手でね。いや俺もつらかったけどな。何と言うか……ほら、兄の思い出に恥じない人間にならないと、ってやつさ。ああ、だから、気持ちはよくわかるよ」

「きみに母親がいるのか」

マットがふっと息をつき、笑い出しそうな目をローマンへ向けた。

「そりゃね、母親なしじゃ生まれてないし」ごくっと唾を飲み、その明るさが消えた。「俺が小さい時に乳がんで死んだけど」

そのマットの声には苦い痛みがにじんでいて、ローマンの内側の犬がはっと耳をそばだたせ、不安になる。だがマットは話題を変え、声の響きも変わった。

「なあ、犬とあんたが一緒にいる写真はないのか？　K－9部隊にいたんだよな？」

「これと同じような写真は持っていない」

「やっぱりこういう犬と働いてたのか？　ジャーマンシェパード？　この子はすごくきれいだな」

マットが写真のローマンへ向けてひとつうなずいた。

どう答えていいのか、ローマンは途方に暮れる。床が足の下で溶けてしまったように足元がたよりない。嘘は、あまりにも不慣れだ。

「あ、ああ。俺の犬も丁度こんな感じだ。出発しようか？　水筒の補給がしたいなら水はある」

「それは大丈夫、準備はできてる」

マットが名残惜しそうに写真から離れた。この話題が終わって、ローマンの胸が少しゆるむ。

「チェロキーの後ろにマウンテンバイクを二台積んできた。乗るか？」とマットが聞いた。

「そうだな」

「よし。じゃあ行こう」

ローマンが先に立ってキャビンを出る間も、どこか気づまりな雰囲気が消えなかった。どうしてなのか、ローマンにはよくわからないまま。

ティムとランスの家で練習はしたが、それでもやはり自転車に乗るのは緊張する。マットと山道の入り口に着いても、今から二輪車の上に乗るのが不自然な気がしてたまらない。

ローマンの進みはよろよろと、おっかなびっくりだった。先を行くマットがしきりに振り向く。少し登ったところでマットが止まった。ふらふらと追いついたローマンは、両足を地面に着けられてほっとしていた。

「大丈夫か？」とマットに聞かれる。

「ああ。自転車にあまり慣れてなくて」

それを聞いて、マットはとまどい顔になった。

「そうだったのか。ローマン、なら言ってくれれば。無理に来ることはなかったんだ」

「いや、やってみたかったんだ」

そう言って、ローマンはそれが本音だと気付いた。マットはこの山登りを楽しみにしていたし、ローマンはそんな彼に楽しんでほしかった。

「ならいいけど。最初の尾根《おね》まで行って、調子を見よう。いつでも引き返せるから」

ふたりはマウンテンバイクで山道を登っていった。ローマンが練習してきたティムの家の前の道と違い、ここは登りもきつく、木の根や石が転がっていて、走るのがずっと大変だ。自転車が倒れないだけのスピードを出すのがもう難しい。

自転車は好きになれない、とローマンは結論を出した。二本足でどう歩くか学ぶだけで大変だったのに。

だがその時、頭の中でジェイムズの声が響いた。「がんばれ、ローマン。お前ならできる！」訓練ではずっと難しいことだってやりとげてきたのだ。濡れて滑りやすくなった急傾斜の屋根を駆け上るとか。コツは自信を持つこと、スピードを落とさないこと。ローマンはペダルを強く踏みこみ、太腿の筋肉の力を使って登り坂でスピードを上げてみた。グラグラせず楽に進めた。

マットにぴたりとついていく。スピードを上げないと上手く走れないので、ほとんどマットの後輪にぶつかりそうなくらいの時もあった。気が付いた時にはもう尾根に到着していた。

マットが自転車を下り、体をのばした。ローマンにニコッとする。

「いい運動になったな」

顔と首が汗に濡れている。光る肌に、ローマンの目が吸い寄せられていた。舐めたらどんな味なんだろう。だがそれは犬のすることだ。ヒトはやらない。

今の運動でローマンの胸がドキドキしていた。

「ああ、腰が疲れるがいい気分だ」

「気持ちのいいことはみんなそうさ」

おかしな、誘うような響きが、マットの声にあった。ローマンは目をぱちくりする。マットが咳払いをしてそっぽを向いた。

「もう少し行けそうか？」と自分の立つ尾根の稜線へ顎をしゃくる。「ここからはもっと楽になるよ」

ローマンは考えこんだ。尾根づたいは、なだらかな上下のうねりが何マイルも先まで続いている。先週そこまで登山して、マットはすっかりその場所が気に入ったのだった。よくわかる。彼らが今立つ峰は周囲の山々より比較的低いから、山の景色にぐるりと囲まれたボウルの中のようだ。空はどこまでも青く澄みわたり、風はさわやか。盛りを迎えた紅葉の、縮れてきらめく一面の金やオレンジの葉の景色は世界の何より美しい――間違いない。ここからは別の峰の裏になってマッドクリークの町さえ見えない。まるで、世界には彼らしかいないかのようだ。ふたりきり、そしてローマンが森の中に感じとれる生き物たちだけ。

「行ってみたい」

「よしきた、いい根性だ。行こう」

マットが自分の自転車にまたがって先へ行く。ローマンはついていった。

前よりずっと楽に進めた。マットからのほめ言葉に心を浮き立たせて。いい根性だ、なんて言ってもらえてうれしい。山道の下りはとても気に入った。下りを猛スピードで駆け抜ける体が飛ぶように跳ねる。ローマンの顔と手を風が揺さぶり、気付けばローマンは微笑んでいた。車に乗っているのと似ているが、登山と同じくらい大地が近く感じられる。数マイル走った頃、自転車も悪くないと思った。さらに数マイル行った頃には、心がはずんでいた。

ひとりならそこまで楽しくなかったかもしれないが、マットについて自転車に乗るのは大好きだ。黒いサイクルパンツと、だぶっとした赤いTシャツが風でぴったり体にくっついて、浮き上がる締まった体の線を後ろから見るのが好きだ。マットはローマンの友だ。ローマンの群れの仲間だ。

（いいや。彼は仲間じゃない）

ランスの声が頭に響き、ローマンに警告する。

だがローマンの心は、マットは群れだと告げる。マットと一緒にずっとすごして来たし、マットのそばにいるととても楽だ。ローマンが何かを失敗した時でさえ、たとえば耳をかいたりヒトにしてはおかしなことを言ってしまった時でも、マットはローマンがわざとふざけていると思っているように、まったく仕方ないやつだと笑って首を振るだけだった。マットは大体、どんなことも笑った。彼の魂は、たとえ悲しんでいる時でさえ明るい光にあふれている。それに、とても心が優しい。

ふたりは尾根沿いに、その果てまで、一時間ほど走った。その先の道は一気に下へ向かって落ちこんでいる。マットは自転車から降りるとまた体をストレッチした。ローマンに声をかける。

「なあ、今日はブランチを持参してきたよ」

「ブランチ？　それはお洒落なヒトたちのすることか？」

マットがニコッとした。

「俺たちだってお洒落だぞ。それに今日は日曜だからさ！」

マットのマウンテンバイクは後部にバッグがついていて、そのバッグからマットは裏が白い銀の何かを引っぱり出した。とても小さいのに、広げると毛布くらいの大きさになる。マットはそれを地面に敷き、風に飛ばされないように四隅を石で押さえた。それから、小さなシャンパンのボトルとプラスチックのタッパーをいくつか取り出す。

「どうぞ、座って」と敷物の自分の隣をポンと叩いた。

ローマンはマットから借りた自転車を慎重に停め、マットの横に座った。タッパーには耳をカットした小さな三角形のサーモンサンドイッチが入っていて、ブドウやイチゴ、筒状に巻いたタコスのようなものも並んでいた。ローマンは心底驚く。

「こんなに色々してもらって……でも俺には勿体《もったい》ない」

そう口では言ったが、腹が鳴っていた。ローマンの内にいる犬はいつも腹ぺこだ。

マットがニコッとした。いつもより温かな笑みだ。そよ風に焦げ茶の髪が乱れていた。肩をすくめる。

「たくさん卵サンドもらってるから、お返しだよ」

「でもあれはダイナーのだ。俺が作ったわけじゃない」

「大したことじゃないさ。小さいタコスはルーシーが作ってくれたし、ほかのは難しくないし」

「そうか」

ルーシーの名を聞いたローマンは眉を寄せていた。映画館で会った彼女は、感じが良く思えた。だが可愛い娘だったし、その彼女がマットと一緒に暮らし、家での時間をずっと一緒にすごし、もしかしたら一緒のベッドで眠っているのかもしれないと思うと……気分が沈む。ローマンはできるだけ行儀よくサーモンサンドを食べながら、どうしてそんな気持ちになるのかと考えこんだ。

ジェイムズがいた頃は、彼らは常に一緒にいた。誰ひとり、間に割って入ることはできなかった。ローマンの心には、マットに近づきたいというずきがある。マットともあんなふうに近い相手になりたいと。

その願いはローマンを当惑させる。そんなのは駄目だろう。マットはジェイムズではないのだし、ローマンだってもう犬ではない。今のローマンは責任あるひとりの男だ。今現在、責任のほとんどがマットに関することであっても。

ややこしいことを考えていると頭がこんがらがって、ぼうっとしてくる。ローマンの犬にとってはもっとすべてが単純だ。犬はマットを群れの仲間にしたいし、いつも友達でいたがっている。それだけだ。

だがそういうわけにはいかないのだ、夜にはマットは自分の家に帰るし、そこにはローマンは入れない。それに大体、ランスの目的は全然違う。

「どうする?」とマットが小さなシャンパンのボトルを揺らした。「酔っ払うような量じゃないけど、少し飲んでも山下りできそうかな?」

「ああ。それ、シュワシュワするやつか? 前に泡々のを飲んだ。おいしかった」

あれは群れの年越しパーティの時だった。よく覚えている。

「ああ、これはシュワシュワするやつだよ、タフガイ」

マットがニヤニヤしてうなずいた。蓋部分を覆う銀紙をはがし、ボトルの先をよそへ向け、ポンと蓋を開ける。ブシュッとしぶきが上がって岩にかかり、突風がそのしぶきをマットの顔に吹きつけていた。マットが仰天してむせる。

その光景がなんだか、やたら、おかしかった。ローマンの胃にキュッと痛みが生じ、それが喉元まで上がっていって口からとび出す。吠えた、と思ったが、違った。それは笑いだった。大きな笑い声。自分の口から出たその音にぎょっとして、ローマンはますます笑った。

マットがニヤッとして袖で顔を拭った。

「瓶が鞍袋の中で振られてたみたいだな」

くらぶくろ、という響きがまたおかしくて仕方ない。ローマンの胸から口へと、ほとんど苦しいくらいに笑いがはじけ出した。幸いにも、吠え声というより「は、は、は」という笑い声に近かった。かかえた膝に額を預け、おさまるのを待つ。笑い。本物のヒトの笑い。またも新たな初体験。すごくいい気分だ！

やっと息を整えて顔を上げると、マットが優しい顔でうれしそうにローマンを見ていた。

「そんなにおもしろかったか？」

「ああ」ローマンの息はまだ不規則で、唇は笑いの形に歪んでいる。

「そうか。あんたの前でバナナの皮を踏まないよう気をつけるよ。過呼吸が心配だ」

言葉の意味はローマンにはよくわからなかったが、軽くて親しみがこもっているのできっと大丈夫だ。

マットがボトルに口をつけてごくりと飲むと、ローマンにボトルを渡した。これは飲んでもいいやつなのだろう。職場で瓶に口をつけるとリーサからこっぴどく叱られるのだが。

ボトルの飲み口はマットのにおいと味がした――汗と清潔さの組み合わせ。シャンパンはいい感じにピリッとしていて、口の中でシュワッと泡立った。

ローマンはマットにボトルを返し、小さなタコスをつまみ上げ、かじりついた。チーズの香りがして、カリッとしていて、とてもおいしい。これは――このシャンパンとこの食べ物とサイクリングと景色と笑いは……最高だった。完璧だった。こんな時間はできるだけ大事に味わなければいけないのだと、ローマンはよく知っていた。

ふたりはシャンパンのボトルをやりとりしながら食事を取った。ローマンはシャンパンより飲み口に付いているマットの味が好きになってきて、目立たないようにこっそり舐めようとした。着ているサイクリングパンツが段々ムズムズして、パンツが前よりきつくなったようだ。

顔を上げるとマットが彼を見つめていて、茶色い目が黒ずんでいた。ローマンはシャンパンの瓶を返して、敷物の上でよそを向いた。膝を曲げてかかえ、股間の現象を隠そうとする。今はそんな時じゃないのに！　パンツが破れそうだし、そうしたらとても間抜けな格好になってしまう。ローマンはブドウをかじった。

「ローマン？」とマットがおかしな声で聞いた。

「んん？」

ローマンは顔を向けなかった。マットがそっと咳払いをした。

「その、聞きたいことが……ええと……」

ローマンはじっと待った。

マットがふうっと息をつく。

「ええと、そう、どうもビューフォート保安官は俺が町にいるのをまだ嫌がってるみたいだな？」

マットが聞きたかったのは本当はそれではなさそうだったが、とにかくローマンは答えた。

「保安官はきみのことを、ヒトとしてはかなり気に入っている」

振り向いて、マットの表情を見やる。マットが当惑して目をぱちくりさせていた。

「そうか。そうなんだ。そりゃあよかった。でも——」片手で顎をさする。言いにくそうだった。「なあ、俺だって馬鹿じゃない。保安官は町の住人に俺のことを何か言ってるんだろ。皆が、俺がウイルスか何かみたいにビクビクしてる。それにあんたも、俺を町から遠ざけようとあらゆる手を尽くしている」

「山に俺たちの仕事があるからだ」

力をこめてそう主張したが、ローマンの顔は熱くなっていた。

マットが片手を上げて制する。

「わかってる。文句を言ってるんじゃゃ……いや、こんなに協力してくれて助かるし、あんたも俺と同じようにマリファナ畑なんか許さないという気持ちなのもわかるし――」

「そうだ」

「そうだろ。だから責めてるわけじゃないんだよ。ただ……この町には何かあるんだろ。だからいつかは、俺にもそれを教えてくれるのかなって」

ローマンは返事に窮していた。嘘をつかねばならないのに、とても口が動かない。マットの目を見つめ、恐怖や、弱気を見せまいとした。

「ローマン?」

「ランス・ビューフォートはいいひとだ」とローマンは言った。「とてもいいひとなんだ」

「そうか」マットはうなずいた。「それはわかる。でも――」

「マッドクリークは……ほかのところとは違うんだ」ローマンは不安な息を吐き出した。クウン、と鳴き声が出そうになる。「ここの住人は……この町には、とても弱いひとたちが住んでいる。守らなきゃならないひとたちが。ランスは、皆を守りたいだけなんだ。俺もそうだ。皆、ここではひとつの大きな家族なんだ」
　マットは首を振る。わけがわからないという顔だった。

「守るって、何から？」

「何から……」

　色々な言い訳がローマンの脳内を乱れ飛んだが、どれも言うべき言葉ではなさそうだった。真実に近すぎるか、さもなければ支離滅裂《しりめつれつ》かだ。ローマンは途方に暮れた。目をとじた。

「……信じてくれ。事情があるんだ――もしそれを外部の人間に知られたら、この町とここの皆が苦しむことになってしまう。でもその事情は、麻薬や俺たちの仕事とは無関係だ。それに、何か悪いことでもない。お願いだから、それは信じてほしい」

　ローマンは心をこめてそう伝えた。マットと険悪なことになりたくはない。マットの友達になりたい。マットを信じてここでただすべてを話せたらどれだけよかったか。

　マットは、長い間ローマンを見つめていた。心を決めようとするように。やがて、

「……わかったよ、ローマン。でもいつか、できたら話してほしい」

「俺もそうしたい」

　いつか本当にそんな日が来るのだろうか。

ふたりはまた食事に戻った。ローマンはまだマットが納得しきっていない気配を感じとっていたが、今はそっとしておくしかない。だがいつまで？　いつかマットとはっきり立場を分けて対立する時が来るのだろうか。そんなことにはならないでほしい。

じきにすべてのタッパーが空になった。シャンパンのボトルも。マットは敷物の上についた両手によりかかり、顔に陽を受けていた。サングラスの下の目はとじているように見えたので、ローマンはじっくりとその姿を見つめた。マットはとてもよく鍛えられていた。とても健康な生き物に見える。そしてその顔を眺めていると、ローマンの気持ちが幸せになる。不思議なことに。

コアースゴールドでの麻薬組織摘発の夜、ローマンは銃火の元でマットをジェイムズと見間違えて大失態をやらかしたのだが、あながち的外れでもなかったのかもしれない。マットはジェイムズではないが、マットのどこかがジェイムズと似ている。ローマンはマットのことも、ジェイムズと同じくらい好きだ。

マットが目を開け、ローマンの視線に気付いた。ローマンはさっと顔をそらした。

「ローマン？」とマットがそっと聞いた。

「何だ、マット？」

「本当はほかにも聞きたいことがあったんだ」

ローマンはじっと待った。それでもマットが何も言わなかったので、うながしたほうがいいかと「聞いてもいいぞ」と言った。

マットは咳払いをしてから、重々しい息をついた。

「その、ずっと考えてて……下らないことを聞いてるけど、でも——あんたは、ストレートなのか？」

ローマンは近くからワシがさっと急上昇していく様子を眺めながら、視界の隅のマットの存在をはっきり意識していた。マットの体の気配や口調から、この質問が大事なのだというのはわかるのだが、どうしてかがわからない。それどころか、質問の意味がわからない。

ローマンは〝ストレート〟なのか？　それはどういう意味なのだろう。正直者という意味か、それとも犯罪者ではないとか真面目だという意味か。たまにランスがそんな言い回しを使う——〝まっすぐな生きかた〟とか何か、そんな。マットが言いたいのもそういうことか？

人間相手のやりとりで自信のない時にいつもそうするとおり、ローマンは適当に話を合わせた。

「もちろん」と軽く答える。

「もちろん……ストレートなのか？」

「俺はストレートだ」とマットをまっすぐ見つめ、ローマンは自信あり気にうなずいてみせた。

「……そうか。当たり前だよな。ああ、下らないことを聞いた」

二人の間の雰囲気が変化していた。マットはまた日光浴に戻ったが、体は強ばり、彼の悲しみが、あるいは怒りまでもが空気をひりひりさせていた。ローマンはそれをなだめたかったが、どうすればいいのかがわからない。

「じゃあ、そろそろ戻ろうか」少ししてマットが言った。「ルーシーに早めに帰ると言ってある。今夜、ビューフォート保安官の家にディナーに招かれてるんだ」

「わかった」

ローマンは立ち上がると片付けを手伝った。数分のうちにすべてがマットの自転車のバッグに納まる。

「下まで競走だ」とマットは言ったが、楽しいはずの言葉を口調が裏切っていた。

ローマンはとにかく調子を合わせ、「負けないぞ」と自転車に飛び乗ると一気に走り出した。

下りのほうが楽だったので、ローマンはリードを守った。風がまた腕や顔を吹きすぎたが、今日という日が台無しになった気がした。マットがローマンをキャビンの前で車から下ろした時には、ふたりともこの一日が終わってほっとしたようだった。

8　ローマン、虹《レインボウ》について知る

月曜、ローマンは早朝五時に保安官事務所へ出勤した。マットが来る前にランスと話したかったのだ。ランスは六時に到着すると、コートをかけ、オフィスのドア近くにたたずむローマンを見てためらった。

「何か話したいことがあるのか、ローマン？」

「そうです」

ランスはうなずいた。

「わかった、まずコーヒーを淹れるから待ってくれ」

ふたりは休憩室に入った。ランスが自分用の大きなマグにコーヒーを注ぎ、その間にローマンは冷凍庫から牛の煮汁《ビーフブロス》を出して電子レンジで温めた。コーヒーの味や飲んだ後のそわそわする気分が、ローマンはどうも好きになれない。人間の習慣の中でもこれにはなじめなさそうだ。ほとんどのクイックが、温かい飲み物がほしければ骨を煮出したおいしいブロスを好む。

オフィスへ入ると、ランスがドアを閉めた。

「昨夜の夕食の席ではふたりで話す時間がなかったが」と切り出す。「自転車はどうだった？」

「自転車での山登りは、思ったほど悪くはありませんでした」

「それはよかった」

ランスは目を細め、コーヒーを飲みながらローマンが先を続けるのを待っていた。

昨夜のランスとティムの家での夕食は、ぎくしゃくとしたものだった。マットとルーシーはブルージーンズを履いて、すがすがしい秋のにおいとともにやってきた。手土産はワイン一本、それにルーシーが作り立てのトルティーヤ・チップスをおいしいサルサソース付きで持参した。ルーシーとティムはたちまち意気投合した。ルーシーは誰とでも打ちとけ、ティムたちの飼っているバーニーズ・マウンテン・ドッグの雑種、レンフィールド——愛称はレニー——をかわいがった。だがマットは様子がおかしかった。ローマンのほうを見るのをひたすら避けていた。ランスやティムとはたくさん話をしていたが、ローマンとは少ししか話さなかった。レニーのことをなでていた。ほんの時々ローマンを見てニコッとしたが、目は笑っておらず、悲しげだった。今週ずっと一緒にいたマットらしくもないし、それどころか朝に自転車で山に出発した時のマットとも違う。ローマンにはわけがわからなかった。

もしかしたら、周りに誰もいない時だけ、マットはローマンを好きでいてくれるのかもしれない。ティムやランスのほうが、話していて楽しい相手なのかもしれない。ランスは生まれつきのクイックだから、振舞いもずっとヒトらしい。それにティムは純血の人間だ。ちょっとシャイではあるが、人間が何か言えばその意味はちゃんと理解できる。何か聞かれて質問の意味がわからないようなこともない。

いやそれとも、マットの態度はランスやティムのほうがいい話相手だからではないのかもしれない。ローマンが、どこかで間違ったことをしてしまったのかもしれない。

あんな態度のマットを前にすると、ローマンは何だか嫌な気持ちになってしまう。でかい、汚いブーツで胸を踏みつけにされているような気分だった。だから夕食が終わると、ローマンは口実を作ってそそくさと家に帰った。

そして今、ランスのデスクの前に立っている。ブロスの入ったカップを置くと、ローマンは一歩横へずれて片足に体重を乗せ、手を背後で組んで軍隊式〝休め〟の体勢をとった。顎を上げる。このポーズを取ると少し自信が出てくる。自立して強くありたいローマンにとって、人間のあれこれについてランスにたずねるのはとても苦手だ。だが、こんな時はランスだけがたよりだった。

「マットのことですが」

ランスがはっとローマンに注意を向けた。犬の姿なら耳がさっと立って前に傾いていただろう。

「マットがどうした？」

「彼の振舞いが、俺にはまるで理解できません。それで俺は……俺は、自分が間違ったことを言うかするかしてしまって、マットに嫌われてしまったのかと、心配なんです」

「聞こうか」ランスは尻を半分デスクに乗せて座る。目に光がともっていた。「何があったか話してくれ」

「サイクリングの最中、我々は休憩して、マットが持参した食事を食べました」

その思い出に、ローマンはごくりと唾を呑みこむ。シャンパンの瓶の飲み口に付いていたマットの味……。

「マットは、あなたが何かを隠そうとしていることや、俺が町から彼を遠ざけようとしていることに気付いてました。それについて聞かれました。でも彼は怒ってはいなかった」

ランスがぐっと口元を引き締める。

「たしかに、すこしあからさますぎたか」

「マットは……」ローマンはぼそぼそと言った。「俺はマットに、そのことは麻薬とは無関係だと言いました。どんな犯罪とも関係ないと。信じてくれたと思います」

ランスは溜息をつき、深々と息を吐き出した。

「案の定、面倒なことになってきたな」

「マットは我々に何かする気はないと思います」

「たとえ彼にその気がなくとも、町の破滅には変わりない。ほかに何か言ってたか？　質問されたか？」

ローマンは口ごもった。

「……されました。俺がストレートか、とマットに聞かれました。どういう意味かよくわからなかったのでストレートだと答えましたが、間違った答えだったようです。昨夜、ディナーの時もマットはほとんどこっちを見てくれなかった。何かまずいことをしていたなら申しわけありません」

ランスは口を開けっ放しにしてローマンを凝視していたが、次の瞬間、両手で顔を覆った。

「ティムの言ったとおりだったか！」

「何のことです？」

ローマンの心がさらに少しきしむ。ランスが呻いた。

「マジか。もう充分どうかしてる状況だっていうのに……」とローマンを見上げた。「マットが帰った後、ティムはマットがゲイで、きみに片思いしていると言ったんだ。俺は、そんな考えはイカれてると言った。なにしろマットにはルーシーがいる。だがティムが、あのふたりはただの友達だと言い張ってな」

「話がよくわかりません」

ランスの視線がローマンの肩をすぎ、壁へと泳いだ。そわそわと体を動かす。

「いいか、ヒトの男には〝ゲイ〟と〝ストレート〟がいる。まあほかにも色々あるんだが、その話はまたいつかな。とにかく〝ストレート〟という言葉は、女性のことが好きな男、という意味だ。つまり、大体の男はストレートだ。だが一部の男は女性ではなく男性を好み、その、彼らをゲイと呼ぶ。ゲイは男性を、あー、セックスの相手として好む。性的指向。つがいのことだ」ランスの顔に小さな紅潮が浮き上がった。「ほら、その……つまり……俺とティムが、恋人同士であるように」

「おふたりはつがいですね。ええ、それはわかってます」

「ということは、俺たちは……その……セックスしている、ということだ」ランスは追いつめられた必死の形相だった。「人間の姿でだけだぞ！　俺が。ティムじゃなく。いやつまり、ティムは元からヒトの姿にしかなれないが。だが――」そこで咳払いをした。「あらためて言っておくと、基本的なマナーとして、きみがもし……いやつまりだ、大体の人間は、犬とセックスはしたがらないものだ。犬の姿のままでは」

ローマンにも、あきれ顔をしないだけの分別はあった。

「たしかに。犬のほうも同じ気分でしょう」

何も驚くような話ではなかった。まともな鼻を持つ犬なら、ランスやティムに少しでも近づけば二人がセックスパートナーだとすぐわかる。

「う……うむ。ならよかった。とにかく――」

ランスがまた咳払いをした。その顔は今や真っ赤に染まっている。それでも踏んばって、なんとか話を続けた。

「だからティムと俺の、その、関係は、人間の男であるティムが〝男を好きな男〟だったから可能になったということだ。ほら、当然、俺は男だからな。ということはつまり、ティムはゲイだ。わかったか？」

ローマンは、わかった気がした。軍で「ゲイ」という言葉がいつも悪口に使われていたのを聞き覚えていたせいで、少し混乱してもいたが。だが今はそのことは深く考えない。

「では、保安官はどうなるんですか？　あなたもゲイだということですか？」

　ランスが両手をデスクに強く押しつけた。拳の背が白かった。

「ヒトからすれば俺はゲイだろう、ああ。男とつがいになっているからな。だが俺は、元から男が好きだったわけではないんだ。ただ……ティムと出会って、その、絆を結んで、彼と恋に落ちて、それで――それで、ティムが男だろうが女だろうがどうでもよくなった。だから……」

　ローマンは話についていけずに眉をよせた。

「……ああ。俺もゲイだ」とランスが弱々しく結んだ。

「ということは――マットが俺に、ストレートかと聞いたのは……」

　ランスは手のひらのつけ根で目をぐっと押さえた。

「信じられん。ああ、マットがきみにストレートかと聞いたのは、カマをかけたんだ」

「カマ？」

「マットはきみが好きなんだよ、ローマン！　だからきみがその気持ちに応えてくれるかどうか、知ろうとしたんだ。だがきみは自分がストレートだと言った。つまり男は――性的な意味では――好きではないとな。ということは、きみはマットのことを……セックスの相手としては、好まないということになる。だからマットはがっかりしたんだろう。多分彼は、ティムが言っていたようにきみに気があって、少し落ち込んだんだと思う」

「それは……」

「心配しなくていい、ロー。マットは元気になるさ。ただ彼のそばでいつもどおりに振舞って自分の仕事を続けていれば、マットもすぐに立ち直る。いいな？」

ランスはふうっと、話が片付いてほっとしたような溜息を吐き出した。

ローマンはとてもほっとした気分にはなれなかった。まばたきして、話を整理しようとする。マットが、そんなふうにローマンを好きだというのか？　キスしている男女をテレビで見たことがあるが、あんなふうに？　ランスがティムを想うみたいに、そしてティムがランスを想うみたいに？　まるでつがいみたいに？

突如として、時々マットから立ちのぼっていた、あの甘くつんとしたタンジェリンの香りの正体がわかっていた。最初はフレズノのトイレで、マットのズボンの前を締めてやった時に嗅いだのだ。あの時……膨らんでいた。パンツの中が。あれは——ああ。

マットはあの時勃起していたのだ。そして思えば、ローマンの手はまさにすぐそばに置かれていた。ローマンがさわってくると思ったのだろうか、マットは？　ローマンが最近覚えた自慰みたいに？

それにマットは、ローマンといる時さらに何回か勃起していた。ローマンがパーソナルスペースのことを忘れてあまりに近づきすぎた時に。

ローマンの腹がからっぽになった。内臓がすっかりすくい取られて、鈍いうずきだけが残されたようだ。おかしなことに、そのうずきは股間にまっすぐ下りていく。睾丸はからっぽではなく、むしろみっちりと重く感じられた。これが、今までわからなかった人間のセクシュアリティの新しい一面だろうか。手がかりならいくらでもあったのだ。それをただローマンは……自分に関係ないと思いこんで見逃してきた。空が青いことにも気が付かないように。

もしかしたら自分に——もしかしたらつがいができるかもしれないなんて、まさか……。

「ということはヒトの男は……ほかの男とつがえるということですか？　ヒトには発情期がないのに？」

ローマンはのろのろと、そうたしかめた。

ふうう、とランスが息をついて壁を見つめる。

「人間にはそのように規則的な発情期はない、ローマン。その気になった時にセックスするだけだ。毎日でも。時には一日一回以上——まあいい、聞け、リリーに言えばその手の本を貸してくれるだろう。とにかく、俺にはもうこれが限界だ。リリーに電話して本をリーサのところまで届けてもらっておくから。それでいいか？」

「わかりました」

ローマンはまだ山ほど聞きたいことがあったが、自分のせいでランスが追いつめられているのがわかったのでやめておく。

「ありがとうございました」

「だから、その、そうだな。さっき言ったようにだ、自然に、前のとおり振舞っていれば、いつかマットも元に戻るさ。大丈夫だ、ローマン。きみは何も間違ったことはしていない。きみの仕事はマットを見張ることで、彼の友達や……それ以上になることではないんだ。いいな？　もしマットが町についてまた質問してくるようなことがあったら教えてくれるな？」

「わかりました」

「よし、以上だ。今日の様子は後で報告してくれ」

ランスが一刻も早くローマンに立ち去ってほしそうだったので、ローマンはブロスのカップをつかんで、マットと共有している自分のオフィスへ戻った。デスクの前に座る。

ランスが教えてくれたことを考えた。ティムの意見についても――マットがそういうふうにローマンのことを好きだという話を。心の奥から希望や昂揚が熱くこみ上げてくる。

その時、ランスの最後の言葉を思い出していた。「きみの仕事はマットを見張ることで、彼の友達やそれ以上になることではない」と。

ローマンは、まず一生ありえないと信じていた気持ちになっていた。今この時、彼はマッドクリークの保安官助手でいたくなかった。

9　罠、発動

〈犬のキオク　5〉

陽光が犬舎に這いよってくる。ローマンは怯えきっていた。二本足でバランスを取ろうとし、背骨を立てようとした。視点が高すぎて怖い。しきりに声を出そうともした。自分の口から、息から、ジェイムズが話していたような言葉が出てくるのはひどく異様だった。ジェイムズが普通に話していたような言葉に少しでも近づくまで、相当たっぷりと練習しなくてはならなかった。

練習を、しなければ。本能的にローマンにはわかっていた、心の、恐怖を理解する部分が囁いている――今の状況はとてもまずいと。自分に起きたことを知られるわけにはいかない。何がなんでも。犬は人間になったりしない。異常なことだし、すごくいけないことかもしれない。隣の檻にいるドーベルマンはローマンをひどく恐れていた。きっと人間もそうなる。わけのわからないことばかりだったが、それだけはローマンにもよくわかった。

だからローマンは話す練習をして、やたら縦長の姿で二本の足で進む練習をした。倒れて、立ち上がった。また倒れては何度も立ち上がった。

この体でいると、感覚が鈍い。視覚、嗅覚、聴覚――すべてが曇ったようになっている。だが思考ができた。脳は貨物でいっぱいの列車のようで、思考はあまりに速くやってきてはぶつかり合い、しっかり集中してつかまえないとぱっと消えてしまう。

それに、この両手！　これがすごかった。手でワイヤーフェンスをつかめるし、よじ登れる。残念なことに犬舎は上が覆われていて、乗り越えては出られない。内側から扉を開けるのも無理だ。

ジェイムズがやっていた仕種を真似してみる。両手を擦り合わせ、指さし、ローマンには意味のよくわからない手ぶりをしてみる。この両手が自分のものだなんてまだ信じられないが、じつによく動いた。

朝日が昇ると、迷彩服姿の男が犬の餌を持ってやってきた。ローマンは尻をついて座り、隠れる場所もなくただそこで待っていた。

男はローマンを見て唖然とした。

「一体何なんだ？　お前、ここで何してる？」

ローマンはゆっくりと、平べったい足の裏で床を踏みしめて立ち、フェンスをつかんで体を支えた。

「ここから出してくれ、たのむ」と虚ろな声で言う。

「犬舎の中で何してるんだ、貴様？　それも裸で！　ローマンをどこにやった？」

男は怒り出していた。片手でトランシーバーをつかむ。

「犬の吠え声が聞こえて……様子を見に来て……犬は俺の横を走っていって、扉が閉まった」

たどたどしいが、ちゃんとした言葉になっているはずだ。

「ローマンが逃げた？」男は鍵を開けて扉を大きく開いた。「どれだけ貴重な犬かわかってるのか！　どうやってこれを開けた？　お前の服は一体どこだ！　俺の犬たちにおかしな真似しやがったならてめえをつき出すぞ！」

ローマンは全力で男を押しのけ、駆け出した。

兵舎の下の隙間になんとか這い込むと、彼を捜す人々があきらめるまでじっとしていた。陽が高くなって、兵たちが訓練や食堂に向かってしまうと、ローマンは外に這い出して兵舎に入る。

ドアノブを上手くひねれるまで数分かかってひどく焦ったが、中へ入ると、服が入ったトランクをガサゴソとあさった。服を着こむ。見て覚えていたよりもずっと大変だ。それから無人の兵舎のトイレへこそこそ入っていって、便器の上に乗り、ドアを閉めた。

これから、どうすればいい？

犬に戻ろうとしてみることはできる。体の奥のムズムズする感じから、犬に戻れるんじゃないかという気はしていた。だがローマンは怯えていた。またあの痛みを体験するのが怖い。それに、本能が内から強情に言いつのるのだ、戻るのは間違っていると。してはならないことだと。

もし犬に戻れたとして、それから？　犬舎の中でじっとして、次のハンドラーがやってくるのを待つのか。また障害走コース、爆音、燃える火の輪くぐりが待っている。雨の中を泥まみれで、あるいは灼熱の陽の下で。そしてまた大きな飛行機に乗せられ、アフガニスタンに戻される。爆弾を嗅ぎ当てる日々に戻る。兵隊が吹き飛ばされるのを見るだろう。銃火がやむことはない。そしてまた、ローマンのハンドラーが死ぬかもしれない。

ローマンは身震いし、トイレのふちにブーツを上げて縮こまり、膝に顔を押しつけた。

あんなことはもう耐えられない。やりたくない。ジェイムズがいてくれたなら、彼のためにできただろう。勇気を振り絞り、あの爆音に耐え、砂ぼこりと暑さと血臭も乗り越えただろう。でもジェイムズがいなければ……ジェイムズ・パトソン軍曹なしであの中にもう一度戻るくらいなら、横たわってこのまま死んでしまいたかった。

外に砲声が響きわたり、ローマンはビクッとして震えた。

結局、理屈なんてほとんどいらなかった。「ムリだ」「イヤだ」という深く骨にまで染みついた衝動だけで充分。ローマンは、自分に起きたことがとても特別なことだとわかっていた。なのにまたただの犬に戻って生きるなんて間違っている。せめてまず、ヒトとしてがんばってみなくては。

それに、ジェイムズなしで戦場へ戻りたくはなかった。

ローマンは、やるべきことをした。丸めていた体を起こし、トイレを出て、兵舎を出て、基地の正面ゲートまで歩いていった。小さな小屋にいるガードたちが車のドライバーと話し出して気がそれるまで待ち、それから歩いて基地を出た。

振り返らずに。


月曜の朝にはマットはなんとか立ち直り、プロらしく振舞おうと決心していた。別に仕事をおろそかにしていたつもりはないが、余計なことに気を取られてしまったせいで、痛い目を見た。完膚なきまでに叩きつぶされたし、マットは傷心を上手く隠せるタイプではなかった。

「直接聞いちゃいなさいよ、ダーリン《カリーニョ》」と日曜の朝、ルーシーからサイクリングの前に言われたのだった。「男でしょ？　はっきりさせればもう悶々としなくてすむじゃない」と。まったく、法学部の理屈屋め。

そしてもちろん、ローマン・チャーズガードはストレートだと判明したのだった。結構。それでいい。誰よりかかわってはならない相手なのだ、そもそも。仕事上のパートナーだというのに全面的には信頼できない相手なのだから。ローマンの忠誠心は、ＤＥＡではなくビューフォート保安官に向けられている。うっかりつられて近づきすぎれば、マットはその板挟みになりかねない。

だから、ローマンにぴしゃりと断られたのは幸いだった。馬鹿な真似をしでかす前に冷や水を浴びせてもらえて幸いだった。これで全部丸くおさまった。

だが頭の中の別の声が真実を囁く——最悪だ。マットはローマンにかなり本気だった。ローマンは銃火の中からマットを救ってくれた男で、マットが何ヵ月も夢見てきた相手なのだ。激しく、悲しげな目が忘れられなかった。マットの理想の男——力強い肉体に優しい瞳、そして軍人のたたずまい。マットもローマンも森や山が好きだ。これまでマットが遊んできたような相手とはありえなかったことが、ローマンとなら一緒に楽しめる。ローマンは美しくて思いやりがあって愚直なほどまっすぐで、心が広く、痛々しいほどにどこか繊細で、凛々しく、時々のぞく不思議な子供っぽさを見るとマットは彼を守ってやりたくなるのだ。

それでも……もう関係ない。ふたりは仕事仲間だ。それだけだ。

月曜日、その言葉をグレゴリオ聖歌の詩句のように脳内でくり返し唱えながら、マットは保安官事務所へ向かった。ローマンはオフィスのデスクに着いていた。マットが入っていくとローマンは赤面してさっと立ち上がり、まさに〝気をつけ〟の体勢になった。

「やあ」とマットは軽く言った。席に着くと、それ以上会話もせずパソコンに向かう。

「我々は……山で糸の確認をしないと」ローマンがこわごわ、反論を恐れるかのように言った。

「はじめのうちに張った糸をしばらく確認していない」

「わかった」とマットは顔を上げずに言った。「俺も今週はグリッドの北西地域、A1から10までを回りたい。また何か緊急の衛星写真が出てこない限り」

「ああ」

ローマンはほっとした様子だった。

「十分待ってくれ」とマットはキーボードを叩きながら言った。

ローマンは卵サンドがどうのと何かぼそぼそ呟きながら、オフィスを出ていった。

ドアが閉まると、マットは安堵の息をついた。うまくやれる。ここからは、純粋に仕事だけに集中する。SWAT時代の自分になるだけだ――タフで迷いのない強気な男、私情抜き。やらねばならない仕事があるのだ。それもひとつだけではない。DEAの任務もあるし、ビューフォート保安官が何を隠しているのかも探らねば。

浮かれた恋心を封印した今、やっとマットにもまともな仕事ができるかもしれない。


ローマンが張った釣糸が切られていた。

山番号882の斜面、防火管理道《ファイアロード》の一番奥の糸だ。ローマンはその山をホーク・ポイントと呼んでいたが、地図に乗っている名ではない。道路の先から、あまり人の来ない山道が木の生い茂る森の中へ延びていた。数週間前、ローマンとマットもそこを歩いた。マットの記憶通りなら深い森を長くゆるやかに登っていく道で、最後は湖がひらけ、頭上でワシが舞っていた。だがちゃんと覚えているか自信がない。数々の山道の景色がもう記憶の中で混ざってしまっている。

「何が切ったのかはわからない」マットはそう言いながら、屈みこんで切れた糸の端を観察しているローマンを見つめた。「熊とか、ハイカーとか」

「いや。車両だ」

ローマンが小鼻を膨らませてにおいを嗅いだ。小石の散らばる道の、かすかに石が動いた痕跡を指す。

「二人の男。都会のにおいがする。片方の男からは……病んだにおいだ」

鼻をヒクヒクさせ、ローマンの目は考えに沈んでいた。

これはこれは。まじないの真似事でも見てるかのようだ。マットはつい疑り深い声になっていた。

「まさか本当に、においで人数がわかるとか言わないよな?」

ローマンが、ぎょっとした目で顔を上げた。

「その……俺の鼻は、とても敏感だから」

「そういうことにしとくよ」

マットは肩をすくめた。指摘されてみればたしかに地面にタイヤ痕があったし、根拠としてはそれで足りる。

「ま、その車もないし。山道の先まで見たほうがいいかもな。その連中が何かしていかなかったか」

「ああ」ローマンが立ち上がった。体が緊張し、表情が暗くこわばっていた。「ランスに電話して、不審者が来ていたと伝えないと」とポケットの携帯へ手をのばす。

「まず確認してからにしないか？　そうすればもっと細かい報告を持ち帰れるし」

ローマンが気の進まない様子で携帯をポケットに戻し、うなずいた。

ふたりは山道を登っていった。ローマンは痕跡を追っている様子だった。周囲の茂みや道へしきりに目をやり、どうもにおいも嗅いでいるようだ。むっつりと集中しているローマンを、マットは放っておいた。今さら残り香を嗅ぎとれるとは信じられないが、海兵隊にいた頃、鋭い目で痕跡を見つける才能を持つ兵士の話は聞いたことがある。なので口出しはしなかった。

小道は一キロほど平坦で、そこから一気に登っていく。荒らされた痕はないかと、マットは周囲の森に目を配りつづけた。だが急斜面を五分も行かないうちに、ローマンが後ろからマットを呼びとめた。

「止まってくれ」

マットはローマンを振り向いた。ローマンが首を振る。

「連中はここで車へ引き返している。おそらくこの道は気に入らなかったんだろう」

「たしかか？」

「ああ」ローマンはきっぱり言いきった。「間違いない。これ以上先へ行っても無駄だ」

マットはゆっくりと、ローマンのところまで引き返した。

「なら、どうする？」

「車へ戻って地図を見る。この周辺に張られた糸を残らずたしかめておきたい」

「いい手だ」とマットも同意した。「相手に直接行き当たるかもしれないしな。ここの糸が最近切られたなら、だけど」

「ここの糸は土曜に切られている」

マットはけげんな顔でローマンを見た。

「……ように思う」とローマンが赤面してつけ足した。「木曜の夜に雨が降っている。それより前なら、これほど痕跡は残っていないだろう」

「わかった、なら木曜の夜以降ということだな。たしかに週末だと見るのが妥当かもな」マットは短い髪に指を通した。「ハイカーかハンターかも」

ローマンは、とまどったように小首を傾げた。

「ハイカーなら標識が整備されたいい山道がいくらでもあるし、ハンターは州の狩猟区のみに立入を許可されている」

「合法的なハンターとは限らないさ」

ローマンが何か言いそうになってから、首を振った。「ほかの糸を確認しに行こう」


糸が切られた地点を中心に、丸一日かけてほかの糸を調べて回った。さらに二本の糸が切れており、両方に車の痕跡があった。

同じ車で同じ二人の男だと、ローマンは確信しているようだったが、どうしてそう言いきれるのかマットにはさっぱりだ。ともあれ誰かが、滅多に人の来ないエリアを車でうろついて回っているのは間違いない。そんなことをするまともな理由はそれほど多くない。

ハイカーの可能性は低いだろうと、マットも認めざるを得なかった。相手はほとんど名もないような細い道ばかりに入りこみ、しかも――ローマンの言うことを信じるなら――どの道でも途中でさっさと引き返している。もし彼らが違法なハンターなのなら、森林局が情報をほしがるだろう。

それかもしかしたら、マリファナ畑か覚醒剤精製工場を作る場所を探しているのかもしれない。

最後の道の確認を終えてローマンの車へ戻った時には、夕方の六時になっていた。地平線で太陽が赤い。

「森林局とうちの上司に報告を入れておくよ」とマットは言った。「このあたりを誰か見回りにきてなかったか聞いておく」

「彼らではない」とローマンが断言した。

「たしかめておいて損はないさ」

「そうだな」

この何時間かで交わした、それが一番長い会話だった。マットはローマンを無視しようとがんばっていたが——無視じゃない当然の態度をとってるだけだ、好きでも何でもない男相手の——それをやめてやっと、ローマンの態度も普通じゃないことに気付いた。時々マットのことを悲しそうな、あるいは困惑したような目で見ているし、でなければあえて目をそらしている。水の補給や地図のチェックで足を止めた時、マットに背を向けることすらあった。

ローマンに、気付かれたのかもしれない。普通の男は「ストレートか」なんてほかの男に聞いたりしないし、否定されて拗ねたりもしないと。たしかにマットは、もっと何でもない顔で流すべきだった。ただ……本当にショックだったのだ、あの時。

もう関係ない。すんだことだ。これでよかったのだ。友達になんかならないほうが、マットにとっても楽だ。ローマンの同情などほしくはない。

10　檻に逆戻り

町に戻ったローマンはまっすぐランスのオフィスへ向かい、入ってドアを閉めた。ランスに、今日見つけたものを報告する。切られた糸、車、そして道でローマンが嗅ぎとった二人の謎の男。

ランスは陰鬱な顔で上着をつかむと、ローマンとつれだってダイナーへ向かった。入るとすぐ店内の皆へ鋭い視線をとばす。だがどれも知った顔で、群れの仲間や、近くに住む無害な人間たちだ。赤ん坊連れの若い男女には見覚えがない。母親は疲れた様子で、母乳のにおいがした。ランスから目を向けられたローマンは首を振った。この親子連れは違う。

ランスはカウンターのスツールに座ると、二人分のパイと自分のコーヒー、ローマンのブロスを注文した。

「デイジーに、誰を探してるか教えてくれ」とローマンをうながす。

ローマンは二人の男のにおいをデイジーに説明した。山道の木に引っかかっていた長い赤毛の髪も見せる。靴痕の写真も。片方の男は洒落た登山用ブーツを、もう一人は靴底がすり減った安っぽいスニーカーを履いていた。

デイジーはその説明をじっと聞き、髪の毛を見た。うなずく。

「そのひとたちなら見たわ。金曜にこのダイナーに来たから。ハンバーガーとフライドポテトを頼んで、片方はコーラ、片方はバニラシェイクを飲んでたわ」

「どうして連絡してくれなかったんだ」とムッとしたランスが聞いた。

デイジーが鼻をヒクつかせる。

「あらあら保安官、知らないひとが店に入ってきたからって毎回電話してあなたを手間どらせるわけにはいかないでしょ？ それにいいひとたちに見えたもの。赤毛の男性はとても素敵で」と思い出して微笑む。

ランスが手のフォークを握りしめた。何を考えているかはローマンにもわかる。デイジーなら銀行強盗にだって人懐こくしっぽを振るだろうし、凶器を手にしたサイコパスの顔だってなめるだろう。

「もう片方はどんな姿だった？ 赤毛じゃないほうの男は」とローマンはたしかめた。「あの男からは病気みたいなにおいがしてた」

「背の低い、焦げ茶色の髪の男だったわ。なんか、薬品みたいなにおいがしてね」デイジーが鼻の頭に皺を寄せた。「すごくビクビクしてた」

「ここに何しに来たか、何か言ってたか？ いつまでいるとか？」とランスがたずねる。

「いいえ、保安官」デイジーの目が大きくなった。

「わかった。またその男たちを見たらすぐメールをくれ。いいな?」

デイジーは不安げにうなずいた。「一体あのひとたち何をしたの、ランス?　危険なの?」

と眉を曇らせて客たちをチラチラと見る。

「まだはっきりしない。だが動きを見張っておく必要がある」

ランスの答えにデイジーは納得したらしい。ほかの客の世話をしに離れていった。

ローマンはパイにかじりついた。長い一日だったし、とにかく腹がぺこぺこだ。大口を開けてパイを三口で食べ尽くすと、食べ終えたローマンの目の前に、デイジーがたのんでもいないダブルチーズバーガーの皿を置いた。輝くような笑みをローマンに向け、ウインクしてくる。

およそ初めて、ローマンはデイジーの笑顔とウインクをどう取ればいいのかと迷った。デイジーはどうしてこんなに親切にしてくれるのだろう?　誘惑しているのだろうか?　彼女はローマンをそういうふうに、マットと同じような意味で好きなのか?　それともただ優しいだけか?

皆、どうやって判別するのだろう、においなしで——発情期のにおいなしで——誰にその気があって誰がお断りなのか。いつそうなるのか。間違えたらどうする?　どうやってたしかめる?　単に聞けばいいのか、「なあ、ちょっとまたがらせてもらっていいかな」と?　それともそれは失礼なのか。

複雑すぎる。ローマンはすっかり途方に暮れていた。

今日は、マットと一緒にすごしていても楽しくなかった。マットはふたりの間に壁を作っていた。目には見えないが、壁があるのはわかる。その壁を壊したかったが、ローマンにはどうやればいいのかも、やっていいのかもわからない。それにランスに言われたことがずっと頭から離れなかった。

マットは、ローマンにとって仕事のひとつだ。友達ではない。そして……そして、友達以上でもない。

ランスが携帯で誰かと話す間に、ローマンはありがたくバーガーにかぶりついた。至福の時間にうっとりする。チーズバーガーは素晴らしい！　おいしい牛肉にチーズ、しかもパンまで一緒に食べられる！　全部一度に味わえるのだ。チーズバーガーは人類最高の発明品だ。

「さて……」ランスが苛々と親指で携帯のボタンを押した。「モーテルにはそういう二人組は来ていなかった。バートの話じゃ、今週は暇だと。ミニーに話を聞きに行こう」

「わかりました」

ローマンはバーガーの残りを一気に飲みこんだ。珍しくランスは、ローマンをとがめもしなかった。いつもなら「よく噛め、ローマン。人間は噛んで時間をかけて食べるものだ」と叱るのに。それどころではないのだろう。

彼らはデイジーに挨拶してダイナーを出た。ドアについたベルが鳴る。いつもならローマンはこの音が好きだったが、今日は薄っぺらく聞こえた。

メイン通りの何軒か先にある、マッドクリーク不動産の営業所へと歩いていく。ミニーが経営している不動産屋だ。ウィンドウに張り出された物件写真には、どれも荒れ果てて乾ききった土地が写っていた。

やたら跳ねた茶色いカールの髪のミニーは、女性にしてはとても大柄だ。彼女は二世代目のニューファンドランドだった。動きはのっそりしているが頭はとんでもなく切れる。ふたりが事務所へ入っていくと、ミニーは上等な服を着た初老のカップルの相手をしていた。

「……ええ、そのとおりです、スクワレル・フラットのあたりには素敵な物件があります。ただ、まあほら、この間の大きな洪水の後で、どの建物も修理されたばかりですね。あのあたりは家財保険がとても高くついてしまうと思いますよ、ガス漏れの危険があって」

夫婦が不安そうに目を見交わした。

「町の北東あたりはどうかしら、あのきれいな山の近くの？　あの山はなんていう山だったかしら、あなた？」と妻が夫にたずねた。

「あれはたしかフランシスシス山だね」

「そうだったわ。私たちもう仕事を引退して、ふたりともアウトドアが好きだから、なるべく山登りのできる道の近くに住みたいの。あの山はハイキングにとてもよさそうよね」

「ええ、そうなんです！　フランシスシス山にはすごく人気のハイキングコースがあるんです」とミニーが目を大きくしてうなずいた。「山頂からの眺めはそれは素晴らしいって聞きますね。山の近くに住むってことになりますと、そのあたりに二つこちらの物件がありますけれども、今日はお見せできないんです」と周囲をこそこそうかがい、身をのり出して声をひそめた。

「駆除業者が作業中なので」

「駆除業者？」と女性が顔色を変えた。ミニーがうなずく。

「ネズミがね。春にフランシス山から流れ出す雪解け水のせいで、気候がぴったりなんですね。でもあのあたりに住んでるひとたちに聞くと、虫なんかはほとんど気にならないそうですよ。カップボードにコロコロした糞が転がっているくらいで」

女性がおののいた顔で一歩後ずさった。夫が咳払いする。

「それじゃ、そうだな、そこの冊子を一冊もらっていくよ、また連絡する」

そう言って不動産情報の冊子を一冊つかみ、妻と一緒に慌てて外へ逃げていった。

ミニーはニコニコしながらランスとローマンへ向き直った。

「ランス！　ローマンも！　来てくれてうれしい」

ランスの胸やローマンの腕をさすって挨拶しながらミニーの足取りは無邪気にはずんでいた。ローマンは彼女のにおいが好きだ。大地と花のようなにおいで、それも作り物でない、本物のにおいだった。彼女のことも好きだ。ローマンの住む小さなキャビンを探してくれたのもミニーで、彼女はローマンに何がぴったりか心得ていた。感謝してもし足りない。

「いつもながらに素晴らしい仕事ぶりだ、ミニー」とランスがほめた。

ミニーが大したことじゃないと手を振る。

「ああやってヒトを追い返すなんて、自分が害虫にでもなった気分だけどね。でもこの頃じゃクイックたちのすむところを見つけるだけでも大変なのよ。ドクター・ジェイソン・クーニックが町に帰ってくるって聞いた？」

「まさか！」

ミニーが意味深にうなずいた。

「そうなのよ。町の近くに借家はないかって、うちに電話してきたわ。仕事場と研究所を置けるようなね。町で研究を続けるつもりなんじゃない？　もしクイックの仕組みがどういうものかわかったなら、すごいことじゃない？　どうして犬に〝種火《スパーク》〟が宿るのかとか、それにほら、私たちがどうやって変身してるのか？　わくわくしちゃうわね！」

「とても興味深いことになるだろうな」とランスは答えたが、あまり楽しみにしている様子ではなかった。「とにかく、ローマンと俺は二人の男を探している。おそらく近隣に滞在していると思う」

探している対象について、ランスが詳しくミニーに説明した。

ミニーが残念そうに首を振る。

「いいえ、そういうヒトたちは見てないわ。物件探しには来ていない。でも保安官、このあたりの物件を扱ってるのはうちだけじゃないから。うちは半分くらいのものよ。誰かが自分の家を又貸ししてても私の耳には入ってこないし、ほかの会社が所有してる貸別荘もある。キャンプ場もね。あっちは私にはさっぱり」

「わかってるよ、ミニー。ここに来てないか確認したかっただけだ。ほかもこれから当たる」

「二人を見たら連絡するわ！」

「たのむよ」

事務所から出ていくランスを、ローマンも追おうとした。ミニーに大声で止められる。

「ねえ、ちょっと待って！」

ローマンは立ちどまった。

ミニーが顔を輝かせ、全身に躍動感をみなぎらせてやってくる。コツンと、軽く頭をローマンのこめかみあたりにぶつけた。それができる背の高さの女性はそうそういない。

「最近どう、ローマン？　ランスにこき使われてるんでしょう？　この頃、月吠えの夜にもほとんど来てないじゃない」

ローマンはつられて笑みを返し、優しい頭突きを返した。

「そうだな。ランスとティムが行きたがるので、俺は見張りの仕事をしている」

「あら、それはひどいじゃない！　毎回なんて！　ローマンも月吠えの夜に参加させてあげないと、保安官」

ランスはきまり悪そうに出口に立っていた。

「俺からも毎月、行かないのかと聞いているんだが、ローマンは――」

「だーめ！　来月は来てよね、ローマン。あなたに紹介したいクイックがいるのよ。ペニーっていう子でね、ちっちゃくてかわいい女の子なのよ！　まだクイックになって半年足らずだけれど、きっとあなたと気が合うと思うの」

ローマンは足元を見つめ、自分がサーチライトに照らし出されている気がした。うれしい気分ではなかった。「わかった」と、もそもそ言う。

「いいわ、じゃあねおふたりさん！　またね！」

彼らは不動産屋を出ると、通りを渡って保安官事務所へと歩き出した。ランスは顔をそむけていたが、その肩が震えていた。

「どうしたんですか？」とローマンはたずねた。

ランスがげらげら笑い出した。

「ペニーと来たか！　大変だぞ、ローマン。かわいい子だ。このくらいの大きさで！」とローマンのみぞおちあたりに空手チョップを入れる。

ローマンはうなったが「うるさい」と上司に言うのはこらえた。

「ペニーはプードルだ。ちょっと単純だが、まあ、すごくにぎやかだ。いい組み合わせだな！」

ランスはご機嫌で笑っている。ローマンはさらにうなった。

「プードルに興味はありません」

「逃げられるかな？　ミニーは縁結びにかけちゃ凄腕だぞ」

ランスはからかっているだけだ。それはローマンにもわかる。だがまるで笑えなかった。いつもと同じで、ジョークが理解できないでいる。不釣り合いなちっちゃなプードルとローマンをくっつけて何がおもしろい？

マットのジョークなら笑えるのに――と、ふと頭をよぎった。たとえジョークが理解できなくとも、マットの顔や声にこめられた笑いがローマンを笑わせてくれる。ただ、今日のマットはローマンの前でニコリともしなかった。

「よし、じゃあ我々の次の行動だが」

保安官事務所が近づくと、ランスがローマンへ向き直った。真剣な顔に戻っていた。

「俺は町に連中が来ないか、目を光らせておく。だがその間――ローマン、聞いてるか？」

マットのチェロキーが停まってない。もう家に帰ったのだろう。ローマンはランスの目を見つめた。

「聞いてます」

「よし、俺はその二人が来ないか町を見張る、そしてマットには山の中の見回りをしてもらう。もちろんきみにもそれについていってほしいが、マットには自分が主導していると思わせたい。

本物の容疑者を追っていれば、しばらく町への興味をそらせるかもしれないからな。大体、むしろこっちが彼の任務なんだから、仕事に専念してもらおう」

「わかりました」

ランスはうなずいた。

「よし。では、明日はマットに連中の痕跡を追わせるんだ。俺はまだ少し回りたいところがあるが、もう遅い。あとは自由に仕事を上がってくれ」

ランスが保安官事務所に入っていった。ローマンは空を見上げる。すっかり暗くなっていたが、月はまだ低いところにあった。メイン通りは夜に向けて静まり返っていく。町の数少ない店は閉まり、ダイナーと映画館だけがしぶとい消え残りのように光っていた。平日の夜、群れの皆は家で友や愛する相手と寄り添っているほうが好きなのだ。そんな相手がいれば。

ローマンは少しの間、運転席に座り、切られていた糸や、今日嗅いだにおいのことを考えていた。マットは相手を密猟者だと思っている――違法な狩人だと。ローマンは同意しかねていた。いや、密猟者だったとしても嫌な相手だが。たしかにローマン自身、食料が必要な時は獣を違法に狩ったこともある。だができる限り一瞬で仕留めるようにしていたし、胎《はら》に仔がいたり生への意欲が強い元気な獣には手出ししないようにしていた。仕留めた獣は素早く殺し、すべてを残さず食べた。

銃を持った男たちがテリトリー内の森にいるのも気に入らない。一度、茂みに隠れてそういう連中を見ていたことがあるが、彼らは死んだ雄ジカと自分たちの記念写真を撮り、シカの首だけを切って持ち帰った。大きな死骸は獣の餌に残して。銃相手に、動物たちには立ち向かうすべがない。そして狩人たちは、獲物に近づく必要もなく、狩っていい頃合いかどうか見定めもしない。

ローマンは小さくうなり、ハンドルの上の手をこわばらせた。

しかし……どちらかとローマンが問われれば、今日の男たちはハンターではないだろう。分厚いカンバス地や罠やライフルのにおいがしなかった。今日の連中からは、都会と煙と……薬品のにおいがした。ランスは、もし男たちが本当に麻薬の栽培人なら、マットの注意を町からそらせるだろうと言っていた。だがローマンはその論理も好きになれない。連中がマットを傷つけたら？　マットの目を逃れた奴らが、町の住人を襲ったりしたら？

エンジンをかけ、メイン通りへ車を出した。町を半分ほど抜けたところに脇道があり、いつもならここで左へ曲がって山にあるキャビンへ帰る。その曲がり角へ来た時、ふっとローマンは気付いた。このメイン通りのもっと先に、南に向かう道がある。その横道を行けば小さな湖があって、ほとりにいくつか貸しコテージが建っている。この春にはローマンはそこも定期的に見回っていたのだが、ここしばらく行っていなかった。

町からそれほど遠くはない。もし二人の男たちが湖畔で野宿していたら？　あるいはコテージにいたら？

彼らの車があれば、ローマンには嗅ぎ分けられる。

家に帰ってもろくにすることはないし、夕食はもう食べた。なら見回りに行こう。


その小さな湖に着いても、ほとりにキャンパーたちの姿はまったく見えなかった。だが貸しコテージのうち二つが使われていた。夜の中、コテージの黄色い光が黒い水面に映っている。小さいほうのコテージ――ローマンの小屋より少し大きい程度だ――の前には黄色の古いフォルクスワーゲンが停まっていた。ローマンは自分の車を道で降りてコテージに忍びよった。車をぐるっと嗅いで回ってから、コテージの正面に近づく。

車は若いカップルのものだ。男と女。登山客。丸一日山ですごした靴の泥や、つんとする汗のにおいが嗅ぎとれた。コテージの中からその二人がノートパソコンで見ている映画の音がかすかに聞こえてくる。彼らのにおいは、ローマンが探している男たちとはまるで違う。

湖の縁を回って、もうひとつのコテージに近づいた。この湖畔で一番大きなコテージで、洒落ている。高いウッドデッキと、湖に向いた両開きのガラス扉が一階にある。泳いだ後に使える野外シャワーが扉脇に設置されていた。船着き場もあり、しばらく使われた気配のない手漕ぎボートがつながれていた。

コテージのそばに車が二台停まっていた。大きく白い、後部に〝キャデラック〟と書かれた高価そうなSUVと、トレーラーつきのグレーのトラックだ。まるで小型の引っ越しトラックのようだが、何のロゴもない。

ローマンはコテージの窓へ目をやった。二階の明かりはあらかたついていて、テレビらしい光がチラチラと青っぽく光っている。人の動きは何も見えない。

ひっそり身を沈め、キャデラックに近づいた。助手席のドアの隙間を嗅いだが、においが充分ではなかったので、上に手をのばしてドアハンドルにふれた。アラームは鳴らない。ドアを引くと、ロックされていなかった。ほんの少し開くと車内灯が着いた。

あの胸がむかつくような薬品臭と、もっと強いもうひとりの男の——赤毛の男のだ——においが流れ出してきた。赤毛のにおいは怒りや悪意のようなスパイシーなにおいで、瓶詰めの香料のにおいも混ざって、ローマンの鼻が変にムズムズした。

ドアをできるだけそっと閉める。車内灯も消えた。

車の横の暗がりにしゃがみこみ、ローマンはどうするか考えこんだ。ランスに連絡するべきだろう。そうすれば今夜この男たちを拘束することになるかもしれないし、あるいはマットの出方を見るかもしれない。だが、ローマンはまずコテージの窓から中をたしかめておきたかった。デイジーが言っていた二人の男の姿を目でちゃんと見ておきたい。あとで見分けがつくように。うまくいけばトラックの中の荷物もチェックできるかもしれない。

左手でかすかな音がした。そちらを向いたが、もう遅い。闇にぼうっと人影がそびえ、ローマンのこめかみに銃口がつきつけられていた。

「動くんじゃねえ。息もすんな、死にたくなきゃな」

低く冷たい声から、この男には簡単に引き金を引けるだろうとわかる。何のためらいもせず。体も大きかった。ローマンよりがっしりして背が高いほどだ。

ローマンは動きを止めた。

「それでいい」と男が言った。「じゃあ、ゆっくりと両手を体の前にのばせ。手のひらを合わせろ。早く！」

命令の声と、押しつけられた銃口でもう限界だ。ローマンの脳内にあの銃火と砲声がよみがえる。ゆっくりと膝から腕を上げ、前につき出し、手のひらを合わせた。男が手首をプラスチックのバンドでパチンときつく縛る。

「よし、じゃあ足だ。前に出しな、足首をぴったり付けて」

足首もまた、プラスチックのバンドで締められた。

男は銃をしまうと、ローマンの全身を両手ではたいて武器の所持をたしかめた。これだけ近くだと、生気のない落ちくぼんだ顔や生え際の後退した灰色の髪がよく見えたし、息からビールのにおいも嗅ぎとれる。ローマンは、この男がまるで生きながら死んでいるように感じる。この男にはどこか虚ろなところがあって、ぞっとさせられた。

男はローマンのホルスターと銃を見つけ、無言で銃を奪った。それから引き起こしたローマンの体を、一声うなって肩に担ぎ上げる。

「まずい時にまずい場所に来ちまったな、お前」と彼は淡々と言った。わずかな哀れみすらなかった。

コテージの中に入ると、男はローマンを担いだままカーペット敷きの階段を下りていった。ドアを開け、窓のない小さなユニットバスにローマンを放りこむ。手も足も使えないローマンは顔から倒れ、バスタブの横に額をぶつけていた。男はドアを閉めると、開かないよう何かをつっかえ棒にした。

倒れたローマンは、腰をひねってどうにか横になった。額からの血が目に入る。大した怪我ではないだろう、頭部の傷は出血が多いものだ。だがこの状況はまずい。

湖に来る前にメールか無線でランスに行く先を告げておくべきだったのだ。目的地がわかるように。それかせめて、あのSUVがこの二人の男のものだとわかった時点で連絡すべきだった。だがやらなかった。判断を誤ったのだ。そしてローマンがここにいることを誰も知らない。

（俺の車がまだそこに停まっている——）

この男たちが馬鹿でなければ、その車を動かして目につかないところに捨ててくるだろうが。彼らは間抜けには見えなかった。間抜けはローマンのほうだ。また失敗した。そして今やなすすべもなく、無力だ。犬舎に入れられていたあの時のように。

とじこめられて。

11　逃走

〈犬のキオク 6〉

基地を逃げ出して一週間後、ニューメキシコ州のラスクルーセスまで来たところで、ローマンはトラックを降りた。トラック運転手はサムという名前で、フォート・ストックトン近くの路上でローマンを拾ってくれた。そして酒場でローマンに食事を食わせ、トラック後部にある寝床で眠らせてくれた。

軍人の息子がいるのだと、サムは教えてくれた。そして軍で何をしていたのかと聞かれたが、ローマンは上手く話せず、数言ずつぼそぼそ吐き出すだけだった。サムは、ローマンには何か問題があるらしいと納得し、それ以上聞いてこなくなった。そしてローマンは長時間、ただ窓から外を見て、怯えていた。

どこにも行く場所がない。ローマンの存在を知る相手すらいない。人間でいるのは、ローマンにとってとても大変なことだった。最初の変身から一週間で多くのことを学びはしたが、それも重ねた失敗のおかげだ。レストランに駆けこんでいってカウンターの食べ物を取っては駄目。「席に案内されるまで待って」さらに食べるものを「注文」しなければ。食べたら代金を払わなくてはならない。金の持ち合わせなどないローマンは、何時間かダイナーの皿洗いをする羽目になった。だがそれもあまりにも不器用で――まだ両手をどう使っていいのかわからない――しまいには店から蹴り出された。

とにかく、歩きに歩いた。長すぎる足が絡まって幾度も倒れた。寒さや雨の中、橋の下で眠った。四つん這いになって小川から水を飲んだ。水はひどい味で、腹が破裂するかと思った。それに、ウンチをする時には人のいないところに隠れてしないといけないのだ。目の前でやると人々が怒る。

ヒトになって一週間もする頃には、ローマンは気力がくじけ、疲れ果て、茫然自失していた。サムはトラック用のサービスエリアでローマンを下ろした。親切にしてくれたが、ローマンとの別れが惜しそうではなかった。当然だろう。ローマンは普通じゃないし、何をやってもうまくいかない。

ローマンはのろのろと、ラスクルーセスの中心部へ向かっていった。

ジェイムズはローマンに、勇敢であることと粘りづよくあること、そして頭を使うことを教えてくれた。だがローマンは自分の頭の中にある考えをうまくひとつにまとめられない。犬にまた戻ることはできるが、戦場には戻りたくない。もし軍用犬でない普通の犬でいたなら、檻に入れられるか、殺処分されてしまうかもしれない。ヒトのままでいたいなら、食べるにも眠るところにも金が必要だ。だがヒトはどうやって仕事を見つけるのだ？　上手く話せず、協調性がなく、大きな音にビクつくローマンに何ができる？　彼の持つスキル――攻撃、対象の追い込み、爆弾や麻薬の探知――などはヒトとして使えるものではない。

観察だ、とローマンは決心した。観察して真似る。そしてうまくいけばいつか、仕事をして金を稼げるようになるかもしれない。

ラスクルーセスの町で、ローマンはいつどこのゴミ箱でいい食べ物が探せるのか学んだ。とても寒いある夜、ゴミ箱のところにいた別のホームレスがローマンの腕の袖を引くと、何ブロックも歩いて彼を教会へつれていった。その教会で、彼らは暖かな部屋に寝床をもらって一夜をすごした。朝になっても、ローマンはそこにとどまった。

盗んできた軍服は汚れて悪臭を放っていたが、教会の親切な男が清潔な服をくれて、荷物運びの仕事もくれた。そしてローマンはちゃんとした皿の洗いかたを学んだ。食事どきには、コックに言われて重い鍋を運んだ。

橋の下で眠るよりずっといい暮らしだったが、孤独だった。ローマンは周囲の誰とも違っていたし、誰も彼を理解してくれなかった。皆がローマン相手に大きくゆっくりした声で話しかけた。ローマンに知能が欠けているかのように。そして夜になると――夜になると、ローマンは血と爆発の夢を見た。ジェイムズの最後の姿を。

（お前は世界一の犬だよ）

全身がきしむほどジェイムズに会いたくてたまらない。ジェイムズのにおいが、声が、おだやかにローマンを導く存在がなつかしい。もしこの先ずっとこんな日々が続くのなら、それを生きていきたいかどうかローマンにはわからなかった。

そんなある日、信じられないことが起きた。ひとりの老いた男が、教会のシェルターに食事と寝床を求めて入ってきたのだ。一瞬で、ローマンにはわかった――この老人は彼と同じだと。老人からは犬と人間の入り混じったにおいがしていて、しかも彼はローマンのほうをまっすぐ見て鼻頭に皺を寄せた。向こうもローマンのにおいに気付いたのだ。

背が低くふさふさした白髪のその老人は、ローマンへつかつかと寄ってくると、彼の胸元を嗅ぎ、ぐるりと周囲を回って、腕を擦りつけてローマンに自分のにおいをつけた。

「あんた、俺と同じ」とローマンはひどく興奮して言った。

「自分以外のと会うのは初めてか？」と老人がたずねた。その顔は悲しげだった。

ローマンはうなずく。

「こっちにおいで」

老人は教会の外へローマンを連れて行った。ドアから離れたところにふたりきりで話せる場所を見つける。

「私の名はグレンジャーだ。きみがヒトになってからどれくらいになる？」と老人は興味津々でローマンを見上げた。

「そう長くない。満月何回かぶんだけ。俺の名は、ローマン」

グレンジャーがローマンの肩をポンポンと叩いた。

「大きくて、たくましいな。犬種はなんだい？」

おかしな質問だ。ローマンは答えを探して記憶を引っかき回した。

「ジャーマンシェパード」

「ほう！　使役犬か？」

「陸軍にいた。あんたは？」

「ああ、私はただのちょっと幸運な年寄りの雑種犬さ。最高の人間と暮らしてた。ふたりで一緒に旅して回るのが大好きでね。あちこちに行って冒険したものだよ。それが私が関節炎になっちまって、飼い主も病気になった。彼女、眠ったまま亡くなってね」とグレンジャーは気怠い、物憂げな表情で続けた。「あれから二年。ずっと歩きづめだ、ローマン。つらい毎日さ」

「ああ」

ローマンもそう思う。

「だが聞いてくれ」グレンジャーの顔がぱっと明るくなった。「ニューオーリンズの仲間と話した時、ある町の話を聞いたんだ。カリフォルニアにマッドクリークという町があるんだと。そこには我々の仲間が大勢いる。そこに行けば、仕事や住む家を見つける手伝いを色々してくれるんだ。私はその町を目指してるのさ。もし、きみも一緒に来たいなら」

「一緒に行く」

一瞬の迷いもなかった。

目をうるませ、グレンジャーは震える笑みを浮かべた。

「来てくれるか？　ひとりで歩かなくてすむならうれしいよ」

「今夜は寒くなる。朝、出発しよう」とローマンは言った。

そして、ふたりはそのとおりにした。


バスルームに放りこまれた時に思ったより強く頭を打っていたらしく、ローマンは眠りこんでしまった。起きると、椅子に縛られていた。トランクスと下着だけにされていた。彼がとじこめられているのは小さい寝室のようで、壁は白くカーペットは緑色、窓にかかった古い木製のブラインドは閉められている。椅子以外の家具は片づけられ、椅子の下には分厚いビニールシートが敷かれていた。いいきざしではなさそうだ。ローマンは恐怖を呑みこんだ。

ドアが開き、肩まで赤毛を伸ばした男がドア口に立った。ローマンを眺める。その目には暗いものがあった。

「よかったよかった、Tがやりすぎたかと思ったよ。ぐっすり寝られたかい？」

部屋に入る彼の後ろから、ローマンをとらえた大男も入ってきた。大男はドアの脇に立って両手を前で合わせ、冷たい目をローマンに据えていた。

大男を見て、ローマンは喉にこみあげるうなりを抑えきれなかった。彼の犬はこの男を嫌悪していて、近づくなと獰猛に威嚇したい。ロープに縛られた体でもがいたが、椅子の背もたれと脚にしっかりくくり付けられていた。

「やんちゃだな？」赤毛の男がチチッと舌を鳴らして首を振った。「いい子でいろよ。もう逃げられねえんだから」

赤毛の男はそう歳をとってもいなければ容姿も悪くなかったが、その茶色の目は冷酷だった。クン、とローマンが嗅ぐと、べたついたコロンのにおいがした。山道やキャデラックに残っていたにおいだ。ローマンの唇がまくれ、歯をむき出しにした。

「てめえの財布と車のキーは頂いた」

赤毛はローマンの前に立った。もしローマンが椅子を壊してロープから腕を振りほどけたとしても、丁度手が届かないあたりに。貫くような目でローマンを見据え、唇に邪悪そうな笑みをともした。

「ＩＤにはローマン・チャーズガードってあったぞ」

否定する理由はない。

「ああ、ローマン・チャーズガード保安官助手だ」と吐き捨てる。

赤毛の男が笑った。

「T、こいつがローマンだってよ」と大男に向かって言う。「俺らツイてたなあ！　探すまでもなかった、向こうからおいでになったぜ。あの男の言ってたとおりだ、こりゃウザい野郎だねえ」

ローマンにはわけがわからなかった。視線を大男に向けたが、向こうも笑うどころか身じろぎもしていなかった。

「俺を殺す気か」

そう聞きながら、答えはわかっていた。なにしろ床にビニールシートまで敷いてある。一年前なら、きっとローマンはどうでもよかっただろう。だが今は——今は群れを去りたくないし、マッドクリークでの暮らしを失いたくない。マットとの山歩きができなくなるのもとても淋しい。それに、ローマンをたよりにしてくれる皆を見捨てることになるのがつらい。

ローマンは背中に回された手を拳に握った。せめて一人、あるいはそれ以上を倒せれば、無駄死にではないだろう。

赤毛は、Tと呼ばれた男を見やって、すぐには答えなかった。唇をすぼめ、目は笑っていたが、いい笑いかたではなかった。

「お前を殺すか？　いい質問だ。それがさ、ここにいるTはプロの殺し屋なんだよね。無料《タダ》じゃ殺さねえ。どういうことかわかるか？　こいつの手を汚すために俺はたっぷりとボーナスをはずまなきゃならねえってことなのさ。お前のためにそこまでするかな？　それに、お前は役に立つんじゃないかって気がするんだよ。俺の期待を裏切らないほうがいいぜ」

　ローマンに近づくと身を屈め、顔をのぞきこんできた。

「なあお友達、ひとつたのむよ、マッドクリークの話を聞かせてくれや。保安官事務所の全員について教えてくれ。どんな奴なのか、子供が何人いるのか、女房の名前、どんな酒を飲むのか、鼻を指でほじるのか歯をようじでほじるのか、それともケツの穴をほじるのかまでな。わかるだろ？　それにてめえが俺の車のそばで何してたかも教えてくれや。俺はまだなあんにもしてないんだぜ、なのに、どうやってここを嗅ぎつけやがった？」

「何も教えるつもりはない」

「そうかい。そのうちしゃべるさ」赤毛の男はニヤついて体を起こした。「拷問に関する俺の主義を聞くかい、ローマン？　ほら、俺って怠け者だろ。鞭打ちとか、えらく腕が疲れるじゃねえか。ところがうまくしたことに、てめえの体が俺のかわりに働いてくれるのさ。必要なのは時間だけだ。この部屋にお前を放っとく。食い物も水もなしで、眠らせず、椅子に縛りつけてな……四十八時間もすりゃ、しゃべらせてくれってお前から泣きついてくる。絶対だ」

「そんなことはしない」

「好きなだけ言ってろ」

　赤毛がドアへ向かった。Ｔと呼ばれていた男がドア前から引いて道を作る。だが最後の一歩で赤毛が止まって、Tのホルスターから銃を抜いた。

「お前はさ」と肩をそびやかす。「たしかに面倒そうな気がすんな。念押ししとくか」

大股に二歩ローマンへ近づくと、男は銃身に装着されたサイレンサーをローマンの右肩に押し当て、引き金を引いた。

シュッ、というようなやわらかい音がして、音とは正反対の激しい爆発がローマンの肉体を引き裂いた。彼の喉から吠えるような叫びが上がり、その間に男たちは背を向けて去っていった。

肩が燃えるようだ——激痛が背骨から腹へなだれ落ちる。嗚咽した喉元に、デイジーのダイナーで食べたバーガーがせり上がってきた。視界の隅に黒い斑点が明滅した。

ローマンは歯を食いしばり、頭を振って曇りを晴らそうとした。痛み——強すぎる痛み。激痛から死ぬこともあると知っていた。ショック死、というやつだと。戦場では珍しくないことだった。まずは落ちつかないと。

目をとじ、もがくのをやめた。凄まじい痛みをこらえて胸に深く息を吸いこむ。ランス。リーサ。チャーリー。ティム。デイジー。リリー。そしてマット——その顔が目の前に浮かぶ。どれもが愛しい顔。挨拶がわりに頭や腕をなでてくれるランスの手。笑いながら背中にとびついてくるリーサ。山頂へ到達した時にマットの目に浮かんだ笑み。気さくなからかい。マットが向けてくれる笑顔をまた見たい。マットと一緒にまた笑いたい、シャンパンが吹き出したあの時のように。

　ローマンは鼻から深い息を吸った。肩の骨が砕けている。自分でそれが感じられた。血が熱く、ねっとりとシャツの前を濡らし、布地がベタついている。ほとんど片方の脚が宙に浮くほど椅子を傾けて、体をつたう血を、手を縛っているロープに染み込ませようとした。役に立つのか？　滑りやすくなれば少しは隙間ができるだろうか。

　耳に、部屋の外での会話が聞こえてきていた。どこにローマンの死体を捨てるかの話だ。殺すつもりだとわかっても驚きはなかった。問題は——殺す前にローマンから何かを聞き出そうとするつもりだろうか。

　何かを話してしまうようなリスクは冒せない。だが黙っていられるだろうか。軍で見た負傷者たちのように正気を失って、何を言ってるのか自分でもわからなくなってしまったら？　それにローマンが死んだ後は？　肉体は犬に戻るのか？　町の秘密を暴露してしまうか？

　今にも気を失ってしまいそうだった。呼吸で少し楽になる。必死に頭を絞るのも、意識を保つ役に立った。ここから逃げなければ。何がなんでも。ジェイムズならどうするだろう？　それとも、マットだったら？　マットはＳＷＡＴ隊員だったのだ。こんな時でも勇敢だろう。ああ、マットに会いたい。

　手まで血がつたっていた。熱く、ぬるぬるしている。だがすぐ乾いてしまいそうだ。ローマンはロープに挑んだ。手首を前後に動かしてみたが、肩の傷が凄まじい激痛を訴えただけで、手のひらの膨らみをうまく引き抜くことができない。必死になればなるだけ新たな血が流れ出し、どんどん体が弱ってきた。これは無理だ。

手を止め、焦りに荒い息をつきながら痛みが鎮まるのを待った。血が白いトランクスに染みを付け、太腿で乾いていく。ビニールシートの上の血溜まりからは死のにおいがした。

この手がもっと小さければ……。

そう思った時、恐怖に震える息を吸いこんでいた。もし、こ、この体が、も、っと小、さけ、れ、ば。

まだ、変身という手段がある。犬の姿なら確実にこのロープを抜けられる。少なくとも手は自由になる。だが、肩に銃弾を受けた体で変身するなど、考えただけで恐ろしい。そもそも変身は痛みをともなう――骨が折れて形を変え、筋肉が引きのばされる。こんな傷を負った状態で変身したら体にひどいダメージが残るかもしれない。人間としても、犬としても。もし変身の最中に奴らが入ってきたら？　クイックの存在を知られてしまう。

誰かここにいてどうしたらいいのか教えてくれたらいいのに、とローマンは強く願った。指示をしてくれたなら。それなら死ねと言われれば死ぬし、そうすべきだと言われれば危険を承知でヒトに変身もする。誰かに言われて変身するならば、もし見られてもローマンの責任ではない。

だが、誰もいないのだ。ここにはジェイムズも、ランスも、もちろんマットもいない。ローマンが自分で決めなければ。

このままここにいれば、必ず殺される。しかも死ぬ前に口を割らされて秘密を話してしまうかもしれない。あるいはローマンの死体が語ってしまうか。

もしローマンが犬に変身すれば、せめて逃げ出すチャンスはある。

左手には、古いブラインドが下がった窓があった。変身してロープから抜けたなら、その窓から逃げられるか――。

ロープと苦闘した痛みが、少しだけおさまってきた。肩はズキズキうずくが、じっとしていれば耐えられる。

祈ろうにも祈る相手がわからなかったので、ローマンはジェイムズのことを思った。『お前ならできる、ローマン。お前なら大丈夫だ！』今回、やりとげたごほうびにサーディンの缶はないが、友を救えるチャンスがある。そしてマット――またマットと一日すごせるかもしれない。森の中で。心安らぐマットのそばで、笑って。何よりもそれをかなえたい。

ローマンは変身しはじめた。まばゆい稲妻のような痛み。砕けた骨が筋肉をえぐる。とても耐えきれない――だが耐えた。歯を嚙みしめ、上あごの裏に舌を押しつけて、悲鳴を吞みこんだ。

ゆっくりと、意識が戻ってくる。暗黒と真紅の苦悶の海に漂いながら。

ローマンはまばたきして目を開けた。床のビニールシートに倒れていた。真っ赤な血。ほぼ乾いた血が周囲を染め、肉切り台の上で眠っていたように見えた。目をまたたかせ、白い壁を見つめる。喉がひび割れそうにからからで、唇は——いや唇はもうなかった。かわりにそこには、鋭い牙と長い鼻面があった。

よかった——ああよかった。変身できたのだ。

自分の使命が一気に思い出されて、恐怖とアドレナリンが押し寄せる。まだ窮地を脱したわけではない。ローマンは慎重に体を起こすと、ぺたりと尻で座ろうとした。至るところが痛む。腹も肺も頭も。そして右肩の激痛は——ひどい。痛みにか細く鳴くと、ローマンは左側に重心を移した。喘ぎ、まばたきしながら、体を支える左前脚が震えていた。

まだ白い部屋の中だ。倒れた椅子にロープがまとわりついていた。まだローマンだけ。誰も入ってきていない。連中は二階でテレビでも見ているのだろうか。赤毛はローマンをじっくり苦しませ、予想通りに「口がゆるむ」のを待っているのかもしれない。

ここまでは順調。逃げ出さなければ。

どうにか四つ足で立ち上がり、よろよろと窓へ寄っていったが、体がたよりなくて力がまるで入らない。左足を窓の枠にかけ、ブラインドを鼻で横へ押しやった。状況をたしかめるローマンの前足の痕が枠に赤くついた。

ガラスに映った自分の姿は、ぞっとするものだった。毛皮が一面血まみれで、だらりと垂れた舌は血色が悪い。引き違いの窓は鼻で押してもびくともしない。アルミの鍵が二箇所についている。ヒトの手ならいとも簡単に開けられるだろうが、犬の姿ではどうしようもない。

ずるずると床に戻り、ローマンはうなだれて床のビニールシートにハッハッと息をくぐもらせた。また変身できるだろうか。まず無理だろう。たとえ痛みに耐えられても、きっとたちまち意識を失って途中で失敗してしまう。

ドアの外で、カーペットに擦れる足音がした。隠れ場所もなく、ローマンは足を引きずってドア裏の壁際に寄った。

ドアが開く。あの大男が入って来た。ドアノブをつかんだまま、男は空の椅子とロープをまじまじと見た。

「なんだってんだ？」

憤怒がじわりと、ローマンの血管の中へ毒のように沁みる。すべての力をかき集め、ドアの影からとび出すと、男の喉へと一直線にとびかかった。充分な力をこめて喉笛に食らいつく。

男は暴れながら、ローマンの重みで倒れた。このまま顎の力をゆるめなければ気絶するはずだ。ローマンとしても殺したくはなかった。軍でこうした訓練は受けている――人形相手に――が、実際にやったことはない。

だが酸欠で人間を失神させるのには時間がかかるし、ローマンの体力は急速に失われていっていた。男の手が横へ動いて、銃を抜いたのが伝わってくる。

選択の余地はなかった。撃たれて、町の秘密が暴露されるようなリスクは冒せない。ローマンは力をこめて嚙みつき、頭を振りたくった。血の重い味が口にあふれた。

男の、まだ銃を握った手が震え、大きく揺れたが、ローマンを狙うことはなかった。その体がだらりと弛緩する。倒れた男を残してローマンがドアへよろめき寄った時、男の茫然とした目からはもう生気が失われつつあった。

廊下は静まり返っていた。階上からテレビの音が聞こえている。ローマンはのろのろと、痛む肩をかばいながら進んだ。廊下の先にはリノリウムの床の無人の部屋があり、バーカウンターと、湖に向いた両開きのスライドドアがあった。片方のドアが開けられ、網戸から夜気が入ってきていた。

ローマンはその網戸へ向かって足を引きずっていった。血の痕を残しながら。軽い網戸は鼻と、続いて前足で押しやって開けた。ためらわず、ローマンはそこから夜の中へとすべり出した。

出血が多すぎて、目の悪い年よりにも痕をたどられそうだ。体を引きずるように湖へ向かうと水の中を歩き、肩まで浸かって、冷たい水で出血がおさまるよう祈った。足跡を隠そうと湖を少しだけつっきって歩きながら、ローマンは次の手を考えようとした。

弱りすぎていてもう変身は無理だ。つまり、車は使えない。歩きで自分の家を目指しても意味はない。家には誰もいないから、ひとりきりで死ぬだけだ。町は遠すぎるし、ランスとティムの家は山の向こう側の急坂の上だ。

　マットは？　マットのキャビンはここからそう遠くない。二、三キロ？　三キロくらいか、森の中を横切れば。マットはローマンが犬だとは知らないが、そんなのは関係ない。マットなら助けてくれる。

　ローマンは湖を離れると、ひっそりと森の中へと入っていった。

12　見知らぬ訪問者

　明かりがパチンと点《つ》けられた時、マットは眠っていた。ぎょっとして起き上がると、戸口に赤いネルのパジャマ姿のルーシーが立っていたので、マットはまたベッドに倒れこんで頭を枕の下に隠した。

「ん……」と抗議の呻きを立てて眠りに戻ろうとする。

「マット！　起きてよ！」

　ルーシーの声は怯えていた。仕方なく、マットは枕をどかす。

「なんなんだよ……」

「何かがドアを引っかいてて、それで……鳴いてるのよ、マット！」

「アライグマだろ」

呟いて、マットは目をとじた。

「アライグマじゃないって！　マット、怪我してるみたいなの。鳴き声でわかる。ねえマット！」

何だかわからないが、怪我をしていると聞いてはさすがに寝ていられなかった。傷ついた獣がキャビンの周りをうろついているならたしかめなければ。苦しんでいるのを放ってはおけない。

「わかったよ」

ぶつぶつ言いながら、マットは体を起こして眠気を払おうと首を振った。

立ち上がり、のそのそとドアへ向かう。夜はボクサーパンツとTシャツで寝るようにしている。山の夜は冷えるのだ。

「ジーンズと靴を履いてよ。嚙まれたらどうするの」

ルーシーからにらまれた。マットはじろりとにらみ返した。

「そりゃありがたいな。自分で見に行ってくれてもいいんだぞ」

「冗談でしょ？　海兵隊員と一緒に住んでるのにどうしてわざわざ私が？」

ごもっとも。マットは元海兵隊員ではあるが。服を着ろという注文もごもっとも。急所に咬み傷をくらって夜間治療室に担ぎこまれるような羽目はごめんだ。

マットはジーンズを履き、スウェットをかぶり、ランニングシューズに足をつっこんだ。ルーシーは戸口に立ってそれを見ている。マットが服を着たとみるや、さっさと廊下へ向かった。マットも彼女を追う。

キャビンのリビングルームでは、夜の深さが神秘的に感じられた。ルーシーが着けたランプの明かりはあまりにも黄色がかり、薄闇の中で心もとない。ルーシーは玄関ドアで立ち止まると、唇の前に指を立てた。聞け、と。

マットは耳をすました。何も聞こえない。

ルーシーが声をかけた。

「ねえ？　誰かそこにいる？」

たちまち反応があった――ドアの下を引っかく音、苦悶のか細い鳴き声、やっと絞り出す吠え声。犬だろうか。

ドアにのぞき窓は付いていない。マットはリビングの窓から透かし見たが、車や人間のいる気配はなかった。いないとは言い切れないが。玄関ポーチはほぼ見えない。

また呻き声がした。心が締めつけられるような声。くそ、これは放っておけない。

マットは細くドアを開けた。チェーンはかけたまま。外をのぞく。

目の前の光景にドンと腹を突かれたようだった。警戒心など跡形もなく吹きとぶ。チェーンを引き抜くとドアを大きく開いた。

入り口のステップにいたのは、大きなジャーマンシェパードだった。ポーチの粗板の上で横倒しになっている。ひどい傷を負っていて、半死半生に見えた。頭から喉や胸、足先に至るまで毛皮は血まみれだ。喘ぐ犬の金色の目が、すがりつくようにマットを見上げた。マットは膝をついて屈んだ。

「なんてひどい！　かわいそうな子！」とルーシーが背後で声を立てる。

マットはどこから出血しているのかたしかめようとした。はじめは喉の傷かと思ったのだが、そうではない、傷は肩だった。

「撃たれてる」とマットは愕然と、怒りの呟きを洩らした。

「どうしてそんなひどいことを！」とルーシーが涙ぐむ。

「わからん。獣医のところにつれていくぞ。毛布を取ってきてくれ。俺は犬を車に乗せる」

「私も着替えてくるわ」とルーシーが語気荒く言った。

「そんな時間はない、俺だけでつれていく」

「駄目よマッティ！　誰かがその子と一緒に後ろに乗っていかなきゃ！　死にかけてるかもしれないのよ、かわいそうに！」

マットはうなった。

「なら急いでくれ。俺は毛布を取ってきて、犬を車に乗せておく」

精一杯急いで、マットは財布とキーをつかみ、クローゼットから古い毛布を引っぱり出した。毛布は駄目になるだろうがかまわない。それを持ってポーチに出ると、犬は置いていったところにいた。

「お前を助けてやるからな、いいか?」

マットは毛布を犬の体にかけ、どうにか痛まないように持ち上げられないかと犬の下に腕を回そうとした。

胸の下にマットの腕がさしこまれると犬は「キャン!」と苦痛の声を立てたが、あとは何の声も上げず、マットは毛布にくるんだ犬をそっと持ち上げ、腕にずっしりとかかえた。犬の目をのぞきこむ。じっとマットを見上げてくる目には痛みもあったが、信頼があふれていた。深淵のような、果てのない目。舌でマットの顎をなめる。マットの心がぐっと締めつけられた。

「俺が助けようとしてるだけだって、わかってるんだな? すぐ医者につれてってやるからな。がんばれ」

チェロキーへ歩みより、片手で後部ドアを開ける。バックシートに犬を下ろそうとしたが、離れがたい。犬はマットの存在に甘えるかのように、ぐったりと全身を預けてくれている。マットは座席の入り口に足をかけ、犬の重さを膝で支えた。犬がじっと見上げてくる。ルーシーはまだか?

このジャーマンシェパードは、はじめの印象より大きくて重かった。最近までごく健康だった、元気ざかりの成犬だ。だがその大きな体は今やぐったりとして、時々ぶるっと震えが抜けるだけだった。

マットは子供の頃から犬と一緒に育ってきた。将軍、つまり彼の父親が犬好きだったのだ。いつもの椅子に座る父の足元には必ず犬がいた気がする。それも大きな、このジャーマンシェパードのような犬を好んで飼った。マットが小さな頃に家にはジャーマンシェパードがいたし、次にはドーベルマンが、さらにはK－9の任務から引退した黒いレトリーバーが引き取られてきた。どの犬もいい犬で、マットはみんな大好きだった。正確には父の犬だったが、父がいない時は犬たちはマットのベッドで眠ったし、マットの一番の友達だった。

犬は心優しく、忠実だ。そんな犬をこうやって傷つけられる者がいるなんて、それだけで胸が悪くなる。

(動物や子供、女を傷つけるのは臆病者だけだ、マシュー。そんな弱虫にはなるな)

「いいわよ！」とルーシーがキャビンから駆け出してきた。ドアがバタンと閉まる。「準備できた！　行こう！」

その声がマットを動かした。犬をそっとバックシートへ横たえる。ルーシーが逆側のドアから車内にとびこんだ。

「俺が運転する間、犬を支えておいてくれるか？　座席から落ちないように？」

「ええ、まかせて！　だから急いで！」

町へ向かう間ずっとルーシーは犬に話しかけていた。何のとりとめもない優しい言葉。時々マットもくり返し確認した。

「まだ息はしてるか?」

「大丈夫、カリーニョ。まだ生きてる!」


ローマンは、ひどくまぶしい光の中で目を開けた。頭がぼうっとして、体がふわふわする。また目をとじた。

「目を覚ましたよ!」とティムの声がする。

ローマンはまた細く目を開けた。ティムの心配顔がのぞきこみ、続いてランスの顔が見える。

「俺にも見せてくれ」

マットの声だった。ティムが下がって、かわりにマットが現れる。やわらかに微笑んで言った。

「おはよう、ワンちゃん」

マットの隣でランスがあきれ顔をしていた。ランスは黒い眉をぐっと寄せ、顎に力をこめてローマンを見やった。

「何があったんだ?」

「言ったろ」とマットが答える。「俺のキャビンの前にいきなり現れたんだ」

本当は、ランスはローマンに聞いたのだ。それはローマンもわかっていたが、どのみち犬の姿で答えられるわけがない。おかしなランス。ローマンの瞼がまた重く下がってきた。

「手術はうまくいって容体はひとまず安定したが、今後三、四週間の絶対安静が必要だ」と言った声は獣医のビル・マクガーバーのようだった。「失礼、通してくれ」

獣医が割りこみ、マットとランスが場所を空けた。ローマンが目を開けると、ビルはローマンの左前脚で脈をとっていた。点滴の管がつながれていて、その部位の毛が剃られている。

ビルが、そこを見ているローマンの視線に気付いた。なだめるように首をなでる。

「今は水分補給のための点滴だが、さっき輸血もしたよ。危ないところだった。マットとルーシーが間に合ってくれて助かったな」

「ルーシーに起こされなかったら、俺はドアを引っかく音には気付かず寝てたかも」

ビルの背後のどこかで、マットが身震いしているような声で言った。ビルがうなずく。

「きみらふたりでこの犬を救ってくれたんだ」

「誰に撃たれたんだ。俺が知りたいのはそこだ」と言うランスの声は激怒していた。

「車の音も姿もなかった」マットが答えた。「この犬は森から来たんだと思う。それか、うちのキャビンに続く道に捨てられたか」

「チャーリーならにおいを追えないかな？　現場までたどれるかも」とティムが提案した。

「チャーリー……?」マットがとまどっている。

「チャーリーは、うむ、時々犬を指揮して、においを追ってくれるんだ」とランスがごまかした。「名案だ、ベイブ。電話してくる。すぐ戻る」

ランスが出ていくドアの音がした。獣医の診察台に横たわったローマンには、すべてがどこか非現実的に聞こえていた。体があまりに重くて動かす気にもなれない。胸と肩は、鎮痛剤がどれだけ入っていてもズキズキ鈍く痛む。ビルの手がまだ首に置かれていた。ローマンはビルの手首を舐めた。

ビルが微笑み返し、ウインクした。「どういたしまして」と低く囁く。彼が下がると、たちまちマットとティムがその場所を埋め、ローマンをのぞきこんだ。ティムがローマンの前足を手で包んで親指でなで、マットはローマンの頭をなでた。

それが何よりもありがたく、ローマンは目をとじた。喜びが心に満ちてくる。ぎゅっと、みっしり詰まった泡のように。なんて恵まれているのだろう、こんないい友人たちに囲まれて。

彼は本当に幸せだ。

「さっきも言ったが」とビルがくり返した。「三、四週間はとにかく安静だぞ。安静というのは、一日何回か支えられてトイレをする以外は動かない、という意味だからな」

ドアが開いた。

「ならうちで預かる」とランスが宣言しながら部屋に戻ってきた。ティムの後ろからローマンをのぞきこむ。

「いいや、うちに来ればいい」マットが同じくらいきっぱりと言い返した。「この犬を見つけたのは俺たちだ。うちのキャビンまでやってきたんだ。絶対に見捨てられない」

「俺のところで面倒を見るんだから、見捨てたことにはならないだろう。うちならしっかり面倒を見られる」

「だがあなたは一日中仕事だ、ビューフォート保安官！」とマットもゆずらない。

「それはきみも同じだろう、ミスター・バークレイ！」ランスがイラッとして言い返した。

「それに大体の時間はティムが家にいる」

「ルーシーなら一日中ずっと家にいます！」

　ローマンは溜息を吐き出し、目をとじた。まったく何をしているのだ、このふたりは。

　ルーシーがぶつぶつぼやいた。

「ええそうね、どうも。かわいそうな引きこもりで悪かったわね」

「いやきみは家で勉強をしてるんだろ！　俺が言いたいのは——」とマットがうろたえる。

「いいの、私もこの子にうちに来てほしいもの。私たちなら誰よりちゃんとパコの面倒を見られるわよ」とルーシーが心をこめて言った。

　ローマンは片目を開けてルーシーを見上げる。パコ？

「いや、いや、いいんだ」これはランスだ。「いいか、ロー——その犬を心配してくれるのはありがたいが、きみたちではその犬を――」

「パコを」

ルーシーがさえぎった。ランスが溜息をつく。

「パコか……だがわかってくれ、きみらでは面倒を見きれない。仲間がそばにいなくては」

「それってどういう意味よ？」

ルーシーの声はムッとしていた。

「まったくだ、それってどういう意味かなランス？」

ティムの声まで皮肉っぽい。ランスが、つき合っていられないという唸りをこぼしてビルをうながした。

「ビル！　言ってやってくれ、この犬は我々のところに来たほうがいいと！」

「まあ、そうだな――」とビルが言いかかる。

「本人に聞いてみようよ。パコに。どっちがいいのかパコに聞こう」ティムが唇に笑みを浮かべて、すっと顔をローマンに近づけた。「それでいいよね？　どこで元気を取り戻したいか、自分で決めるんだよ」

「ティム――」とランスが声に力をこめた。

「ううん、大丈夫だって。ほら見てて」

ティムはランスの手を引っ張ると診察台のふちにのせ、マットの手も同じようにして、ローマンの前足のそばにふたりの手を並べた。

「よーし、パコ。治るまでどっちの家に行きたい？　うちなら、僕が特別心をこめて世話をしてあげるし――」

「俺もだ」とランス。

「ランスもね、今回の犯人を探して草の根をかき分けてない時には。それともどうする、マットとルーシーの家がいい？」

「一日中そばにいてあげるからね」とルーシーが甘く囁いた。手をのばしてローマンの頭をなでる。

これだけ皆からなでられていると、幸運の仏像か何かにでもなったようだ。全然、嫌ではないが。なでる手は、鎮痛剤なみに効く。

どっちを選ぶべきなのかはわかっていた。ボスであるランスがどっちを望んでいるのか。だがローマンは疲れて頭がぼんやりしていたし、かまう気にもなれない。彼は重い前足を上げると、マットの手にのせた。

「オー、ケイ。じゃあそういうことで」とティムが、思わせぶりな目つきをローマンへくれた。

こっちをにらむランスを見なくてすむよう、ローマンは目をとじた。撃たれて手術を受けたばかりなので、きっと少し弱虫になっても許される。多分、今日はそういう日なのだ。

ランスが抵抗しようとした。

「でもな――！」

「駄目、当人が決めたんだから」とティムが一蹴した。「大丈夫だよ、ランス。マットのところで休んで、しばらく……のんびりするだけだから。僕らも見舞いに行けばいい。行っていいでしょう、ルーシー？」

「もちろん！」

「私も毎日様子を見に寄らせてもらうよ、少なくともしばらくは」とビルが言った。

マットの手がローマンの顎にふれている。なじんだマットのにおいがした。ローマンは目を開けなかったが、その手を一度舐めた。ありがとう、と。

「家にいる時は、俺もちゃんとこの子の面倒を見るよ」とマットが優しい声で言った。「夜は俺のベッドで寝かせる。もし具合が悪くなったら、すぐわかるように」

「それはすっごくいい考えだね！」ティムがやたら力強く賛成した。「ほら手術したばかりの夜ってすごく危険だから！」

「たしかにな！」ビルが少しばかり愉快そうにうなずく。「よし、じゃあ皆、待合室に出ててくれるか？　今から……パコに、もう一度、退院前の診察をしたいし、パコも少し落ちつく時間がほしいだろう」

全員が出ていった。ローマンは、ビルとふたりきりになったのを感じ、目を開けた。目玉が鉛でできている気がする。それもサンドペーパーを張った鉛だ。もう眠りたい。

ビルがローマンのほうへ屈みこみ、溜息をついた。優しくローマンの背中をさする。

「それじゃ、いいかな、ローマン。何があったかは知らないが、撃たれた後に変身したんだろ？　その変身で死なずにすんだのは、たまたま、本当に、ラッキーだったからだ」

ビルは重々しい表情だった。ローマンはか細く鳴いた。わかっていたが、やるより仕方なかったのだ。

「だからまたその失敗をくり返してはいけないよ、いいね？　しばらくの間、変身は禁止だ。肩の骨がちゃんと治るまで。わかったかい？」

ローマンはハッハッと息をついた。

「私がいいと言うまで、ちょっと試してみるだけでも駄目だからな。ランスから命令されても言うことを聞いてはいけない。したい話もあるだろうが、いいからその話は治るまで待つんだ」

名前が合図だったかのように、ランスが診察室に入ってきた。ビルは驚いた様子もなかった。

「すぐ外にいたのか？　ローマンに変身するなと言ってたのは聞こえたかな。これは真剣な話だぞ。運が良かったし、リハビリすればまた右腕は使えるようになる。だが治らないうちにまた変身したなら、その時こそもう打つ手はない」ビルはふんと息をついた。「ダジャレじゃないぞ」

ランスはうなったが、文句は言わなかった。屈みこんでローマンの目を見つめる。ランスの青い目は怒りに燃えていた。低く話しかける。

「ビルが言うとおりにするんだぞ、いいな、ローマン？　しっかり休むんだ。それで、チャーリーにマットの家からにおいを追わせれば、撃った犯人のところにたどりつけるか？」

ローマンは、左前脚で一回宙をかいた。イエス。ローマンの臭跡を追えばチャーリーはパイニー・トップ道の先の貸しコテージとローマンの車に行き着くだろう。あの犯人たちがまだ車を移動させていなければ。あの男たちは危険だ、とランスに言いたかった。とても危険なのだと。赤毛の男が町にいる捜査員のことを知りたがっていたのを伝えたかった。銃を持った大男、ローマンが逃亡と町の秘密を守るために殺すしかなかった男についても。ランスに謝りたい。

だが何も言えない。

ランスは眉をよせ、考えこみながら目を細めた。

「我々が昨日探していた二人の男と関係があるのか？」

ローマンは宙を一度かいた。イエス。それからか細く鳴いた。気をつけて。

「よし、いいかランス、大切なことなのはわかるが、もう休ませてやってくれ」

ランスが「了解、ドク」とうなずいた。

意外なことにランスは身を屈めると、ローマンの目の上にキスをした。

「とり返しのつかないことにならなくてよかった。この町にはきみが必要だ、ローマン。早く良くなってくれ。こっちは何も心配いらない、全部まかせておけ」

何やら湿った音で鼻をすすって、ランスは診察室を出ていった。

ビルが微笑してローマンを見下ろした。

「眠るんだ、ローマン」

ほっとした溜息をついて、ローマンは眠った。

13　潜伏

ルーフィは、Tの死体を見つけてすっかり縮み上がっていた。

「あのローマンって野郎、Tの喉を食いちぎりやがったんだぜ！　どうやってロープから抜けたんだ？　それにTみたいな男に不意打ち食らわせるとか、どうやってだよ？」

両手を宙で振り回しながらルーフィが目をぎょろつかせる。

コリンはTの死体のそばに膝をついてたしかめようとしたが、傷の部分は血まみれの肉塊と化していた。喉の一部が、爪か歯か何かでえぐり取られていた。

「ふん。あいつは何の武器も持ってなかったよな？　銃は取り上げてあったしな」

「ってことは何だよ？　歯でコレやったってのか？　どうしてTは奴を撃たなかったんだ？」

「撃ったかもしれねえぞ。ローマンは今、何発か体にくらってるかもな。Tの銃はサイレンサー付きだから二階の俺たちにゃ聞こえねえし。いいから少し黙ってろ」

コリンは血溜まりを見下ろした。椅子の周りに大きな血の痕が広がっている――コリンが撃ったあの保安官助手の肩の傷からだろう。そしてTもまた、池みたいな血溜まりの中に倒れていた。コリンは血の痕をたどって廊下へ、デッキへ続くスライド式のガラスドアへと向かった。

死体はどこにもない。

「コリン、ずらかろうぜ！　とっとと荷物まとめてここから逃げねえと！」

「うるせえな！　俺は今頭使ってんだよ」

緊急事態の時、コリンはいつも平静だ。じっくりと慎重で、そして危険な男になる。それが真の悪党ってものだ。彼は外の暗闇を見た。

「まず肝心のことからだ――お前はあの助手の車をここまで持ってきな。Tの話じゃ、あっちにあるコテージの近くに停められてるってよ。キーはここにある」

「でももしそこであいつが待ち伏せしてたらどうすりゃいい、コリン？」

ルーフィの腰抜けぶりは、いっそ見事だ。

「なんでそんなことすんだよ？　車までたどりつけてんなら無線で連絡したり、スペアのキーが隠してありゃそれを使ってどこかに行くだろうよ。だからまず見るんだよ――あいつの車がまだあるかどうか。つまり、お前が行くんだ。あいつが見当たらなけりゃ運転して戻ってきてガレージに入れろ。キャデラックの場所を空けとく」

ルーフィはまだうろたえていた。廊下向こうのTの死体のほうをチラチラとうかがっている。

「いい加減にしろ、ルーフィ。あの男は最低一発、多分もっと弾丸をぶち込まれてんだぞ。この血を見ろ！　どうせどっかで気絶してんだろうよ。Tの銃を持ってけ、それでとっとと車を見てきやがれ！」

コリンはポケットから出したローマンのキーを、ルーフィに投げてやった。

「わかった、わかったよ」とルーフィが廊下を歩いていってTの銃を取り、黙って階段を上がっていった。

ルーフィが運転して戻ってきた保安官事務所の車を、ふたりでコテージのガレージに入れた。ガレージの中は明るかったので、コリンはじっくり車をたしかめた。血痕はない。あの保安官助手ローマンは、ここでつかまって以降は車に戻っていない。少なくともそれはたしかだ。

ほっと息をつき、前のシートから這い出した。

「よし。あいつは車に戻ってないし無線も使ってないから、どこかで失神してるか死んでるだろ。これで、あいつがここに来たことは誰も知らねえ」

「あっちのコテージに行ってたら？　電話を貸してくれってよ！」

「ボケ、そんなことしてたら今ごろはこの辺を警察《サツ》が取り囲んでんよ。せめて救急車は来てるだろ」

「やっぱ逃げたほうがいいって」ルーフィがぶつぶつ言いながら、寒いかのように腕をさすった。「あのローマンって野郎、イカれてんよ。ロープから脱け出して、Tでもかなわねえって、なんなんだ」

「ぐちゃぐちゃ言ってんじゃねえ！　まともな理由もねえのにコソコソ逃げる気はねえよ。トラックの荷台から懐中電灯を持ってこい。野郎の死体を見つけにいくぞ」

死体は見つからなかった。コテージの周りにも、湖にも、森の中にも。懐中電灯の光の輪に血痕が見えた気はしたが、まともな道じゃなかったし、夜闇の中で枝をかき分けて進む気にはなれない。なんたって、夜中の森ってやつはめっぽう不気味だ。

「もういいさ、畜生め。明日だ」

「でもあいつが死んだかたしかめねえと！」

「いいや、俺たちがやらなきゃならないのは、家ん中の血をきれいに掃除してTの死体を捨てることだよ。真っ暗闇の中を這いずり回っていたけりゃ好きにしろ」

もちろん、ルーフィは暗闇の中にひとり置き去りにされるのには耐えられなかった。ふたりがかりで血まみれのビニールシートを一階に上げ、Tの死体も防水シートにくるんでトラックの中に片付け、漂白剤ですべて拭き上げた。それから、保安官事務所の車を斜面のふちまで走らせ、地面の溝に落とした。荷物運搬用トラックは、誰かがコテージに来た場合にそなえて念のために防火管理道《ファイアロード》のほうまで走らせて停めた。このトラックにはマリファナ畑用の道具が山と積んであり、一目で悪事がバレるシロモノだ。Tの死体なしでも充分に。

朝日が昇る頃にはこの貸しコテージから犯罪の痕は残らず消え、コリンの昂揚と恐怖もおさまった。ここまでくれば、ローマンという目撃者なしでは誰もコリンたちを告発できまい。

今、ルーフィは服を着こんだままいびきをかいてカウチで眠りこんでいた。コリンは窓から山の景色を照らす朝日を眺めた。まったく、田舎ってやつは。夜があんなに暗いなんて、どこかおかしいのだ。

明るくなっていく薄闇へ目を走らせ、それからコリンはコテージの前に出て建物の周囲をうかがった。何も見えない——死体もなければおかしな痕もない、警官の姿もない。正面の窓の前に立って息をつめ、サイレンが聞こえないかと耳をすませる。コリンの分析では、可能性は二つ。ローマンはどこか助けのいるところまでたどりついてべらべらしゃべった——そうならもう警察がここに来ているはずだ。でなきゃ、ローマンはどこかに死体か瀕死で転がってて、もう誰かに何かを話すことはできない。

だが水面に下りてきたカモの群れや、庭を横切る太ったアライグマ、それに地面をクンクン嗅ぎながらうろつく猟犬みたいな犬以外、まるで静かな夜明けだった。

ここから出ていく気はない、とコリンはその頃には心に決めていた。いいチャンスなのだ。自分で思ってた以上に、全部チャラにして一から人生を始めたくなっていた。マッドクリークはそれにぴったりの場所だ。

これでローマン・チャーズガード保安官助手が片付いた今、問題はすべて解決だ、そうじゃないか？　町にはほかにも何人か捜査員がいるだろうが、ローマンほどしつこい奴はそういないだろう。コリン・〝大将《キングピン》〟・クレリーは影に怯えて逃げ出したりはしない。もっとも、今日のうちにロサンゼルスに電話して、Tの後釜に二人ばかり、たよりになりそうなゴロツキを呼びよせよう。ルーフィもマリファナ畑用に人手がほしいと言っていたし。逃げ出す？　いいや、コリン・クレリー様の未来がでっかい花を咲かせようって時に？

コリンはカウチで寝ているルーフィを放っておいて、ひと寝入りしに自分の部屋に引き上げた。

ランスとチャーリーは、パイニー・トップ道の先にある小さな湖近くの木陰にたたずんでいた。ランスは大きなコテージを双眼鏡で見つめ、横ではチャーリーが――今はヒトの姿に戻って――意気込みのあまり体を震わせていた。

ローマンが撃たれてから一日経っていた。コテージには明かりがついている。双眼鏡ごしに、ランスからはキッチンテーブルに座った痩せた黒髪の男が見えた。片手にビール、もう片手には煙草がある。ぐったりとうつむいていた。メイン通りにあるラッキー・ドッグ・チャイニーズのテイクアウト容器がテーブルに散らかっている。赤毛の男がキッチンを歩き回りながら熱心に携帯で話をしていた。

「あの二人、たしかに山道で今日嗅ぎとった二人か？」とランスは低く聞いた。

「そうです、ボス！」チャーリーが焦れて言った。「ほら向こうはたった二人ですよ、俺たちだけでやっつけられます！」

チャーリーはまだ追跡の興奮が抜けず、獲物を仕留めたくてたまらないのだ。ランスは片手で下向きの合図をし──落ちつけ、と──返事はわざわざしなかった。

今朝の夜明け前、チャーリーはローマンの血痕をたどって森を抜け、小さな湖へたどりついた。その後ろからランスも歩いてついていった。人間には決して近づくなと命じてあったのだが、においに夢中になったチャーリーは森から出ると、鼻をたよりに大きなキャビンの、裏手のスライド式ガラス扉までたどっていった。その間ランスは森の中で待つしかなく、銃を手に悪態をついていた。幸い、コテージのふたりは眠っていたか、ブラッドハウンドを見ても警戒しなかったらしく、チャーリーは何事もなく森まで駆け戻ってきた。

それがまだこの朝のことだ。信じられないことに。ひどくくたびれる一日だった。

ローマンがあのコテージの中で──ヒトの姿で──撃たれたことまではわかっている。そして傷を負い、犬の姿で逃れてマットの家へ向かったことも。とてもじゃないが、その勇気はランスの想像を絶していた。それほどひどい怪我で変身する、そんな激痛と恐怖は。ビルの言うとおりだ。死んでいてもおかしくなかった。

そのローマンの純然たる勇気は別として、わからないことが山ほどあった。どうしてローマンは撃たれた？　コテージにいる人間たちは何者だ？　ローマンの変身を彼らに見られただろうか？　もう彼らはクイックのことを知っているのか？

そしてマットが保安官事務所へ来るや、ランスは正面口で彼をつかまえて、問いつめた。

「あれだ、ほら、パコはどうだ？」

「大丈夫ですよ」マットはくたびれた顔で言った。「眠ってる。ルーシーが今日一日ついている予定だし。何かあればすぐメールが来る」

ランスはうなずいた。

「昨日ローマンが切れた糸を見つけた場所へ、俺とチャーリーを案内してくれないか」

マットは当惑して目を細めたが、ゆっくりうなずいた。

「ええ。そう言うなら。でもローマンは？　来ないんですか？」とマットはランスの背後に、ローマンの姿を期待するような視線を投げた。

「ローマンは病欠だ」とチャーリーが上ずった声で言った。リーサのデスクの近くにいる。

「そうなの？」リーサが心配顔になった。「あら、まあ！　一体どうしちゃったの？」

ランスはチャーリーをじろっとにらんだ。

「いいや、ローマンは病欠じゃない」と溜息をつき、マットのほうを向く。「ローマンは家族の用があって、何週間か仕事を休むことになった」

「家族？　彼から、身内はいないと聞いてますけど」

「なら遠縁じゃないのか」

ランスは気まずく顎をかきながら、マットがごまかされてくれるよう願った。ランスの予想以上に、マットはローマンのことに詳しいらしい。

「とにかく、ローマンには有給がかなりあるから、どう使おうが彼の自由だ」

そう言われてもマットは納得いかない顔をしていた。眉が寄っている。

「案内してくれるか？」とランスはうながした。

マットがうなずく。そしてチャーリーを加えた三人で保安官事務所を出た。

山中で、チャーリーが他所者のにおいを嗅ぎ当てるまで少しかかった。ローマンが嗅いでから一日経っているし、ローマンとマットのにおいも重なってしまっている。チャーリーがあたりを嗅ぎ回る間、ランスはマットに話しかけて気をそらしたが、マットはチャーリーの行動に数回目を留めていた——木の根元を嗅いでいる時と、這いつくばって道のにおいを嗅いでいるところに。

「それ、犬がやらなくていいんですか？　てっきりチャーリーが追跡犬を指揮するもんだと」

ランスは内心呻いた。もう充分ややこしいのに、そこにマットまで加わるとなると手に負えない。

いかにも言いづらそうな顔をして、ランスは声をひそめた。

「そのな、チャーリーは特異体質なんだ。彼が言うには、犬をつれてくるほどの手がかりが残っているかどうか、これでわかるそうだ」

マットは何も言わなかったが、信じられないと言いたげに口元を歪めていた。だがたしかな証拠さえなければどうしようもあるまい、とランスは片付ける。

そして今、夜の十一時近くになって、ランスとチャーリーはコテージを見張りに森へ戻っていた。男たちはまだ中にいる。

「間違いない」とチャーリーが怒りに声を荒げた。「コテージにいる男たちが、ローマンの張った糸を切った連中です。絶対に。車だって、あの連中のものだ」

コテージの前に停まる高価な白いキャデラックのSUV車を指さした。

「つまり、ローマンは――」とランスは双眼鏡を下げた。「この連中がここにいることを昨夜どうやってかつきとめて、様子を見に来た。だが、逆につかまってしまったと」

そして奴らがローマンを撃ったのだ。ランスの胸から腹へと熱い怒りが粘った。人生でこれほどの怒りを感じたことはない。ランスのテリトリーにずかずか入りこんできて群れの仲間を殺そうとするなんて、ふざけた真似を！

「向こうはたった二人ですよ」チャーリーがくり返した。「こっちには銃だってある！　俺が近場のパトロールのふりをして前から近づいて、保安官はその間に裏に回れば――」

「駄目だ」

「でもあいつらがローマンを撃ったんですよ！」

チャーリーはローマンが大好きというわけではない。いつもは。実のところ、ローマンを少し妬んでもいるくらいだ。後から保安官助手になったローマンのほうが利口で能力も高いと、チャーリーも自覚していたからだ。だが群れの仲間には変わりないし、ランスにもその怒りはよくわかった。

「奴らのしたこととの証拠が何もない。死体もない」ランスは首を振りながら説明した。「ローマンにしかわからないことだ。ローマンは変身してヒトに戻れるまで証言は無理だし、あと何週間か待てとビルは言っていた」

「いやいっそ、あいつら殺しちまうって手もあるでしょう」

言葉面《ことばづら》は威勢がいいが、チャーリーの声は自信なさげだった。

「駄目だ、我々はギャングみたいな処刑はしない」ランスはふうっと息をついた。「あのな、チャーリー、我々は法の番人だぞ。ただの自警団じゃないんだ。それに向こうにどこまで知られているのか、奴らが何をするつもりなのかもわからない。はっきりとはな。昨日何があったのかすら曖昧だ。ローマンがしゃべれないからな」

チャーリーがとりわけ大きな鼻を手でさすった。

「じゃあどうするんです、ボス？」

「奴らを見張ろう。ジェイクとボウサー、ガスを呼び集めろ。連中を一日中監視するぞ」

「俺もやります！　俺も見張りたい！」

「ああ、きみにもたのむ。シフトを組もう。もし奴らが車で出かけるなら、それを覆面車で尾ける必要もある。それがきみの役だ、チャーリー。車をしばらくティムと交換してくれ。保安官事務所の車は目立つ」

ランスは不意に、ローマンのいない穴を切実に感じた。ローマンを随分たよるようになっていたのだ。ローマンにならこの手の作戦の指揮を、いちいち指示せずにまかせられる。だがローマンは倒れた。コテージの中の男たちから、無残に、致命傷になりかねない傷を負わされて。ランスは歯を剝き出して、最後に双眼鏡をもう一回のぞき、男たちの姿を記憶に焼きつけた。ひとつだけたしかなことがある。この男たちを、ランス・ビューフォート保安官のテリトリーから逃がしはしない。したことの報いは受けさせてやる。

14　こわれたハートのなおしかた

自分の怪我がどれほどひどかったのか、回復ののろさでローマンは初めて気が付いた。マットのキャビンでの最初の数日は曖昧だ。あまりに傷が痛んで、ビル・マクガーバーが処方してくれた痛み止めと眠りの中に逃げこんでいた。

カウチで寝ているローマンの体を、隣にいるルーシーがなでてくれたのは感じていた。そして少しずつ、用を足しに立つのがそれほどつらくなくなっていった。ビルが訪れ、ランスとティムまで見舞いにきてくれた。だがローマンが焦がれ、その手が痛み止めのような安らぎを与えてくれる相手はマットだった。マットは毎日まだ明るいうちに帰ってくると、毎晩ずっとローマンの隣で、あるいは色々な形でぴたりとよりそってすごしてくれた。

頭では、マットはジェイムズではないのだと、ローマンにもわかっていた。だが今のローマンは犬の姿のまま動けず、痛みに苦しんでいる。彼の犬は本能にひたすら従い、その本能はマットを求めた。マットには、弱ったローマンがよりかかれる強さがあった。そしてその強さに裏打ちされた優しさが。ヒトとしてのローマンがこれまで見られなかったマットの一面だった。

家に帰ってくると、マットはまずローマンのところに来て具合をたしかめ、体をなで、額にキスをして、がんばっているなとほめてくれた。ローマンの頭を膝にのせてテレビを見て、ローマンを外へ小便につれていき、寝る時には抱き上げてベッドにのせてくれた。

夜、ローマンはベッドカバーの上でマットにぴったり背中をつけて眠った。ぼんやりとした夢の中で犬、ヒト、それに鎮痛剤の作用まで入り混じり、時々ローマンは、自分がヒトの姿でマットのベッドにいるかのように錯覚した。昔からのつがいのように。しっくりなじんだカップルのように。時には自分とマットが山にいて、銃声や危険を知らせる叫びが周囲をとびかう夢も見た。眠りながらローマンがか細く鳴くと、マットはその夢が牙をおさめるまでなでてくれた。

数日経つと、ローマンはよたよた歩き回れるほどに回復していた。肩をきつく包帯で巻かれたまま。おかげでマットとルーシーがダイニングルームで食事する間、そばの床に座っていられるようになった。

「もう、その子を甘やかしちゃって」

一週間目が終わる頃、ルーシーがそうマットをからかった。マットはローマンにチキンを食べさせていた手を後ろめたそうに引いた。

「うん。親父が見てたら卒倒するね。うちの将軍は犬に人間の食事をやらないってルールに厳格だったから」マットはニヤッとローマンに笑いかけた。「でもここじゃ将軍の言いつけは聞かなくてもいいよな、だろ、パコ？」

またチキンを一切れ裂く。ローマンはそれをそっとマットの手から食べた。

「元気になってもその子はあなたのベッドから出ていかないわよ。わかってる？」とルーシーが、特に何の棘《とげ》もなく言った。

「別に、俺のベッドに入りたがる誰かがほかにいるわけじゃないし。大体、あんな目に遭ったんだからお前だって特別甘やかされてもいいよなあ、だろ？」

ローマンに異論などなかった。

二週間も経つと、ローマンは鎮痛剤を飲まなくなった。傷はまだ痛んだが、もう刺すというようりうずく程度の痛みだったし、頭がぼんやりするのがいやなのだ。日中、マットが仕事に行っている間はルーシーと家の中で寄り添い、秋の雨を避けてぬくぬくとしていた。

そして思考の霞が薄れるにつれ、ローマンは自分がいない間の状況が心配になってきた。彼を撃った男たちはどうなった？　チャーリーとランスはあの二人を見つけただろうか？　マットは危険なことをしていないだろうか。ランスはもう誰も傷つかないようにしてくれているだろうか？　あの他所者はまだ町にいるのか？　何をしているんだろう？

だがヒトに変身して戻れるようになるまで、ローマンにできることは何もない。早く回復しなければ。

マットが家にいる時は、ローマンはあの男たちについて気を揉むより、自分の未来について考えこむほうが多かった。じつにおかしな状況だ。ローマンの耳をかいたり、うたた寝している間に前足を握ってくれるマットの手にもうすっかり慣れてしまった。まるで、この数年がただの夢だったかのようだ——ヒトになって山中の不思議で小さな町に移り住み保安官助手になったという、犬の見ていた夢。マットの膝に頭をのせて目をとじていると、今もジェイムズがそばにいると信じられそうなくらいだった。

だがその錯覚も消える。犬として甘やかされる充足感まで道連れに。マットはジェイムズではないのだから。そしてローマンもまた、もう犬ではないのだ。マットは、ローマン・チャーズガード保安官助手の友人で、同僚だ。ローマンに軽口をとばし、ローマンを笑顔にしてくれる男。ローマンを対等な相手と認め、そして何よりローマンに好意を持ち、セックスの相手としてほしがってくれている。

マットとすごせばすごすだけ、ローマンは彼のそばにいたくなる。犬としてではなく、ローマン自身として。今みたいに、マットの家の中やベッドの中に招かれたい——ヒトの姿で。マット・バークレイと絆で結ばれているのだ。ある眠れない長い夜、ローマンはそう悟った。自分はマットを愛していて、回復してからもマットと離れたくないのだと。

これは、難題だ。

マットはモニター上の文字を見つめていた。閉めきったオフィスに独りきりで、今週の報告書を書き上げようとしているところだ。だが数分ごとに、目玉が動く猫の仕掛け時計のごとく、マットは横目でローマンの机をうかがっていた。机にぴたりと椅子がしまわれて、モニターは暗く静まり返っている。一体ローマンはどこに消えた？

目下の仕事に集中することにした。

実際、この区域では作戦がひとつ現在進行中なのだ。軌道にも乗ってきた。名目上はマットがこの〝作戦〟の指揮官なのだが、どうもビューフォート保安官におだてあげられているだけだという疑念が消えなかった。保安官が非協力的という意味ではない。協力的すぎるのだ。マットが何かをやりに向かうと、二回に一回はすでにビューフォートが手を回してすませた後だったりする。

マットは椅子で身じろぎすると、文章の続きを打ちこんだ。


対象はさらに約三エーカーの森林を伐採し、合計五エーカーを更地にした。この〝畑〟は直近の山道から五百メートルほど入った地点に設営されている。小型ブルドーザーで木を倒し、茂みを掘り起こしている。切り開いた痕が上空から見えないようカモフラージュシートで擬装。現時点で、まだ植え付けはされていない。

ここまで目撃された個人は六名、監視カメラで顔写真を撮影済。うち五名は身元確認中だが、一名はルーファス・ウェザーと判明。前科あり、マリファナと阿片の栽培及び販売により実刑。仲間がいなかったか現在調査中。

衛星写真撮影用に〝農場〟のＧＰＳ座標を添付する。

マッドクリーク内での住民の逸脱行動については、報告できる新事実はなし。

マットは最後の一行を見つめ、デスクを指ではじいた。マッドクリークでの奇妙な出来事はなくなってなどいない。この間、保安官事務所へ遅く戻ってきた時にも、公園で喧嘩らしい光景を車から目にした。マットは車を停めて駆けつけたが、実際には男同士が取っ組み合っているだけだった。ふざけてだ。いい大人が二人も、公園で転げ回っては追いかけっこをして遊んでいたのだ。一体何をしていたのかと二人にたずねたが、どうかしたのはマットだというような顔で見つめ返されただけだった。しかしいつもの例に洩れず、別に違法なことが起きていたわけでもなかったし、わざわざ報告しても馬鹿にされるだけだろう。

大体今は、もっと大事な獲物がいる。それに、マットの目下の一番の悩みの種は町にすらいない。ローマンだ。

報告書を、セキュリティのかかったサーバーにアップした。このグリーン・ゴースト作戦の指揮官であるディクソンは帰らずに提出を待っているかもしれない。今や、騒がしいのはマットの担当区域のみではなかった。マリポサに配属されたサミュエルソンが先週二十エーカーの、何年も未発見だったマリファナ畑を摘発した。しかも数十枚に及ぶような長い前科リスト持ちの麻薬王が、最近オークハーストに移り住んだ。そちらに比べれば、マッドクリークの作りかけの畑などかわいいものだ。マットの仕事といえばひそかに監視を続け、日々の経過をレポートと写真に記録するだけで、後は好き勝手のさばらせておけばＤＥＡのチームが到着した頃に証拠はたっぷりそろっているというわけだ。

マットはこの仕事に力を入れていた。あの連中を必ず逮捕してやりたい。そして、保安官も同じ気持ちだとわかっていた。

だがマットの頭にあるのは任務のことだけではない。報告書にも本当はこう書き足したかった。〈ローマン・チャーズガード保安官助手の安否について大変心配しています〉と。しかし何か不穏なことが起きた根拠もない。保安官は、ローマンは町を出ていて問題なく元気だと言い張っているし。マットはローマンのキャビンまで数回車を走らせた。キャビンの前に車はなく、揉めごとの痕跡もない。

ローマン・チャーズガードが姿を消して、もう二週間。しかも新米捜査官としてのマットの先が思いやられることに、まだビューフォート保安官からろくな答えひとつ聞き出せていない。

パソコンの電源を落として、マットは保安官事務所を出た。家に向かって車を走らせながら、自然と笑みが浮かぶ。きっとパコがドアのところで待っているだろう。マットの顔を見てあんなに喜んでくれるのなんてあの犬だけだ。本音を言うなら、この町にルーシーしか友達のいないマットの側も同じ気持ちだった。

その夜はルーシーが、トウモロコシ粉を使ったポレンタとスパイシービーンズを料理し、ふたりはキッチンテーブルの前に座って食べはじめた。

「今日はちょっと買い物しに店に行ったのよ。そしたらね」ルーシーがスプーンに付いたソースを舐めながら言った。「ほんと見せたかったわよ、マッティ。誰も彼もが私にパコのことを聞くの」

「はあ?」

ルーシーがうなずいた。

「そうなの、『パコの具合はどう?』『もう歩ける?』『チキンをあげてるの? 魚にしなさい、パコは魚がとても好きだから。ほら選んであげる』とか。マット、あそこにいたら、あんたは笑いが止まらなくなったと思うわ」

「どうして皆がパコのことを知ってる?」

ルーシーは肩をすくめた。

「リリー・ビューフォートに言ったことがあったかも? 先週よ、ほら。あのコーヒーショップでね。まったく、小さな町ってすごいのね! うちの家族もアレだけど、あんなの目じゃないわ」

「ふん、パコは渡さないぞ」

マットはむっつりと呟いた。冗談じゃない、最初はビューフォート保安官にティム、そしていまや町中の住人までが、パコにやたらと干渉したがるときた。

話題の犬は、椅子の隣に静かに座り、マットの顔を見ていた。マットは溜息をつく。パコは本当に美しいジャーマンシェパードだった。威厳がある。大きな耳をしていて、顔まわりでは茶色い毛皮が、頭部や喉元あたりで見事な黒に変わっていく。右耳は一部欠けていた——獣医のマクガーバーによれば、今回の銃創よりずっと昔の出来事だという。その傷が、パコの姿をなんとも魅力的にしていた。傷ついたその耳がマットは好きだった。それに実のところ、この耳を見るとローマンを思い出すのだ。パコはこちらが落ちつかなくなるほど賢い目をしていて、時に見るのがつらくなるほど悲しげだった。その上、マットが知る中でもとびぬけてよくしつけられた犬だ。人間の言葉を完全に理解しているとしか思えない。

この犬に、マットはどうしようもなくほだされていた。年を取ってすっかり情に脆《もろ》くなったのか。兄のミッチがいればどれだけからかわれたことか。

ルーシーがポレンタをひとつまみ差し出すと、パコが彼女の指からそっと食べた。

「でもねえ、マッティ。そのうちパコの飼い主が迎えにくるかもしれないのよ。あんまりかわいがってると、あんたが心配よ」

「そっちこそひとのことは言えないだろ。マクガーバー先生は、この町の飼い犬じゃないって言ってた。近くにバカンスで来ていた誰かが捨ててった犬かもしれない」

「かもねえ」とルーシーが懐疑的にうなずく。

「誰だろうとパコが大変な時にそばにいなかったんだ、今さら返してやるもんか。ルーシー――ポレンタは犬にやっていいのか、ちょっと……」

「トウモロコシでできてるのよ！　大丈夫」

マットは厚切りのジャガイモのチップスをパコにやった。

「こっちのほうが美味いよな、パコ？　お前はマットのほうがずーっと好きだもんな、だろ？」

ルーシーがあきれ顔をした。

「まったくね、あんたと子育てする可能性がゼロでよかった！　じゃあ、まだ誰がパコを撃ったかわからないの？」

「ああ」腹が立つ。「俺たちも、今とりかかっている仕事で忙しくて。保安官は多分密猟者だろうと――違法ハンターが森の中で鹿か熊と間違えて撃ったんだろうし、もうどこかに行ってしまっただろうと言ってる」

マットには納得いかない結論だったが、ビューフォート保安官の仕事のやり方に文句を付けるわけにもいかない。

皿を横へ押しやり、マットは椅子にもたれた。パコがじっと見上げてきたので、膝をポンと叩く。たちまち、パコがその膝に頭をのせた。

父に見せたら感心することだろう。パコは何かをせがむようなことはなかったが、その大きな金茶の目で見つめて何がしたいのか訴えてくる。目だけでひとを操る天才だ。

マットはパコの額を親指でなでてやった。

「今日、町ではローマン・チャーズガードの話は何も出なかったか？」

チチッと舌を鳴らし、ルーシーが哀れみの目をマットに向けた。

「いいえ、カリーニョ。店でローマンのことを聞き回ったりはしてないわ。誰がローマンの知り合いかわからないし。でも水曜にコーヒーショップでリリーと会ったけど、ローマンは家族の顔を見に行ってて町にはいないって言ってたわよ。やっぱり、多分、そのとおりなんじゃない？」

パコがじっとマットを見上げていた。

「どうだろうな、ルーシー。そろそろもう二週間だ。俺に一言の連絡もないし」

「だってどうしてメールが来ると思うのよ？　ほら、仕事の同僚なんでしょ？　あっちは休暇中で……ねえ、ちょっと気にしすぎなんじゃないの？」

だがローマンなら連絡はくれるはずだ、とマットは思った。それとも……ないか。ローマンが消える直前の二人の雰囲気を思えば。

（もちろん。俺はストレートだ）

マットの顔が熱くなり、胃が食べたばかりの食事をぎゅっと締めつけた。あの時のやりとりを思い出すだけで気分が沈んで情けなくなる。そして落ちこむ。

ルーシーに頭の中を読まれていた。

「もう、マッティ。失恋でくよくよするのはやめなさいって」

「そんなんじゃない！　俺がそんなことしたりするわけないだろ、俺の心は恋なんかとは無縁だぞ」

ルーシーが何かスペイン語で呟いた。意味は聞かないほうがよさそうだ。立ち上がって彼女はテーブルの片付けを始めた。

「置いといてくれ。きみが料理したんだ、片付けは俺とパコにまかせろ」

「文句はないわ、教官」

ルーシーがニコッとして両手をパンパンとはたいた。

テーブルに寄ってきたルーシーにハグされるかと思ったが、そのハグもキスもパコだけに向けられた。彼女は楽しそうなスキップで部屋を出ていく。

「ちょっと散歩行ってくるね！　チャオ！」

マットはパコを見下ろした。パコはルーシーを見送っていたが、立ってついていこうとはしなかった。

「よしよし。お前はパパのほうが好きなんだな？　皿洗いを手伝うか？」

もちろん、パコは皿洗いは手伝わなかったが、応援がわりにキッチンラグに寝そべってマットの皿洗いを眺めていた。

フライパンをごしごし洗いながら、パコをずっと手元に置いておこう、とマットは心に決めていた。血まみれのパコを毛布にかかえて抱き上げたあの夜に、もうほとんど決まっていたようなものだ。唯一の問題は、ルーシーがバークレーに帰る時になったらどれだけ激しいパコの争奪戦が起こるか、という点だけだ。

皿を拭き終えたマットはパコの隣にしゃがみこみ、犬の傷ついた耳にのんびりと指を這わせた。

「友達のローマンが帰ってきたら、お前のことをどう思うかな？」

まあそれでどうなるわけでもないが。もしローマンの気持ちを動かせるのなら、マットは爬虫類を集めた動物園だって作っただろう。

仕事の同僚。それだけの仲。

「彼を探さないと」マットは、犬相手よりも自分に向けて呟いた。「無事をたしかめたい」

ローマンがもうすぐ戻って来ないようなら、探しに行こう。マットは自分とローマンにそう誓った。寝そべってこちらを見つめているパコにも、ついでに誓った。

15　ひさしぶりの二本足

ローマンはキャビンのドアの前に立ち、ルーシーが外へ出してくれるのを待った。手術から三週間経つ。具合も良くなり、ひとりで外に出してもらえるようにもなった。マットのキャビンは車道からは引っ込んだところにあったし、ローマンは家からほとんど離れなかった。

今日は違うが。ルーシーがドアを閉めるや、ローマンは引込み道を走り出した。少し前にビル・マクガーバーが訪問診察に来て、ローマンはもう新品並みに治ったと宣言したのだ。四本の足を動かすと右肩にまだ違和感があったが、強い痛みではなかった。

ビルの、後部にハードトップ付きの赤くて古い車が引込み道の端に停まっていた。ローマンが近づくとビルが下りてきた。

「心の準備はできたのかい、ローマン？」

後部の荷室のドアに片手をかけ、ビルはためらう。

ローマンは一声吠え、車へ目をじっと据えた。ビルが「わかった」と後部のドアを開けた。中へ上るローマンに手を貸してくれる。

「ただ、マットとルーシーには同情してしまうね」

そう、それはローマンもだ。だが仕方がない。ビルは荷室のドアを閉め、車を町に向けて山道を走らせた。ローマンは犬用ベッドに座り、うずうずしながら窓の外を見ていた。

もう待ちきれなかった。自分の体を取り戻したい。両手を、声を。しなければならないことがある。そして、この先の生き方を大きく変える決意も抱いていた。不思議なことに、犬に戻ったことで、ヒトでいられることの恵みが実感できたのだ。

この恵みを無駄にはしない。

一時間後、ローマン・チャーズガード保安官助手は、マッドクリークの保安官事務所へ歩いて入っていった。シャワーを浴び、ビルから借りたフード付きのスウェットとジーンズを着ている。ビルに処方用のアスピリンを飲まされていたが、それでも肩はやたら痛んだ。だがまたヒトに戻れたし、今回の変身でどこもひどく傷めたりはしてないとビルにも保証されて、ローマンは満足だった。こうして無事、自分の人生にまた戻ってきた。二本足で歩き、自分の望みを言葉にしてかなえることもできる。なんと恵まれた犬なんだろう。

リーサが椅子からとび上がると、デスクを乗り越えかけてはっとし、人間らしくちゃんとデスクを回りこんできた。うれしそうにぺったりローマンにくっつき、ローマンの顎に自分の鼻を擦りつける。

「ローマン！　お帰りなさい！」

ローマンの心を風船のような幸福感が満たし、それを悲しみがぐさりと切り裂いた。保安官事務所はもうローマンが〝帰る〟場所ではなくなるのだ。

「会えてうれしいよ、リーサ」

自分の声はしゃがれていた。しゃべり慣れてないせいだ。

マットと一緒に使っているオフィスのドアが開き、現れたマットは、ローマンの姿に愕然としたようだった。

それから、マットがニコッとした。

「よお！　戻ってきたんだな！」

「ああ」

ローマンも微笑み返していた。彼の犬が目を輝かせて自分の気持ちを伝えようとするのをとても止められない。

マットがまばたきし、その笑みが揺らいだ。

ランスのオフィスのドアが開いた。

「ローマン？　大丈夫なのか？」

「はい」

「それは何よりだ！」ランスはつかつかと来てローマンの腕をつかんだ。ローマンが痛みにぎくりとする。「ああ、すまん！　しまった、本当に悪かった。ビルからもう問題ないと言われたのか？」

「俺は大丈夫です」

ローマンは、こちらを見つめてとまどうマットへちらっと目をやった。

「少し内密に話せますか、保安官？」

「ああ、もちろん。入ってくれ」

ローマンを先導してオフィスへ入り、ランスはドアを閉めた。ふたりきりになるとすぐ「本当のところ、具合は？」と問いただす。

「肩は少し動かしづらいですが、大したことはありません」

「腕は大丈夫か？」

ローマンは腕を曲げ、拳を握ってみせた。この向きならもう問題ないのだが、肘を外に曲げようとすると肩が回るので、まだ痛い。

「ビルによれば後遺症は残らないそうです。毎日のストレッチを習いました」

「まったく、ラッキーなやつだ」ランスは信じられないかのように首を振った。「きみが戻ってきてくれてうれしいよ、ローマン。とても言い表せないくらいだ」

温かな目をして、ランスはローマンの無事な左肩をさすった。

「すっかり、きみにたよってたんだな」

すでにひっくり返るようだったローマンの胃が、さらに苦しくなる。つらい。肩より凄まじく胃が痛む。気をつけの姿勢を取り、背をしゃんとのばした。

「実は……今日は、辞職願いに来ました」

いくつもの理由から、この言葉を言いたくはなかった――ランスの期待を裏切り、愛する職を失い、町の守りを手薄にしてしまうなんて。だがもう決めたのだ。

ランスの顔が茫然となった。

「何？　どうしてだ？」

ローマンはごくりと唾を呑み、床を見下ろして何も言えなかった。

ランスは机の上に座ってローマンと少し距離をあけたが、あまりに神経が張りつめてその体が震えていた。

「いや……わかるよ、負傷して、危険な仕事を避けたくなる気持ちは。特にきみには軍での経験があるし。なら、オフィス内で働くというのはどうだ、デスクワークは？　きみに辞めてほしくない、ローマン。どうすればいいか教えてくれ」

「そういうことではないんです」ローマンは深々と息を吸った。「自分は……俺は、マットといたいのです。マットは前、俺のことを好きになってくれていた。だからそこに——賭けてみたい。あなたとティムのように、俺も彼とつがいになれないかと。もし、まだマットにその気があれば。なのでこれ以上彼を見張ったり……スパイしたりするような仕事を行うわけにはいきません。申し訳ありません」

部屋にしんと落ちた沈黙が、ただつらかった。

「……マジか。こいつは予想もしてなかったぞ」

ランスは自失した声だった。

ローマンは吐きそうになる。床を見つめたままでいた。

「期待を裏切って申しわけありません。とても俺によくしてくれたのに」

ランスが、ふうううっと息をついた。

「いやいや、ローマン。俺を見ろ。ローマン！」

ローマンは無理に視線を上げた。ランスの顔に怒りはなかった。悲しげだ。かなりヒトらしくない仕種で耳をぼりぼり掻いた。

「いいか。純血の人間の男とつき合っちゃいかんとか、俺がどの面下《つら》げて言えると思う？　だろう。大体そもそもあの時だって、きみも覚えているだろうが、このマッドクリークに来たばかりのティムを、俺は信用していなかった」

ランスは言葉を切り、ペンを取り上げ、コンコンと叩いた。そのリズムにローマンは、犬の姿のランスがしっぽを振るところを連想する。

ローマンは待った。望みをかけて。

ランスが溜息をついた。

「きみが来られなくなってから、俺もマットと一緒に働く機会が増えた。彼のことを、嫌いというわけじゃないんだ。だがマットはＤＥＡの捜査官で――そういうことだ。だから、事態は少々厄介だ。それでも……こんな仕事をさせて悪かったよ。きみは根っからあまりにも誠実で正直だ。マットのようなまともな人間と打ちとければ、誠心誠意向き合おうとするだろうとわかっておくべきだった」

ランスの言ってることを全部は理解できないまま、うなずいてもらえてローマンの心に喜びがはためいた。

「保安官？」

「あんなことをしてくれとは二度とたのまない、ローマン。だが、辞めないでくれ。やりたくないなら、マットとは普通の仕事以上のことはしなくていいから」

心の底から、ローマンはほっとしていた。思わず気をつけの姿勢を崩し、目の前の友に歩みよる。ふたりは鼻をすすりながら抱き合い、仲間のにおいを思いきり吸いこんでいるローマンの頭を、ランスがなでてくれた。

だがすぐに何だか気まずくなって、ローマンは下がった。片手で顔をさすり、軍隊の直立姿勢に戻る。

「ありがとうございます、保安官」

「ありえないだろう、ロー！　きみを辞めさせたりするものか」

ランスがクスッと笑った。

机の向こう側に戻り、ランスは椅子に座った。そこで表情をあらためた。

「ただ……ひとつだけ。ヒトは相手と〝デート〟するが、好意が長続きするとは限らない。おそらく、マットに我々のことを話すのはまだ待ったほうがいいだろう。しばらくつき合って、彼がどこにも行かないとはっきりするまでは。秘密を打ち明けられたマットが驚いて町を出ていってしまえば、この町の危機だからだ。この点は納得できそうか、ローマン？」

ローマンは考えこんだ。マットにもう嘘はつきたくない。だが、ヒトとしてマットと一緒になるのがまず一歩目であるとして、自分が犬《バコ》だとマットに教えるのは——直感が、そこまではやめておけと告げている。とりあえず、今はまだ。

「はい、わかりました」とローマンは同意した。

「じゃあマットはまだ知らないんだな？　たしかか？」

「まったく知りません」

それを聞いてランスはほっとした様子だった。

「あとそれとな——すまんが、もし知りたいことがあれば……その、あれだ……セックスについて、聞きたければ。ヒト相手の。ヒトの男相手の、性行為について……」ランスが目をつぶって苦悶の表情になった。「……ティムに聞くのもいいだろう。それか俺の母に。もしくは司書に……」

「はい、わかりました」とローマンは真面目な顔でうなずいた。

「よし。それと、きみら二人が真剣な関係で、マットに我々のことを話すべきだと思うようになったら、まず俺に知らせてくれるか？」

ローマンはうなずいた。

彼を、ランスが期待をこめて見つめる。

「では、きみはまだ俺の保安官助手か？」

ローマンは微笑した。

「ローマン・チャーズガード保安官助手。それが俺です」

「よかった！　じゃあ、あの日の話をしよう。まず撃たれた夜に何があったのか、こちらでも大体つかめたとは思うが、きみから直接たしかめたい」


ローマンは、自分が捕らえられて脱出した夜のことをランスに話した。「コリン」と呼ばれていた赤毛の男について、「ビッグT」という呼び名の大男についても話した。

「俺は、あの男を殺してしまったと思います」恥ずかしさに身の縮む思いで、ローマンは告白した。「すみません、ランス。彼が銃を持っていたので、どうしたら撃たれずにすむのかほかにわからず……俺は警察に追われるでしょうか？」

ランスは思案顔で唇を引き締めた。

「死体が発見されたという話は耳に入っていない。もしその男が死んだなら、仲間がそのことを知られたがるとは思えんな。なんと言っても奴らはきみを誘拐して脅迫しているところだったんだ。とは言え、充分に目を配っておこう」

暗く、陰気な眉の下で、ランスの青い目は輝きを放っていた。

「それに後ろめたく思うことはない——正当防衛だ、ローマン。選択の余地はなかった」

そのとおりだとローマンもわかってはいるが、それでも。

「はい。でもやりたくありませんでした」

「わかっている。大変だったろう。でもさもなければきみが殺されていたんだ。逃げられて本当によかったよ。正しいことをしたんだ、ローマン。さ、後のことを話してくれ」

ローマンはすべてを話した。次はランスが、進行中の作戦について状況を説明する。ローマンを撃った赤毛の男はコリン・クレリーだと身元が判明していた。ロサンゼルスから来た、麻薬所持の逮捕歴がある男。この男が皆を仕切っている様子だった。彼と手下たちは今せっせと町の北東、ローマンが地図で分割した区画のひとつでマリファナ畑を作ろうとしているところだ。

「慎重にかからないといけない、ローマン。ひとり残らず徹底的に叩いて、何年も暗い牢から出てこられないようにしてやるぞ。二度とマッドクリークに戻る気など起こさないように」

ローマンも全面的に賛成だった。

「俺を撃った罪でクレリーを逮捕できませんか？」

ランスは困り顔になった。

「それはな、少しややこしい。そのためには医療記録が必要になる——人間のものがな。それにこの何週間か、きみがどこにいたのかの説明も要る」

納得いかなかったが、その論理はローマンにもわかる。保安官助手ローマン・チャーズガードがヒトとして撃たれたり入院した記録はどこにも存在しないのだ。

「だが心配するな、ローマン。別の罪状になっても、奴らは必ず逮捕する。絶対にだ」とランスの青い目が純粋な敵意で輝いた。

その輝きがローマンの血管を駆け抜け、いっそう決意を固くする。

「はい、保安官。俺に何ができますか？」

「何より大事なのは、きみが連中に見られないようにすることだ。奴らに見られたら、きみが生きていたことや自分たちの悪巧みがバレたことを知られてしまう。連中に見られない限り、マットと一緒に監視に加わってもいい。だがすべてが片付くまでこのオフィスには来ないほうがいいな。連絡はメールや電話で、必要ならきみの家で会おう。ここに来る途中、見られたと思うか？」

ローマンは思い返してみた。だが変身したのは大通りの端にある獣医のクリニックの中だったし、服はそこでの借り物だ。保安官事務所までの短い距離を歩く間も、誰の姿も見なかったように思える。

「いいえ、多分誰にも」

「よし。帰る時はそのフードをかぶりたまえ。ああそうだ、きみの車はまだ所在不明だ。だがチャーリーが偽装用にティムの車を借りてるので、きみはひとまずチャーリーの車を借りるといい。ただ、乗っているところを町中で見られるなよ。キーはリーサからもらってくれ」

ランスのオフィスを出て、ローマンは立ちどまった。彼とマットが共有しているオフィスのドアが、まるで招くように開いていた。そちらに向けて歩き出す足は、元の三倍は大きく重く不器用に感じられた。マットにまた会うのが、ひどく緊張する。もちろん今朝会ったばかりなのだが、それはパコとしての話だ。今はこうしてしゃべれるようになったが、だからといってうまい言葉が出てくるわけでもない。

だがいらない心配だった。オフィスには誰もいなかった。

リーサが背後からやってきて、ローマンの腕に顎を預けた。

「マットは帰らないとならなくなって」

「家に？」

「そうなの。ルーシーが取り乱して電話してきて。ふたりの大事な犬のパコがね、いなくなっちゃったんですって」リーサが悲しげな目をローマンへ向けて見開いた。「かわいそうに」

もちろん犬への心配ではなく、ルーシーとマットへの同情だ。ローマンも罪悪感を抱いた。

「帰る時にマットがね、できるだけすぐ戻るからってあなたに伝えておいてって」

「ああ……わかった。チャーリーの車のキーをもらっていいかな？」

「いいわよ！」リーサは自分のデスクへ向かって引き出しからキーを取り出した。「あなたも帰るの？」

「ああ。ランスに、少しの間家で働くよう言われてる。町で誰にも見られるわけにはいかない」

「そうなの」リーサがうれしそうに笑った。「戻ってきてくれてよかった、ローマン！　あなたがいないと淋しくて」

さっとローマンを抱きしめ、リーサははずむ足取りで去っていった。

ローマンも戻ってこられてうれしい。そして、このマッドクリーク保安官事務所がまだ自分の居場所なのがうれしかった。

ローマンは、すっかり怖じ気づいていた。自分のキャビンの前に停めた車の中に座っている——シャワーを浴びて、手持ちの中で一番いいジーンズとシャツを着て。そして今からエンジンをかけてマットの家まで車で向かうべきかどうか自問している。

ヒトに戻ってからというもの、ローマンの犬は落ちつきなく肌の一枚下で右往左往している。自分のキャビンのにおいはなつかしくて居心地もよかったが、これほどからっぽに思えたこともなかった。彼の犬はルーシーとマットを恋しがっている。ひとりになりたくないのだ。

犬は孤独を嫌う動物だ。それはローマンも知っている。だがこの数年、心にかかえた痛みから、ローマンはずっと自分の殻にとじこもってきた。死にかかった獣が静かな場所を探すように。

結果的にそれがもっと自分を追いつめた。クイックになりたてだったローマンは、犬の世界からもヒトの世界からも隔絶されていった。

そこに、ランスがこじ開けるように入ってきた――仕事と群れの二つをつれて。あれがローマンを救った。だが今や、もっと大きな可能性が見えている。とても大きな。

しかしそれに手をのばすのは……もし、マットがもうローマンを求めてなかったら？　もしローマンがヒトではないとどこかで見抜かれてしまったら？　もしローマンがヒトとしての肉体の触れ合いが下手だったら？

（お前は勇敢か？）

ローマンは何より勇敢でいられた――ジェイムズがそばにいてくれる限り。今は、ひとりで勇気を振り絞るしかない。

ローマンは車のエンジンをかけた。

16　はじめてのキス

ドアを叩いた相手がローマンだとわかって、マットは驚いた。今日休暇から戻ってきたローマンと話すチャンスがまるでなく、聞きたいことが色々あったのだ。だがタイミングがまずかった。大騒ぎの一日。まずパコがいなくなった――まだ見つかっていない。次には午後、予期せぬ客がやってきた。マットはもう手一杯だった。

だというのに、キャビンの入り口に立つローマン・チャーズガードの姿を見てこうも心が浮き立つなんてどういうことだ？

「やあ」とマットは微笑んだ。

「こんばんは、マット」

ローマンがマットを見る目つきがいつもと違う。そのまなざしは繊細で……シャイ？　格好にも気をつかっていた。ひげをきれいに剃りあげ、黒い短髪が光を受けて艶を放っていた。胸板や腰にほぼぴったりしたデニムシャツと、きつめのブルージーンズを穿いている。

じつにいい眺め……。

――駄目だ。マットはじっくり観賞しそうになる自分をこらえた。さっと顔を上げると、ローマンが強い目で彼を見つめていた。

「今日は話があって来た、マット。俺は……俺が言いたいのは――」

「誰だ？」

父がマットの背後から近づいてポンと肩に手をのせ、敵のゲリラかと探るような警戒の目つきを目の前の客に向けた。

「ああ、父さん、こちらは保安官助手のローマン・チャーズガード。マッドクリークの保安官事務所で一緒に仕事をしているんだ。ローマン、こっちは俺の父、トーマス・バークレイ将軍だ」

「退役した将軍だがな」父が不要な謙遜を見せる。強靭な手をさし出した。「マットの友人と会うのはいつでも歓迎だよ」

「去年退役したばかりでしょう」とマットはつけ足した。「ワシントンの誰もそうは思ってないみたいだし」

将軍の名は、まだ数十のメールリストやさまざまな実行委員会に残っている様子だった。

ローマンの背すじがのび、彼はさし出された手を明らかな軍人の身ごなしで握った。

「お会いできて光栄です」と尊敬をこめて言う。

「ありがとう。きみも軍にいたのか？」

「はい」

「そうか、入ってくれ！　マット？　突っ立ってないでビールを持ってきてやれ！」

将軍は、その気になれば強烈な魅力を発揮できる。そしてどうやら、ローマン相手にそのモードらしい。ローマンの肩に腕を回して引きよせると家の中を抜け、裏口を出て、十月の夜気の涼しさをバーベキューの火がやわらげている庭へと出た。そこではルーシーが、いつもどおり焼きマシュマロ食べ放題を楽しんでいる。

マットは冷蔵庫からビールを取り、自分の人生にしみじみした。父は数時間前、いきなり何の断りもなくやってきたのだが、どうせマットを言い含めてルーシーと結婚させる腹づもりなのだろう。そして今、マット史上最大の片思いの相手、それも三週間会えなかった男がやってきて、その様子を目撃しようとしている。じつに楽しくなりそうだ。

それにしても、ローマンはどうしてここに？　入り口で、一瞬何か……ローマンは何か、言おうとしていた。自分がどこに行っていたか話そうとしたのか。どうしてマットに連絡してこられなかったのかとか。それとも別の話か？　ローマンの目には熱っぽい光があって――。

くそ、ローマンの話を聞けたなら。

だが今や、このパーティを仕切っているのは将軍だ。

庭に出ると、バーベキューグリルのそばのマットの椅子にはローマンが座っていたので、マットはポーチから別の椅子を持ってきた。ローマンとグリルをはさんで反対側に座る。ローマンとの間には片側にルーシーが、逆には将軍がいた。火の向こうからこちらを見たローマンの目は炎よりも輝いていた。

またこうして会えるのがうれしい。本当に、どうしようもない。片思いのきわみだ。吹っ切れるなんてどの口で言ったのやら。火をよけて、マットはビールを差し出した。右手でそれを受け取ろうとしたローマンがぎくりとし、かわりに左手でボトルをつかんだ。

「どうしたんだ？」とマットは彼の右手へ顎をしゃくる。

「しばらく前に痛めた。もう大丈夫だ」

ぼそぼそと、ローマンは少し顔を赤くして呟いた。

「所属部隊はどこだね？」と将軍が聞く。

「父さん、尋問に来たわけじゃないんだから」

「陸軍にいました、将軍。第87歩兵連隊第2大隊B中隊です」

「K－9にいたんだよな？」

マットも便乗して、父にそう自慢した。ローマンが嫌じゃないのならマットだってひけらかしたい。

「ああ」

ローマンが緊張気味に唇をなめ、ビールを飲んだ。

「K－9！　あれは素晴らしい計画だ！」将軍が活気づいた。「犬たちの能力はとてつもない。

きみは犬好きか、ローマン？」

「はい、将軍」

「私もだよ！　もちろん！　マットの犬が今日逃げたそうだ。じつに残念なことだと思わんか？」

　ローマンがじっとマットの目を見て答えた。

「はい。とても残念なことです」

「何でなのかわからないわ」ルーシーが目を赤くして鼻をすすり上げた。「さっきまでマットと一緒に何時間も探してたのよ。午後ずっと車で道を回ったし。明日になったら町にチラシを貼ってくる」

「パコは帰ってくるよ」

　マットはもう百回目くらいの言葉をルーシーにかけた。どうしても信じたい。二人ともパコを心底かわいがっていたのだ。こんなに愛された家に、パコだって帰ってきてくれるはずだ。

「帰ってこなかったら？」

「あなたのせいではない」ローマンが重々しく言い切った。「あの犬には、どこか行くべきところがあったのだろう」

　何だと？　マットはとまどう。どうやってパコのことを知ったのかローマンにたずねかかった。なにしろローマンはずっと――そう、パコがこの家までたどり着いたまさにあの夜から、いなかったのだから。だが将軍が口をはさんでいた。

「なんと罪深いことだろうな、犬を撃つなど。そんなことのできる者は死ぬまで鞭打ってしまえと言いたいくらいだ。それにマットの写真で見たが、とても立派なジャーマンシェパードのようだ。シェパードはいい。一度飼ったことがあるよ。どんな犬より利口だった。あの犬は――」

将軍とローマンは犬の話を続けた。さらに犬の話で盛り上がる。一時間あまりも、ずっと。ローマンはアフガニスタンで犬とともに行った爆弾探知のパトロール任務について話した。危険な仕事だと、マットも知っている。犬が地雷を見落とす可能性だってあるし、隠れ場所のないところに身をさらすのだ、狙撃手の格好の的になる。だがローマンはその任務のことをまるでなつかしい思い出のように語っていた。

続いて将軍が、自分の飼った犬たちの思い出をほぼすべて語り、軍用犬の運用について語り、勇敢な行為をたたえて去年表彰された軍用犬についても語った。どんどん意気投合していく二人を見つめ、マットはつい妬《ねた》ましくなる。将軍がローマンを気に入るのは当然だ、いかにも男らしく、全身から力強さと規律と敬意があふれている。

そうローマンは、マットの兄のミッチのような男なのだ。非の打ちどころのない男。完璧な兵士。最高の息子。ローマンはすべてにおいて完璧だ――マットがなろうとしてなれなかったすべて。マットには豪胆に振舞うだけの気骨はなく、常に敬意を示せるような生真面目さもないし、すぐふざけてしまう。その上、あまりにゲイだった。マットがゲイだと将軍は気付いていないとしても、男らしさが足りないと見なしているに違いない。

のけ者になった気分で、マットはビールのおかわりを口実に家に入った。小さなパントリーに足を向け、チップスかプレッツェルでもないかと見る。

背後の気配に振り向くと、狭いパントリーにローマンが体をねじこもうとしているところだった。おかしな光景に、マットは笑い出す。

「おいおい、何してるんだ?」

ローマンは下がろうとも、マットを庫内から出そうともしなかった。「マット」とひどく深刻な声で呼ぶ。

「ローマン?」お返しにマットは真面目な顔をしてみせた。「どうしたんだよ? 俺と話があったんだろ? 父さんのこと、悪いな。いきなり来たんだ」

「きみの父上と会えるのは光栄なことだ」

「そうか、なら……」マットは深く息を吸った。「そうだな。ありがとう」

ローマンはまだ動こうとしない。

パントリーの中はあまりに狭くて、マットの体は三方から棚にぴったりと挟まれている。しかも目の前はローマンの大きな——しかもよく鍛えた——体にふさがれている。ふたりの間にはほとんど隙間がない。

「俺と……話があるんだよな？」マットはそううながした。「家の前に出て話そうか」

「話したい」

ローマンはうなずいたが動かなかった。緊張気味に拳を握る。

マットは段々、心配になってきた。

「何の話だ？」

喉で小さな音をたてて、ローマンが頭をかしげた。

「あの日……きみは俺に、ストレートかどうかと、たずねただろう。俺は、よくわかっていなかったんだ。時々俺は……俺は、普通のひととは違う育ちかたをしてきたから、時々、意味を間違えてしまう」

ローマンがためらった。マットの心臓が激しく鳴り出す。Tシャツを揺らすのではないかというくらいに。ぐっと黙って、先を待った。

「俺はあの時、もちろん、と答えた。ストレートだと。きみはそれを、俺が……きみを好きではないという意味に取った。この好きというのは、ヒトがほかのヒトを好きになるような好き、ということで——友人としての好きではなく……」

今やローマンの顔は真っ赤になっており、困り果てた紅潮の色が頬を染めている。その悪戦苦闘から救ってやることもできたが、その前にマットはどうしてもローマンの口からはっきり聞きたかった。それに、こんなタフガイが赤面しているいい眺めを邪魔したくない。

「……セックスの相手としての好きだ」やっとローマンが言葉を絞り出し、ますます赤くなった。「俺は、きみをセックスパートナーにしたくないというつもりであぁ答えたのでは、ない。つがいの相手にしたくないとか。だって、俺は、したいと思うからだ。きみと、そうなりたい」

ローマンが足元を見下ろした。パントリーのこの狭さでは、足など見えないだろうが。

「うまく言えてなかったら、すまない。こういうことを一度も言ったことがないので……」

信じられないくらいだ。ローマンはどんな育ちをしてきたんだろう。初めてではないが、マットはローマンには見た目以上に戦場のダメージが残っているのかと首をひねる。頭部に外傷を受けているのだし。だが話題によってはローマンはとても頭が切れるのだ。ただ……愛らしいくらいに純情《うぶ》なだけで。ローマンのように人目を引く男が軍にずっといて、どうしてこんなに純粋なままでいられた？

「恋人として？」とマットはざらついた声でヒントを出した。「そういう意味か？　友達以上の関係に進んでみたいのか？　デート？」

ローマンはほっとした顔になった。

「ああ、そういう意味だ」その目は熱した蜂蜜のようで、期待をこめてマットを見つめていた。「もしきみが、そういう気持ちなら。だが乗り気でないなら、それもよくわかるし、こんな話をして申し訳なかった」

マットは微笑した。

「へえ？　そんなこと言うなよ」

運命が、意味もなくマットとローマンのような二人をめぐり合わせるわけがないのだ。マットの胸にじんと喜びがこみ上げてくる。最高だ。ローマンも彼を好きだなんて。世界で一番いいニュース。手を上げ、ローマンの頬にふれた。じつに美しい骨格。ひげを剃ったばかりのローマンの顎はなめらかで、唇は広く肉厚。

マットの手がふれると、ローマンは受け入れるように目をとじた。これまで誰かにさわられた時にうれしそうだった顔とは少し違う、もっと何かを含む表情。どこかエロティックな。

もうマットは我慢できなかった。できるわけがない。コアースゴールドの捜査で初めてローマンを、そのあまりにも悲痛で抑えた表情を見て、ずっとその顔が頭から離れなかったのだ。夢にまで見た。そしてマッドクリークへ来てからは、もっと多くのものをこの目で見てきた。ローマンは時に兵士のように厳格だが、繊細で深い心を持っている。そしてその気持ちが表情にあらわれると、これ以上ないくらい開けっ広げだ。恐れ、切望、とまどい、苛立ち、幸福。どれも一目でわかる。

そして今やそこに、欲望が見えた。

マットは一歩前に出て、顔を上へ向け、ローマンの口に自分の口を押し当てた。

ふたりのキスの始まりはゆるやかだった。ローマンはマットがふれても、何かを待つように体を固くしている。身を引きはしなかったので、マットはその閉じた唇に軽いキスをくり返し、次第にその時間を長くしながら、キスの間に舌先でちらりとからかった。

ローマンに半歩分引き寄せられ、腰に彼の腕が回された。マットの唇の押しつけかたを真似てキスを返してくる。熱っぽく、だが口をとじたまま、キスを深めもせずに。

やり方を知らないのだ。

そんなことあるのか。これまで一度も誰ともキスしたことがない？　マットは顔を引いて、ローマンを凝視した。

ローマンの表情が曇った。

「何か間違えてるか？」

「大丈夫だよ、ダーリン。少しだけ口を開けてみてくれ」

マットはそっと親指でローマンの唇をなぞった。もう一度キスをする。

今回、ローマンのかすかに開いた唇にマットが舌先を這わせると、素敵に濡れた感触が味わえた。おずおずとしたローマンの舌の動きも。ローマンが低いうなりを立て、震える全身にマットを引き寄せて限界まできつく抱きしめた。マットの身の内で欲望が沸騰し、理性が蒸発する。用心深く入って来たローマンの舌を、今度はからかうように吸ってやった。

ふたりのどちらかが呻くとその音が狭い空間に反響し、マットはローマンに腰を擦り付ける。ローマンは勃起していた。大きくて固くて、デニムのズボンとシャツごしでも熱が伝わってく

る。たまらない。今すぐローマンを味わいたくて死にそうだ。

「マット？」

不思議そうなルーシーの声がした。

愕然としたマットは、パントリーの広さの限界までローマンを押しやった。ローマンがマットを見つめ、切れぎれの息をつく。ローマンが、かばうように右肩に手を当てた。

「これは……今のは——」とマットが咳払いをする。

「よかったよな」ローマンが意気込んで言った。

「ああ、すごく。でも、俺たちは、ええと、戻ったほうがいい。父さんが……」

たちまちローマンが動き、さっとパントリーから出た。そのまままっすぐ裏口へ向かい、庭へ出ていく。マットは開いたままのパントリーの戸口にもたれて手で顔を拭った。マジか。キスしたのだ。今。ローマン・チャーズガードと。キッチンのパントリーの中で。歓声を上げて叫びたい気分だ。とび上がって神様とハイタッチ。

「へえ。どうやらストレートじゃなかったってこと？」

ルーシーが楽しげに言った。キッチンカウンターによりかかっている。

今のマットの顔は電球のように光り輝いているに違いなかった。首を振り、唇にゆっくりと笑みを浮かべる。

「ほんと最高だよ。なあルーシー、運命の相手だって気がするんだ。俺、どうかしてるのかな？　おかしいよな、こんなの」

　ルーシーの表情が優しくなった。

「よかったね、マッティ。私もうれしい。でも今日は気をつけて、カリーニョ。パパにバレちゃうわ」

「それは」

　ピンとマットの背がのびた。無理だ、考えるだけでありえない。ローマンとキスしているところを将軍に見られた可能性を考えるだけで、頭のピンクのかすみに冷水が浴びせかけられる。

　ルーシーがやってきてマットの頭をポンとなでた。

「あのひと、素敵じゃない」そっと言った。「とても優しそうだし。それにしてもあなた……メロメロねえ」

　まったくだ。間違いない。


　マットがローマンにキスをした……。

　マットがローマンの舌を吸った……。

　バーベキューグリルのそばに座り、ビールを片手に、ローマンは鉄筋でも曲げられそうなくらい固い自分のペニスを無視しようとしていた。マットの父親の前でセックスの話を持ち出すのは良くない気がする。ルーシーの前でも。その話題になった時ランスがあれだけうろたえたのだ。

だが、どうしてもマットから目が離せないでいた。火の向こうに座ったマットの手や唇を見つめ、何をしたいかを思い描いた。マットの父――将軍でとても偉いひとだ――がアフガニスタンの話を続けていたが、ローマンはうまく話に集中できなかった。

するとバークレイ将軍はマットとルーシーについての話をはじめた。二人が結婚するべき理由について。最初、ローマンは混乱した。だが続いてマットとルーシーが、自分たちはつがいではないと説明せず、ただ回りくどい言い訳を並べはじめると、ローマンは気付いた。ふたりは、マットの父に嘘をついているのだ。

どうして嘘を？　ローマンの知るマットは正直な男なのに。火の向こうからマットがローマンを見て、何も言わないでくれと目で訴えていた。帰ろう、とローマンは決断する。自分が邪魔者のように思えてきたし、状況を理解できていない。このままここにいたら、うっかりまずいことを言ってしまう。

ローマンは立ち上がった。

「そろそろ帰らないと。お会いできて光栄でした、将軍」

マットの父も立ってローマンを見つめた。さっきまでの親しげな顔ではない。

「さよなら、ローマン」

「それじゃ、ルーシー」とローマンは挨拶した。

「おやすみなさい」

ルーシーはそう微笑み返したが、どこか悲しげだった。

マットがローマンを見送りに、家の中を抜けて玄関まで出た。

「こんなことになってごめんな。将軍は——わかるだろうけど、俺がゲイだと知らないんだよ。ややこしい話なんだ」

「わかった」

まだ混乱していたが、ローマンはマットを信じたかった。

「なあ」マットは周囲を見回して誰の目もないのをたしかめると、「後できみの家に行ってもいいかな。もしよければだけど。あの二人が、それほど遅くまで起きていなければ」

「そしたらもっとキスしていいか？」

「もちろん」とマットは微笑んだ。

「それは楽しみだ」

きっと間抜けなほど笑みくずれているだろうとは思ったが、とても止められなかった。

マットがウインクした。

「できるだけ早く行くよ」

ローマンは、自分の狭いキャビンをうろつき回ってじりじりとマットを待っていた。マットが、セックスしにここに来るのだ。待ちきれなかったが、緊張もしている。男同士のセックスの動画はパソコンで何本か見てあった。そういう動画を見つけるのは簡単なのだ、それこそ〝男〟と検索欄に打ちこめばすぐにグーグルが色々出してくれる。

動画は情報豊富で、なんとも即物的で、それを見ながらローマンはマットのことをしきりに考えこんだものだった。だがその動画の中からは、ローマンが心から焦がれている深いつながりは感じられなかった。それは画面には映らないものなのかもしれない。

ドアをコンコン、と軽く叩く音がした。ローマンがさっとドアを開けると、そこにマットがいた。ムートンで縁取りした茶色のコーデュロイのコートに黒い長袖、ブルージーンズという格好だった。頬は寒風で紅潮していた。大いにそそられて、ローマンは唾を呑む。

「やあ、マッ――」

マットがローマンのネルシャツの前を両手でつかんで引き寄せ、ローマンに唇をかぶせた。どうもセックスには前置きの会話は必要ないらしい。かまわない。むしろ最高だ！

キャビンの中へ、ローマンを押しながら入ってくるとマットはキスをゆるめ、ドアを蹴って閉めた。そこでローマンは押し返し、マットの圧力を楽しむ。コートの下に手を入れ、マットの背中をまさぐり、もっときつく体を押しつけ合った。口の中でマットの舌が魔法のように動いて、ローマンの全身を火花が抜ける。肩の傷が少しだけうずいたが、血管にたぎる快感の前では気にもならない。

信じられない——ヒトの体のありがたみを学んだと思う端から、こうやってもっとすごいことが起きるのだ。マットの体は力強く、固く、温かく、股間がきつく張りつめたローマンの体にその肉体が押しつけられてくる感覚は天国のようだった。マットは両手でローマンの顔をはさみ、ローマンの口をすっかり支配している。甘く濡れた舌は、ローマンの想像を超えてエロティックだ。何もかも気持ちよすぎてどうにかなりそうだった。

頭がぼうっとして、膝に力が入らない。よろめくローマンをマットの腕が支えた。キスを途切らせる。マットの目は欲望にけぶっていた。

「寝室は？」

「カウチベッドなんだ」

ローマンは気後れしながら答えた。これまでは別に気にもしなかったが、マットのために本物のベッドがないのが残念だった。

だがマットはまるでかまわない顔だった。「ならさっさと広げるぞ！」

カウチに近づいたマットは、火でもついているかのようにフレームからマットレス部分を引っぱり出した。ローマンもあわててフレームを平らに広げ、その上にマットレスを戻す。たちまちマットがコートを振り捨て、靴を蹴り脱いで、やわらかいがしっかりしたカウチベッドの上にローマンを押し倒して馬乗りになった。

「本当に、ずっとあんたがほしかった気がするよ……」

マットは喘いで、ローマンの首筋に鼻を擦り付けた。膝立ちでローマンの腰をまたいで、両手はもうシャツにかかかっている。

マットが自分のしたいこともやり方も心得ているようなので、ローマンは緊張を解いた。まかせるだけで大丈夫そうだ。かまえていた気持ちがすっかりほぐれ、心に幸せがあふれてきた。こんなふうにマットに覆いかぶさられるのはとても気持ちがいい。自分の中の乾いた場所を、水がうるおしていくように。

「はじめのうち、きみとこんなことが許されるのか、俺にはわからなかったんだ」ローマンは嘘をつきたくなくて正直に言った。「でも今は、本気できみがほしいと思う」

ローマンの喉元にマットのクスクス笑いが伝わってきた。マットが頭を上げる。

「悩みを乗り越えられてよかったなあ、ロー」

「ほんとに！」

マットの指が最後のボタンを外した。シャツを左右に広げ、真剣な顔で、手のひらをローマンの胸と腹に這わせる。乳首を強めにさすられるといきなり股間まで刺激が響いて、ローマンの腰がひとりでにはね上がっていた。呻く。

「いいか？」

マットが囁いた。そのまなざしはますます熱っぽい。指先がそっとジーンズのボタンにふれた。

「外しても？」

力いっぱい、ローマンはうなずいた。また腰を、馬乗りになっているマットに向けてギリギリまで上げた。マットが前に体をずらし、ほとんどローマンの勃起の根元に腰を下ろしたものだから、その刺激にローマンは声を立てて強く押し上げた。

マットがニヤッとした。

「気持ちいいだろ、わかるよ。脱ぐともっといいよ」

そこでローマンのズボンが開かれ、マットがそのズボンを少し引き下ろしてくれて、ずっしりと固くなった屹立がついに解放された。マットが屈みこんでそれに、なんと、頬ずりをする。その上、舐めた。

もうたまらない。感覚が追いつかない。ローマンはカウチベッドのカバーを握りこんでマットの熱を求めながら、喉で低い呻き――あるいはか細い鳴き声――をこぼした。

「随分とご無沙汰なんだな？」

マットが小さく笑って、ローマンの屹立を手で支えて口をかぶせた。

ローマンは左肘で体を起こし、下がりかかった。その快感はあまりにも強烈で純粋で繊細で――自分には勿体ないような気がした。はじけてしまいそうだ。気持ちも、体も、思考も、限界でせめぎ合っている。

だがあまり本気で下がろうとはしなかったし、マットもそれを許さなかった。ローマンの腰をつかんで口から逃さない。先端のほうは優しく含み、包皮の裏側を舌でそっとさすった。

熱が広がり、ローマンの驚きは、まるで知らない甘く鮮やかな快感に呑みこまれていく。目をとじ、そのままぐったり力を抜いた。視界をふさぎ、耳を閉じ、自分自身の騒がしい思考すら閉め出して、ただ感覚に溺れる。

マットの口は熱く濡れていた。その舌は、ローマンがこれまで試した己の手よりはるかに優しく、切なく、扇情的だ。官能的。ペニスはドクドクと脈打ち、固くなって、もっとほしがっていた。全身がざわついていて、陰嚢が重く張りつめる。ローマンは口から出そうになる音を――あまりにも犬っぽいかもしれないと――こらえた。

マットが頭を上下させて強く吸いはじめ、ローマンははっと息をつめた。

「マット」

肩をそっとつつくと、マットが顔を上げた。瞼が半ば下り、唇がはれぼったい。こんないい姿は初めて見る。

「俺も、さわりたい」

「いいよ、ロー」

ふたりの間の炎はますます熱く、だがゆっくりと燃えていた。表面的な火焔ではない、木の芯まで熱が届いた時の、深く赤い火。マットがごろりと体を横倒しにすると、服をすべて脱ぎ捨てたので、ローマンも同じように脱いだ。座りこみ、仰向けに横たわるマットへ目をやる。すっかり圧倒されていた。

「マット……」

その肉体から目が離せない。マットの肩はがっしりとして、腰回りには締まった筋肉が付き、太腿は強くたくましく、濃い茂みからそそり立つ肉棒が欲情をにじませている。その姿に、そんな無防備な姿をマットが見せてくれることに、ローマンは全身が震えそうだった。ヒトというのは、普段は肌を覆っているものだ。こんな姿を見せるのは、つがいにだけだ。

マットは何も言わなかったが、ローマンを引き下ろすと並んで横たわった。ローマンはまたキスをして、舌の刺激を求める。マットの手に肌をなでられ、ローマンも喜び勇んでお返しになで返した。

キスも気持ちいいが、同時にマットが腰をつき上げてくると、それ以上に気持ちが良かった。マットにただしがみつく。なでつづけたりキスをするような息の余裕もない。マットの首のつけ根に顔を押し当て、においを吸いこんだ。あの甘いタンジェリンの香りがとても濃くなっていて、木々や汗、松葉の香りの石鹸といういつものマットのにおいを消している。さらに鼻をきつくうずめてマットの肌を嗅ぎながら、ローマンは至福のにおいに、マットからのペニスへの愛撫にうっとりとしていた。太腿が震えて腹の底がぐっと締まる。もうすぐ——。

マットが動きを止めた。ローマンはつい呻きを喉に詰まらせていた。

「ローマン?」マットはどこかためらいがちだった。

「何だ……?」ローマンの声は揺れている。マットがクスッと笑った。

「これもすごくいいけど、でも俺は、できれば……最後までやりたい。体の中に、あんたを感じたい」

マットの声も揺らいでいた。

「わかった。マットがしたいことなら、俺もやってみたい」

体を引いたマットが深呼吸をひとつして、ローマンの表情を探るように見つめた。

「きみは挿入側《トップ》をしたことがあるかい? 男相手に?」

その意味が、ローマンにはよくわからない。唇を噛んだ。

マットの表情が優しくなった。

「ロー、これまで男と寝たことは?」

「ない。でもきみとなら、してみたい」

その答えにマットはほっとしたような——そして飢えたような顔になった。激しく短いキスをして、立ち上がる。

「やった。夢にまで見たんだよ。要るものは持ってきた」

自分のジーンズのポケットから、小さなチューブとコンドームの袋を取り出した。

今から何をするのか、ローマンにはわかっていた。とても原始的な交合だ。ほんの少し前にはイキそうになっていたし、その刺激が中断されたのは惜しかったが、今や新しい目的のほうにすっかり心奪われていた。

そんなふうにつながり合うことは、マットにとっても大事なことのはずだ。そうだろう？　そう信じたい。

マットは彼にコンドームを放ると、チューブから何か指に絞り出した。背中側へ手をのばしながら、ローマンから目を離さない。

「いいんだな？　これで？」ローマンはコンドームを拾いながらたしかめた。「俺がまたがるほうで？」

「いいよ」マットが息を切らせた。「ああ、文句なしだ」

ローマンは起き上がると不器用な手つきでやっとコンドームの袋を開け、平らな円盤を途方に暮れて見つめた。

マットが救いの手をさしのべてくれた。

「あんたが現実の存在とは思えない時があるよ」と不思議そうにローマンを見つめ、そのゴムの円盤を取ると、それをローマンの屹立の先端にのせてくるりと下ろしていく。その間にも左手で軽く陰嚢をいじられて、ローマンは体中で火花がはじけるのを感じた。

「んむっ」ローマンはうなる。「もう、していいか？」

答えのかわりにマットにドンと胸を突かれ、後ろに倒れていた。マットが上に乗り、ローマンのペニスをつかんで、腰を上に浮かせる。ローマンにじっと目を据え、半開きの口で息をつきながら、マットは自分の奥にローマンのものを呑みこんでいった。

ローマンはマットの太腿を指でしっかりとつかみ、目をとじた。マットの——マットの！——体が彼をゆっくりと包みこむ。最高の熱と摩擦を感じる。本当に、とても、きつい。ローマンは目を開けた。マットはすっかり没入した顔で、瞼をとじていた。

手の届く限りマットの体にさわりまくった。もっともっとつながりたい。マットの胸をさすり、腹筋に、太腿にふれて、またくり返した。突き上げたくてたまらないが、マットからの合図を待つべきだと察する。股間が熱く、きつく張りつめ、オーガズム寸前で、だが達したくはない。

ついにマットがローマンのすべてを呑みこみ、目を開いた。瞳をほとんど輝かせて、揺れる息を吸う。

「ローマン……」

「マット。俺は、何をすれば？」

マットがごろりと、ローマンを道連れに半回転した。どうやってかローマンを中にとどめたまま。あっという間にマットが仰向けの体勢で膝を広げ、踵をローマンの腰の後ろにぐっと当てる。それでローマンは、自分が動く番だとわかった。

体は本能に、心はあふれる思いにゆだねた。はずむ腰を激しくマットに打ち付ける。この体勢ではキスするのが難しかったが、怪我のない左腕で体を支えると右手でマットの手首をつかみ、内側にキスして、マットのにおいを感じながら指を吸った。

マットがかわいい声を立て、足をローマンの腰に食い込ませて動けとせっつく。その息は呻きと喘ぎ、「ローマン」という声、「もっと早く」とか「そこ」とか「あっ」「うっ」という言葉に埋め尽くされていた。

ローマンの身の内のすべてが張りつめ、きつく引き絞られていく——一度見た、大波の前に海の水が引き戻されていく映像のように。その圧力がどんどんふくれ上がって、オーガズム以上の何かが生まれていく。まるで初めてヒトに変身した時のようだ。圧倒的な何かが形を得て、体からはじけ出していくような。

今回はもしかしたら天使になるのかも、とローマンは思った。それとも体の中の見えない部分が変化して、またDNAが組み替わったり、細胞が増殖したりしているとか……今では赤面もできるようになったし、勃起もできるし、笑い声だって出せるようになった。そして今、ローマンは——ついに——。

愛だ、とぬくもりとまばゆさの中で、ローマンは悟った。ヒトとして、誰かを愛することを覚えたのだ。魂の片割れ《ソウルメイト》。肉体を分かち合う、彼のつがい。

マットのまなざしに、燃えるように激しく見つめられていた。ローマンが突き上げるたび、下腹部でマットのペニスが跳ねる。ローマンがキスを続けていたマットの手がくるりと返って、ローマンの手を逆に引き寄せると、自分のペニスを握らせた。マットの手も上からかぶせられ、動きに合わせてふたりの手の中にペニスが突きこまれた。

マットのものをさわれるのが気持ちいい。内側からふつふつとこみ上げてくるものを、とても止めようがない。

「マット！」

マットもうなり、ペニスの先端にかかったローマンの手をぐっと握りこんで、体を痙攣させる。熱く、どろりとした精液が手とマットの腹の上にほとばしっていた。甘いタンジェリンのにおいが強まって、ローマンを激しく煽る。

ローマンはもう一度腰を打ち付け、太腿をつかんでマットをがっちりと押さえながら、体の内にあるすべてを荒々しく解放した。最高に気持ちが良すぎて、その瞬間にいつまでもしがみつこうとする。終わると、カウチベッドに崩れ、マットにきつく抱きよせられた。

「今の、ちょっとヤバい……」

マットが浮わついた声で呟いた。まだ息が荒い。

ローマンには頭を上げる気力もなかった。

「そうなのか？　普通とは、違う？」

「俺がこれまで経験した中でぶっちぎりにすごい〝普通《ノーマル》〟だね」

マットが少し動き、体を起こした。ローマンが目を開けると、マットは不思議そうに彼を見下ろしていた。

「コンドームを着けたのはこれが初めてなのか？」

「ああ」

マットの口がとがった。

「でもセックスしたことはあるんだろ？」

ローマンは肩をすくめた。

「ええ？　ローマン、まさかないわけないだろ、そんなにカッコいいのに？　性格だってすごくいいし」

ローマンの恍惚感が引いて、段々と不安になってきた。これは、マットに話してはいけない問題だ。だが隠し事をするのがつらい。

「昔は、そんな機会がなかった。その後は、ずっとひとりでいたから」

マットはとまどい顔で首を振った。

「いつか、あんたの謎の子供時代の話を聞かせてくれよ。核シェルターとかどこかで育ったわけじゃないだろうな」

「少し違う」

ローマンは淋しく微笑んだ。マットがごろりと横たわって、ローマンの顎にキスをする。

「まあいいや。今のは最高だったよ。俺が保証する」

そこでためらい、マットは溜息をついて続けた。

「うちは親父と兄貴が……そうだな、つまりさ、俺は自分がゲイだってことを隠してきたんだよ。だから俺のこれまでの体験はちょっとした行きずりとか、せいぜいもしかしたらうまくいったかもしれない相手とのすれ違いくらいで――クローゼットに入ってる男とつき合うのは、みんな嫌がるから」

ローマンは注意深く耳を傾けていた。大事な話をしているのだとわかった。ただ、マットが何を言いたいのかがよくわからない。覚悟してたずねた。

「つまり……きみはルーシーと結婚するのか?」

「まさか!」マットは起き上がってローマンを見つめた。「違う、そんな。俺が言いたいのはそうじゃなくて――その、言おうとしてたのは、何というか……これまで、俺には誰も、そのためにカミングアウトしたいと思うような相手はいなかったってことなんだ。でもあんたは……」

ぐしゃぐしゃと、マットは自分の髪をかき混ぜる。照れている様子だった。

「……俺は、あんたがかなり好きなんだよ、ロー」

とても素敵な言葉だ、とローマンは思う。

「俺はきみを愛してる」と告げた。

驚いて、マットが笑い声を立てた。

「うっわ。真正面から言うなあ。まったく、ほんとに変わってるよ。なあ？」

ローマンは眉をよせた。

「いいんだよ。あんたのそういう、変わったところも好きだよ」とマットはキスをする。

「俺の変わったところを好きになってくれるとありがたい」

マットはまだまだ何も知らない、と思いながらローマンはそう答えた。

マットが不思議そうに微笑んだ。温かな手のひらをローマンの頬に当てる。

「あんたは、俺の知ってる誰とも違う」

「こっちもだ」ローマンは溜息をついた。「俺はこんなに、誰かに近づいたことがない。ジェイムズだけだ。壁の写真にいるのがジェイムズだ。軍で一番の友達だった」と壁のフォトフレームへうなずいた。

「両親とは、あまり仲良くなかったのか？」

「父親のことは知らない。母親は少しは覚えているが、ちゃんとした思い出というより印象のようなものだ」

「そうなのか……つらかっただろ」

ローマンは少し考えてみた。

「俺が生きていて一番つらかったのは、ジェイムズが死んだ日だ」声が震えた。「でもその話はしたくない」

ふたりは横向きに寝そべっていた。マットがローマンに腕を回し、引きよせる。ローマンはマットの首筋に鼻を擦り付けた。温かい。しかも今はそこから、入り混じったふたりのにおいがしている。セックスのような。マットのいつものにおいよりも、あのタンジェリンのにおいよりも素敵なにおい。

「彼は……恋人だったのか？　あんたと、ジェイムズ？」

ローマンは愕然とした。

「違う。そんなんじゃない！」

「わかった！　気になっただけなんだ。わかるよ、友達だって、誰より好きになることもあるもんな」マットがローマンの短い頭髪を優しくなでた。「もっといられたらいいんだが……帰ったほうがよさそうだな。将軍が泊まってるから」

「そうか」

マットとこうして裸で横たわっていると、ぬくぬくとして幸せだ。帰ってほしくない。いつか、マットがずっといられるようになるだろうか。そうならいいのに！

マットは微笑み返し、ローマンにまたキスをして、一瞬唇を残してから体を引いた。

「そう言えば、肩をさすってただろ。どうかしたのか？」

手をのばし、マットが傷にふれる。もう治ってはいるが、傷痕は鮮やかに赤かった。マットは眉をよせた。

「最近の傷だな？　これどうしたんだ」

「いや、そんな――最近じゃない」ローマンは言い訳を探した。「休暇中に肩の骨を傷めて。少しまだ痛いんだ。大丈夫だ」

マットはもっと知りたそうにしていたが、そこで首を振った。

「わかった、そういうことにしとこう。ま、もう帰るよ」

立ち上がると服を着る。

「見送りはいいよ。おやすみ、ロー。また明日」

「おやすみ、マット」

もう一度、短いキスを残してマットは去った。ローマンはカウチベッドのカバーを引き上げ、丸まる。幸せで、そして――驚いたことに不安がトクトクと血管を鳴らしている――少し怖くもあった。こんなに素敵なことがあるなんてすごいことだ。誰かを愛し、一緒にいられるなんて。でも心が騒いでいた。マットはローマンの秘密を知らないのだ。ある日知ったら、もうローマンのことを好きでなくなってしまうだろうか。

ジェイムズを失ったようにマットを失うなんて、嫌だった。あんなことには二度と耐えられない。

だが、今はくよくよ考えていても仕方ない。今はふたりで作った思い出を大切にして、いつかのために、心のどこかにしまいこんでおきたい。だからローマンは毛布をかぶって、思い出を抱きかかえた。

17　どっちがアルファ？

将軍の滞在はあまりいい終わりかたをしなかった。到着の翌日——まさにマットが職場に忘れ物をしたと言い訳してローマンの家に向かい、人生最高のセックスをした翌朝——将軍はやたら小うるさくマットに干渉してきた。

ルーシーはすっかり寝過ごしていた。ビールにやたら弱いし、焼きマシュマロでも酔っ払えるくらいだ。間で取りなすルーシーがいないものだから、朝食の席で将軍は口やかましく、説得や大演説や甘言で、せめてルーシーに婚約指輪を渡すようマットをせっついた。

しまいに、マットは我慢し切れなくなった。

「そんなことはしない、父さん。この話は終わりだ。父さんの時代とはやり方が違うんだよ」

将軍は、怒りを押し殺しながらマットをにらんだ。マットが成長期に悟ったことがある——仕事柄、父は周囲が当然のように従うことに慣れきってしまっているのだと。父としても、部下の兵はともかく、家族には頭ごなしに命令しないよう心がけているとは思うが、それが難しい。面と向かって反抗されるとすぐ頭に血が上る。

「ルーシーとは関係ない問題なんだな、これは？」

父の声は冷たかった。

「ああ、父さん、ルーシーじゃなくて俺のせいだよ。いいからもう喧嘩はやめないか？　お互い年に何回も会わないのに、毎回こうなる。俺はついにＤＥＡの捜査官に昇進したんだ、たまにはほめてくれたっていいだろ」

マットの声は苦々しく、どうせ父には認められまいという悔しさがにじんでいた。

意外にも、父はただ口をぐっと引いただけで、うなずいた。

「いいだろう、マシュー。今日はこの話はなしだ」

その言葉の裏に脅しがある気がする——今日がすぎたら覚悟しろ、というような。だがルーシーのことでマットを従わせたくとも父に何ができるとも思えず、ただの心配性だと流すことにした。

ふたりは、重苦しい沈黙の中で朝食を終えた。将軍が「帰る」と言い出しても、マットは驚きはしなかった。父は出ていく前にマットをハグしていった。だがその目は……目は、ひえびえとしていた。

父のことを悩んでいる暇はなかった。マットたちが今取りかかっている作戦は非常に重要なのだ。どうしてかローマンは保安官事務所には出てこなかったが、メールで連絡は取れている。作りかけのマリファナ畑の監視に行く途中、マットはローマンのキャビンへ車で迎えに行った。

ほんの数時間前まで、仕事と無関係にここにいたのだというのが少し妙な感じだったが、マットは仕事に集中しようとした。それに本当に、ローマンが仕事に復帰してくれてうれしい。これまで仕事で組んだ誰より本物のパートナーという気がするのだ。マットはこの新たな作戦の中身をローマンに説明し、六人の容疑者たちとその企みについて話した。

「何より大事なことは」と現場に向かう車中でマットは念押しした。「向こうに気付かれないことだ。奴らが捜査されていると感づけば、ケツに帆をかけて逃げ出すだろうから」

助手席に座ったローマンが眉根を寄せた。

「船で逃げるってことか？」

この男はとんでもなく世間知らずに育ったか、言葉のあやを理解できないかのどちらかに違いない。

「そう来たか。眉唾だ、と言われたらどうする？　眉を舐めるのか？」

「舌が届かないだろう」とローマンは真剣な顔で言った。

マットはあやしむような視線をとばす。ローマンがげらげら笑い出した。

「えっ、じゃあ引っかけたのか、俺を？　今の、冗談か？」

「笑えただろ、今の？　笑えた？」とローマンはとても満足げだ。

「すごく笑えたね。やられたよ。とにかく、向こうの奴らに見つかったら、連中はあっという間に逃げ出しちまうってことだ」

ローマンがマットにウインクした。少し不慣れだったがウインクには違いない。

「俺は静かにできるよ、マット。心配いらない」

マットのチェロキーを山道に停めた。張り出した枝が車の屋根に擦れるほどだが、あの進入者たちの開拓地に近いのだ。森の中を二キロほど抜ければ、連中の根城を見下ろす斜面に出る。マットはその丘で何時間も双眼鏡片手に見張り、望遠カメラで写真を撮ってきた。

今朝は、車からまだ降りたくなかった。八時にもなっていないし、あの男たちは早起きするタイプではない。ローマンとふたりきりの時間を楽しみたかった。腕をのばしてローマンの手を握りたいくらいだったが、それは駄目だ。一緒に寝たことだけでも論外なのだから。仕事とプライベートは区別しなければ。かわりに、ダイナーからのコーヒーを飲んだ。

「今回はランスがとても協力的で」とマットは認めた。「対象人物がここを離れた時はチャーリーが追跡してくれてる。本当に、ランスは連中のあらゆる動きを把握してるよ。シャワーの時間まで含めて――それかシャワーを浴びたかどうかまでね。ありがたいよ、はっきりした犯罪の証拠をつかむまで、ＤＥＡはあまりたよりになりそうにないから」

「ランスはいいひとだし、いいリーダーだ」ローマンが迷いなく言いきった。「ランスなら、自分のテリトリーに手出しした奴らを逃がしはしない。町をとても大事にしているから」

「ああ、ランスはまるで闘犬《ピットブル》だよな。わかる」

「いや、ランスはピットブルには全然似てないが……」とローマンがきょとんとした。

本当に、ローマンはおもしろすぎる。

「今のは物のたとえだよ、ロー」

あきれつつも愛しい口調になったのを、マットはまたコーヒーを飲んでごまかした。父の滞在でまだ苛々していたし、ランスのことを完全に信用できているわけでもない。町を守る気概は結構だが、そもそもどうしてDEAの捜査官が町に来るのを嫌がった？　それに、この町では何か変なことが起きていると、マットは今でも確信していた。だが現時点ではランスは味方で、思いのほかそれが悪くない。なにより、ローマンは自分のボスのランスに心からの信頼と好意を寄せているようだし、そのローマンを、やはりマットは心から信頼していて、好きなのだ。

ローマンの視線をずしりと感じた。向き直ると、ローマンの目は優しく、表情にはまさに痛々しいほど嘘がない。本当に、どこまでも謎の男だ。タフで揺るぎなく厳格な顔を見せたかと思えば、心や急所をまっすぐにさらけ出す。時おり、マットが怖くなってしまうくらいに。そんなに無防備では駄目なのだ。世間には、たちの悪い奴らが大勢いるのだ。マットがそんな連中のひとりでなくてよかった——だがそのマットにも、こんな純粋なローマンを自分が傷つけずにすむのか自信がない。

それとも。これはもっと単純で、ただ自分には縁がないとマットがあきらめていた、未体験の何かなのだろうか。もしかしたら、これが恋なのか？　それがローマンの気持ち——そしてマット自身の気持ちなのか？　そう思うとどんでもなく怖いし、同時にやたらと昂揚する。

さっと周囲を見回したが、森と山しか見えなかった。

「なあ、俺たちは仕事中は……気をつけたほうがいいと思う。仕事優先で。でも、その、今夜、また家に行こうか。行っていいかな」

ローマンの笑みが少し輝きを増した。

「ああ、来てほしい」

「わかった」

まだ仕事にかかりもしていないのに、あまりに気持ちがややこしい。公私のけじめをつける頃合いだ。

マットはコーヒーのカップを下ろした。

「じゃあ、保安官助手、手綱を締めて仕事にかかろう」

「イエス・サー」とローマンが答えた。

マットと一緒の監視活動は、ローマンにとって忍耐を要するものだった。ふたりは、木々に囲まれた更地で働く一群の男たちを見張った。その地面はできたばかりのむき出しで、男たちが機械で切り倒した木々や茂みが片側に山となって積まれていた。

ローマンは、彼を撃った赤毛の男の姿を認めた。ローマンの内の犬はこの更地へ駆け下りていって男を追いつめたくてうずうずしている。だが駄目だ。ヒトはそんな真似はしない。ヒトには法があるし、計画を立てて動くものだ。

マットはとても大きなカメラで写真を撮っていた。マットの話では、強制捜査をするにはDEAの承認が必要で、コアースゴールドでの突入のようにDEAから派遣されたSWATチームが逮捕を行うことになるという。

その時が待ちきれない。あの赤毛の男——クレリーが逮捕されるのを見たい。その場で、この目で見届けたい。それどころか自分であの男を倒したい——じかに。できれば胸のすくようなドンという衝撃とともに。きっと実際には横で見ているだけになるのだろうが。そして今回はちゃんと己を抑えて、銃弾とびかう中につっこむような馬鹿な真似はするまい。できるかぎり。

マットと、六時間見張った。ただ見ているだけなので退屈だ。クレリーは大体はほかの男たちに働かせ、自分は携帯に何か打ちこんでいた。

そして一日が終わる頃、マットは「保安官事務所に顔を出さないと」と言い、家に帰ると答えたローマンをキャビンで下ろしてくれた。

ローマンの家の前の道に車を停めて、マットが微笑む。

「後でまた来るよ。デイジーの店のバーガーを買っていこうか？」

「ああ、楽しみにしてる」

ローマンは車の助手席から下りた。マットにキスしたかったが、何となくマットの態度からそれはまずいとわかる。別にいい。ローマンにも、仕事と、じゃれていい時間の区別はつくし、マットはまだ仕事モードということなのだろう。今日一日ローマンにさわりもしないのは、ふたりとも仕事中だったからなのだ。

利口だ。さもなければローマンはマットに一日中さわりまくっていただろうし、それでは仕事にならない。

「また後で」とマットが約束して、車で去った。

ローマンは家を隅々まで掃除してからシャワーを浴び、体中をとても念入りに、きれいに洗った。小さなキッチンテーブルに不揃いのコップを出し、食器と、ナプキンがわりのペーパータオルを並べた。カウチベッドを広げ、シーツとブランケットもかけて整える。一番お気に入りのブランケットだ。リリーにもらった。大きくて色鮮やかなストライプ模様。ふかふかで温かくて、ブランケットは素晴らしい！

それを全部すませても、まだマットは戻ってこなかった。今日一日気になっていたことがあるローマンは、大事なことだからと、ランスに電話で聞いてみることにした。

携帯にかけると、ランスが出た。声の調子だとまだ保安官事務所にいるようだ。ティムと家にいる時はもっとおだやかな声になる。

『どうした、ローマン?』とランスがたずねた。『今日はどうだった?』

「今日はうまくいきました、ランス。俺は初体験もすんで、もう童貞ではありません」

電話の向こう側から、咳のような、喉の詰まったような音が聞こえた。やがて『……そうか……おめでとう?』とランスが絞り出す。

「昨夜、セックスしました。ヒトと。マットと」

『あー、ああ、それはよかったな。きみはマットを好きなんだし……なら……』

「とてもよかったです。本当に、すごくよかった」

『そうか。それは……なによりだ』

「でもそのことで聞きたいことがあるんです」

『この手の話題についてはティムのほうがいい話相手になると思うぞ』とランスは固い声になった。

どうしてランスがセックスの話を避けたがるのか、ローマンには理解できなかった。あんなに気持ちがよくて楽しいことなら話したがるものじゃないのか?

「だがティムは純血の人間ですから、俺が何を聞きたいのかわからないのではないかと。重要でなければ、こんな質問はしません」

沈黙があり、そして溜息が返ってきた。

『わかった、ローマン。聞いてみろ』

「ティムとのセックスの時、いつも、あなたがまたがるほうなんですか？」

電話の向こう側からおかしな音が聞こえた。歯ぎしりの音だとローマンは気付く。

『……普段は。そうだ』

「俺とセックスした時、マットは俺に乗っかられたがったんです。それをどうとるべきかわかりません。それは、彼との関係の中で俺が主導役《アルファ》ということなんでしょうか？　アルファなら、俺はどんな役目を果たすべきですか？　俺は何も……何も、おかしなことや馬鹿なことを――失敗を、したくないんです」

ふうっと、ランスが溜息をついた。

『人間はそういう物の見方はしないんだ、ローマン。ひとによっては、ええと、その、セックスの間は受け身でいても、ほかの時も受け身だとは限らないこともある。だから上にまたがったらきみがボス《アルファ》だ、ということにはならないんだ。その、な、ポジションを、時々逆にすることだってできる。その時にどっちがしたいか、気分次第で』

その言葉にローマンは驚いた。

「逆になってもいいんですか？　あなたも？　じゃあ、ティムがあなたにまたがることもあるんですか？」

『おやあれは何だ！　ペンだ！　俺の机の上にあるぞ。仕事の書類を書く道具だ。数字とか。もう仕事に戻ってあのペンで色々と書かないと――』

ランスの声は今にもパチンと切れそうなくらい張りつめていた。

ランスは、ティムに時々またがられてると認めるのが恥ずかしいのだろうか？　恥ずかしがるようなことなのだろうか。ローマンにまたがられてもマットは恥じているような様子はなかった。やはり、さっぱりわからない。

「じゃあ……マットが俺にまたがりたいと言ったら、俺は受け入れたほうがいいんですか？　それとも断ったほうが？」

とにかくどうしても答えが知りたくて、ローマンはたずねた。マット相手に大失敗したくなかったし、何が心配と言って、ヒトの習慣への無知から色々やらかしてしまいそうなことだ。

『ローマン、そんなの気にするな！　いいな？　きみは上《トップ》だろうが下《ボトム》だろうが、好きなほうをすればいい。それこそ横並びだってな』

「横？　横もできるんですか？」

『いいから！　何だろうと、きみが――気持ちいいと思うことをすればいいんだ。ベッドでは。それでボス《アルファ》がどっちか決まるわけじゃない。わかったか？　じゃあいいな。切るぞ』

ランスが電話を切った。

ローマンも携帯を下ろしたが、まだ途方に暮れていた。ランスはどっちがまたがるかは気にするなと言っていたから、それがわかったのは収穫と言えるだろう。マットが何を望むのか、何を言われても大丈夫なように心の準備をしておこう。ローマンがすぐに理解できなくても、あきれないでいてくれればいいが……。

だが数分後、ドアをマットがノックすると、ローマンにもう悩んでいる暇はなかった。入って来たマットは森とさわやかな夜気、チーズバーガーとあのタンジェリンのにおいをさせていて、ローマンの体はたちまち欲情モードに突入した。

マットも同じらしく、バーガーの袋をテーブルに置くとローマンにタックルしてきて、ふたりはカウチベッドに倒れた。ブランケットの上で転がり回りながらキスをし、笑いころげる。失敗をビクビク待つのはやめよう、とローマンは心を決めた。誰かに恋をして、思いが通じるというのは、きっとこういうことなのだ――何か間違ったことをしてしまっても大丈夫だと安心できるのだ。

「先に食事、それともセックス？」

マットはたずねながら、もうローマンのズボンを脱がせようとしている。

「セックスして、食べて、それからも一度セックス？」とローマンは提案した。

「完璧」

マットはローマンのズボンを引き抜こうと起き上がり、靴下も脱がせた。

「足が寒い」

「なら温めりゃいい」

マットが思わせぶりに眉を動かしてから、ローマンの片足を両手でつかんだ。口元まで引き寄せ、足の指をしゃぶる。

ローマンは仰天してブランケットをつかんだ。なにしろ――（その1）マットがこんな犬っぽい行動を！　するなんて！　ためらいもなく！　（その2）しかも濡れた舌に優しく吸われたり舐められると、その刺激がペニスまで直接走って腹の底がドクドクと焦れて……。

「マット！」

足を引いてマットに別のところをしゃぶってほしいのか、もっと足を舐めてとせがみたいのか、自分でもわからない。

ポン、と音を立ててマットの口が離れた。「あんたはじつに焦らし甲斐がある」とぞくぞくするようなちょっと悪い目つきになって、ローマンの上へ這うように体をかぶせてくる。

「俺も同じことがやりたい」

ローマンは一気に言った。このままじゃたちまちマットにされるがままになって、何か言うどころではない。

「足じゃなくて、ほかのところを。きみのペニスの味を感じたい」ここで〝味〟と言っても変

じゃないよな？「いいか？」

マットが動きを止めた。目が黒ずんでいて、顔を下げるとローマンの胸の中心にキスをした。

「ああ、大歓迎だ」

本当に浮かれてるみたいに聞こえた。

起き上がろうとしたローマンを、だがマットが手で押さえた。

「じゃ、こういうのは？」とマットは蜂蜜のように甘く、粘ついた声で囁いた。

彼はぐるりと体を回し、ローマンを引いて肩を下にさせ——そして、お互いに口のあたりに相手の腿がくる体勢になっていた。なんてすごい、天才か！　ローマンはたちまちその熟して甘いタンジェリンのにおいに溺れ、鼻と舌でマットの中心を探検し、すべてのにおいを、やわらかだったり固かったり、なめらかだったり毛がふわふわしていたりするすべての感触を、すべての細かな味わいを、記憶に刻みこんでいった。どれもたちまちローマンの〝大好きなものリスト〟のトップ行きだ。

ペニスへのマットからの愛撫があまりによすぎて、その快感しか追えなくなってくる。ローマンはマットのものを頬ばってしゃぶりながら、すごく気持ちのいいマットの舌の動きを、吸い方を、その強弱を真似しようとした。うまくできたようで、マットの口が呻きで振動し、太腿も震え出した。

ふたりは、ほぼ同時に達していた。口の中にあるマットのペニスがさらに質量を増し、一気に熱があふれ出してくる感覚は最高にすごい。これまで生きてきた中でも、最高の一瞬。間違いない。

「初心者にしちゃうまいじゃないか」

マットが息を荒くして、体を返すとローマンの隣に倒れた。

ローマンはその言葉がこらえきれないほどうれしくなって、言った。

「俺とセックスするのを好きになってほしいんだ。だって、きみとのセックスが大好きだから」

「そうか、俺も好きだよ。とてもな。だからわかったって」マットはのどかにローマンの腕を肘でつついた。「バーガー食うか？」

「ああ、腹がぺこぺこだ。食ったらもっとセックスできるし」

それを聞いてマットが笑った。

「俺、今死ぬかと思ったばかりだぞ？　でも多分、簡単に流されそうな気がするね」

本当に、その時になったらマットを説得するのはとても簡単だった。

18　ハートへの一発

その週、マットは毎晩キャビンにやってきた。ローマンとセックスをして、食事をして、時々は一緒に眠った。だがローマンは、金曜の夜はもう予定があるからとマットを断らねばならなかった。リリーの家で群れの集会があって、そこにマットをつれてはいけないのだ。

リリーの家の部屋の隅に立ち、ローマンは到着する皆を眺めていた。ほとんど全員が、ふたりかそれ以上でつれだってきている。グレンジャー――ローマンがマッドクリークまで一緒に旅した人懐っこい老犬――すら、今ではつがいの相手がいた。プリンセスという名の、もっと年上のダックスフントだ。このふたりはいつでも一緒にいる。

いつかマットをこの集会につれて来られる日が来るのだろうかと、ローマンは思いを馳せた。群れの皆と一緒にここにいるとくつろげた。クイックたちには裏表というものがない。表情を見れば今の調子や、元気かどうか、淋しかったり悲しかったりしないか、幸せにあふれて毎朝が待ち遠しいかどうか、たちまちわかる。

カップルたちへ目をやった。ランスとティム、女の赤ん坊をつれたビル・マクガーバーと妻のジェイン。彼らからは、一緒にすごした時間と日常が作る、悠久や充足感のにおいがしていた。それが今の自分とマットをつなぐものと同じだと、どうしてこれまで、ローマンは気が付かなかったのだろう。

もっともリリーのつがい――ランスの父――は何年も前に亡くなっているが、残されたリリーも同じ輝くような、深い充足感を放っていた。あちこち動き回っては次々と皆をつかまえて話をしている。ただし彼女の話が終わった時、相手が前より生気を失って見えることもよくあった。

リリーがこちらに向かってきたので、ローマンは逃げようとしたが、遅すぎた。

「ローマン！　私からこそこそ逃げられると思って？」

ローマンはリリーを振り向き、背すじをのばした。

「どうも、こんばんは」

「彼氏ができたそうじゃない！　うれしくて小躍りしたいくらいよ！　でも、町にいるかわいいクイックのお嬢さんの誰かを選んでくれなかったのは残念ね。あなたみたいに強いクイックならいい遺伝子を残してくれるでしょうに！　ほんと、もったいないくらい。私の言いたいことわかる？」

リリーはほとんど唇を尖らせていた。

「すみません」と心をこめずにローマンは謝る。

「あら、でも許すしかないわよね、あのマット・バークレイ、イケメンだもの！　私は彼と話すチャンスはまだないけど、ルーシーがとてもいい子でね。ルーシーを知ってる？」

「はい」

リリーは秘密めかして周囲をうかがってから、顔を寄せて声をひそめた。

「ルーシーは両親にはね、マットと婚約したと思わせてるけれど、それも弁護士になるための時間稼ぎなのよ。だってマットはね、ティムと同じ——ゲイなんだもの。まあそこはもう知ってるわよね」

「はい」

うまく秘密を披露する見せ場を作れたリリーは、悦に入ってうなずいた。顔を戻して大声で続ける。

「そうそう、あなた、セックスについて色々聞きたいんですって？　私自身はゲイのセックスの経験は、そりゃないけれど、男同士の動画を見たことはあるから、よければ——」

「みんな、こっちに注目！」

ランスが自分のビールのボトルをスプーンでガンガンと叩き、リリーに殺気のこもった視線をとばした。

「あらあら、ランスが話があるんですって！　また後で話しましょう」

リリーがポンポンとローマンの腕を叩く。跳ねるように、ランスを囲んだ皆の方へ駆けていった。

ランスがふうっと息をつき、危ないところだったと額をさすっていた。皆に話しかける。

「あの他所者たちの行動について報告してもらえるか？　ガス？」

元はブルドッグだったガスは、ローマンよりもずっと年上だ。こくんとうなずくと、重くたるんだ下顎が震えた。

「一週間、朝の監視をしてみたが、連中は毎朝十時から十一時の間に家を出る。六人全員で、大きい白い車とトラックの両方に乗って。その車はチャーリーが追跡していった。私が交替する正午まで、誰も戻ってきたことはないね」

「ありがとう、ガス。次は？　トーリー？」

トーリーは雑種の血統で、背が低く黒髪、ごわごわした口髭をとても自慢にしていた。

「俺は午後からの監視だ。水曜にトラックが戻ってくると、タトゥのある黒い肌のでかい男が家の中に入って、十分ばかりで出てきてトラックに乗っていった。ほかには監視中に何の動きもなかった」

「デイヴィは？」

デイヴィはドーベルマンの雑種で二代目のクイックで、ローマンの評価ではこの町でも最強レベルの男だ。とてもたよりになるし、頭も切れる。

「奴らは俺たちに気付いている」とデイヴィが言った。「でも今のところ問題はないと思う。

昨夜、連中の二人がコテージから出てタバコを吸っていたので、俺は何かのにおいを追っているふりをして話が聞こえるところまで近づいていった。片方が俺をじっと見て『この辺はやたらと犬が多い』と文句を言ってた。犬ばかりで不気味だってさ」

全員が笑った。ローマンも笑っていた。おもしろい！

「もう一人は、犬が近づいてこない限りどうでもいいと言っていた。もっとひどい言いかただったけどな」

「ほかには何か言ってたか？」とランスがたずねた。

「マッドクリークが退屈な町で、今すぐロサンゼルスに戻りたいと。相手が、コリンに大金をもらってるんだから文句を言うなと返していた。週末にフレズノまで車で行って女の子を引っかけようって話もしていた」

「よくやった、デイヴィ。だが、あいつらに近づきすぎて誰かが怪我するようなことはないようにな」

「あいつらは犬は撃たないと思いますよ、自分が襲われたり、コテージの中に入ってきたりしなけりゃ」とデイヴィが答えた。「ローマンはヒトの姿でいる時に撃たれたんだし」

全員がローマンに同情の目を向けた。ランスも含めて。

「たしかに撃たないかもしれないが、それでも皆、用心してくれ。誰にも危ない目に遭ってほしくない」

「あのひとたちいつまでいるのよ、ランス？」リリーが哀れっぽく訴えた。「おかげで勉強のスケジュールがぐちゃぐちゃだし、あなたが言うように近づかないようにしてたって、あの連中が銃を持った危険な他所者なのは変わらないのよ。気まぐれでその辺で目にした〝野良犬〟相手に射撃練習を始めたりしたらどうするのよ、ねえ？」

ランスの表情は重々しかった。

「わかるよ、俺だって連中をさっさと追い払いたくて仕方ない。だが、有罪に充分な証拠を集めたとＤＥＡが認めてくれるまで、待つしかない。あと何週間もかからないはずだ。うまくいけばもっと早く」

「一日に何時間かなら俺も手伝える」とランスの兄のひとりが言った。

「俺も」とまた誰かが申し出る。

そこから、監視順についての長い話し合いに入っていった。事の始まりの時にいなかった以上、今さら口出しするべきでもない気がして、空腹のローマンはキッチンへ足を向けた。もうティムがいて、冷蔵庫から出したビールの瓶やレモネードの缶をボトルクーラーに移していた。ティムの犬レンフィールド――ただの犬だがとてもいい犬だ――が床に寝そべっていた。

「ローマン！」

ローマンの姿を見たティムがうれしそうに挨拶した。レンフィールドも床でぱたぱたとしっぽを鳴らす。

「どうも、ティム」

ローマンは親しげにティムに背中を擦り付けてから、レンフィールドの耳の裏をかいてやった。キッチンカウンターのスツールに座る。

ティムが歩み寄って、冷えたレモネードを手渡すと、カウンターの向こう側から寄りかかった。

「で、マットとはどうなってるの？　いい感じに盛り上がってるって聞いたけど」と小首を傾げ、興味津々になる。

ローマンは自然と微笑んでいた。

「マットとは、とてもうまくいっている」

「それってつまり、ふたりはデキたってこと？」とティムがカウンターに両手で頬杖をついた。

「彼とセックスしているかという意味なら、イエスだ。マットから、乗っかってくれと言われたから俺がまたがった。だがランスの話だと、またがったからといって俺が必ずリード役をしなければならないわけではないそうだ。時々、お互いに手や口だけですることもある。あれもとてもいい」

ティムが笑い出し、その顔が少し赤らんだ。

「そう！　それは……よかったねえ。幸せならなにより。マットのこと大好きなんだ？」

「マットを愛している。彼は俺のつがいだ。あなたとランスのように」

それを聞いたティムの表情がふっと奇妙に動き、ローマンにはその意味が読めなかった。

「ねえ、ローマン……本当に、すごくよかったと思うよ。ただ――」

「ただ？」

ティムの口調は重かった。

「ただ……クイックたちは皆、とても、根っから、一途だよね。きみたちが誰かに恋をするというのは、なにより大きなことだ。だけど人間たちにとって、恋は必ず、ずっと続くとは限らないんだ。むしろ、うまくいかないほうが多いくらいで」

それを聞いて、ローマンの身の内がちりりと冷えた。

「どうして、そんな？」

「それは……」ティムは下唇を噛んだ。「人間は、いろんな相手とつき合うことが、よくあって。たとえば、その、花から花へ渡るミツバチみたいにね」眉をよせる。「それに人間側が、心の傷をかかえてることもある。心の縛りというか」

「縛り？」

「そう、以前に誰かに傷つけられて、もう恋はしないと決めてる、とか。それとか、いろんな相手とセックスするのが好きだから、ひとりの相手に決めたくないってことも……」

聞けば聞くほどローマンの身が冷えていく。マットもそんなふうなのだろうか？　花を渡るミツバチのようで、ローマンは花のひとつにすぎないのか？　ローマンにはとても考えられないことだ。彼のほしい花はマットだけだ。

ティムがローマンの腕に手を置いて、さすった。

「そんな顔させちゃってごめん！　あまり気にしないで。そんな、落ち込ませたいわけじゃないんだ。ただ、心配なだけで。マットはきみを好きだと思うよ」

「マットの父親に、会った。マットとルーシーを結婚させたがっていた」

「うん、それがいわゆる〝縛り〟ってやつ」ティムが刺々しく眉をよせた。「じゃあマットはカミングアウトしてないんだ」と言い、ローマンのとまどい顔を見てまばたきする。「つまりね、自分がゲイだって親に言ってないんだってこと」

心を鎮めようと耳の後ろをかきながら、ローマンはティムの言葉の意味を考えていた。彼が初めてマットの父と会った日は、そう、マットとローマンはまだセックスはしていなかった。だがそれでも、ルーシーとマットがカップルであるかのような話を聞くと心が騒いで、その場にいたたまれなくなったものだった。

マットは、自分が好きなのはルーシーではなくローマンだとは家族に知られたくないのだろうか？　そう思うと、自分がほんのちっぽけな、つまらない存在に思えてくる。

「ほらほら」ティムが、耳をかいていたローマンの手を引き寄せ、握った。「不安にさせたかったわけじゃないんだ。ただ……そのうち、マットは覚悟を決めて父親に立ち向かわないとならないだろうね」

「彼の父親はとても強いんだ。退役した将軍なんだ」

「そりゃ大変だあ」とティムが首を振った。

「でも、犬が大好きなんだ」

せめて将軍のために、それは言っておくべき気がした。

「そうなんだ？　ならまあ、そう悪いひとでもないんじゃない。ローマン、僕はマットが好きだよ。本当にね。だから、彼が、ちゃんときみのことを、ふさわしく大事にしてくれるように願うよ。きみはそんなに心がきれいなんだから」

ティムの言葉が具体的に何を指すのか、特に「ふさわしく大事に」されないというのがどんなものなのかローマンにはよくわからなかったが、群れの面々のことになるとティムが過保護なのはよくわかっていた。ランスとは少し形は違うかもしれないが、心配性には違いない。

「あなたとランスのように、俺たちもなれたらと思う」

ティムがニコッとした。

「必ず出会えるよ、ローマン。もしマットじゃなくても、ほかの誰かと」

ほかの誰かなど、ローマンは望まない。「腹が減った」と言った。話をそらすのにはいつもこの手でうまくいく。それに本当に空腹だった。

「わかったよ、じゃああっちに何か食べに行こう。いつもどおりリリーが作りすぎてるよ」

「ティムは何を持ってきた？」

ティムの持ち寄りはいつも最高に美味しいのだ。

「タイ風チキンとライス入りのレタスラップ。美味しいよ」

ローマンの腹が鳴る。早速レタスに包まれた何かを探しに、皿が並んだテーブルへと向かった。


ローマンにとってそれは長い週だったが、充実もしていた。肩は日に日に良くなり、ランスやリーサがしきりによこすアスピリンも飲まずにすむようになった。まだ町で姿を見られるわけにいかないので、監視の仕事上がりにはマットにキャビンまで送ってもらう。ふたりの食事はダイナーで買うか、家でごく簡単な料理をした。ふたりで食べ、セックスをする——両方ともたっぷり、順番はその時々で。たまには一緒にテレビを見た。ただマットは泊まりたがらず、家に寝に帰っていた。ルーシーがいたし、彼女をひとりで放っておくのを後ろめたく思っていたからだ。

マットと初めてキスしてからの二週間、ローマンはこの上なく幸せだった。

かつて、犬としてとても幸せだった——ジェイムズのそばで、任務を果たして。だがそれも、今のヒトとしての幸せにはとてもかなわない。ひとりの男として恋に落ち、自分の家を持ち、愛する仕事に就き、食べるものもたっぷりあって、格好いい制服だって着られるのだ！　ふたりが続けている監視はこの頃退屈きわまりなかったが、それでもその間はマットと一緒にいられる。

金曜の朝、ランスから無線で連絡があり、新しいトラックが町にやってきたのをチャーリーが目撃したとのことだった。あの赤毛の容疑者、コリン・クレリーがダイナーでそのトラックと合流した。運転してきた男と一緒に朝食を食べてから、コリンはそのトラックの助手席に乗りこんで、ローマンとマットが尾根から見張っている違法マリファナ農場へと戻っていった。

コリンの部下たちが手伝って、トラックを茂みの中に、ギリギリまでバックさせた。それから後ろのドアを開ける。トラックには発泡スチロールのトレイに入った小さな苗が何百本も積まれていた。苗はまだ親指ほどの大きさもない。

「大当たり《ビンゴ》」とマットが呟いた。その声は満足げで勝ち誇っていた。ローマンにも見られるよう双眼鏡を渡してくると、自分は長いレンズのカメラで写真を撮りはじめる。

ふたりは一日中、男たちのうちの四人がその苗を植える様子を監視した。コリンは指示を出しながら、自分は作業には加わらず命令したり携帯で話したりしていた。しきりに煙草を吸っている。

「これでバッチリだ」とマットが低く呟いた。カメラがカシャカシャと小さな音を立てる。

彼らは尾根に伏せていた。ローマンは顔を寄せてマットの耳に囁いた。

「ということは、奴らをとっつかまえられるのか？」

マットがうなずいた。

「もうすぐだ。ディクソンが決めることだが、でもいける。まさにこれを待ってたんだ」

とは言ったが、すぐ思惑通りとはいかなかった。その日遅く、マットはローマンをキャビンで下ろすと、ディクソンへの報告書提出と電話での会議のために保安官事務所へ向かった。一時間後に電話してきたマットの声は明るかった。

『ディクソンはあと一、二週間、苗が根付いて少し育つまで待ちたいそうだ。それでも、もう充分な証拠があるから、必要があればいつでも摘発に踏み切れる』

「なら、もう一週間？」

『そんなところだ。でもな……やったぜ、ローマン。奴らのタマを握ったようなもんだ！』

マットはとてもうれしそうだった。ローマンも喜んではいたが、気持ちのふちにギザギザして荒いささくれがある。ランスと同様、他所者をさっさと町から追い出したい。その上、ローマンには個人的な思い入れがあった。連中は彼を撃ったのだ。そして仲間を裏切らせようとした。シートを敷かれた部屋でなすすべなく椅子に縛られていた時の気持ちは一生忘れないだろう。自分はこのまま死ぬのだと思った。

奴らにそんなことをされたから、というだけではない――奴らがそんなことをほかの誰かにするかもしれない、ということだ。たとえばランスに。チャーリーに。マットに。マットがあの部屋で椅子に縛られている姿を思うだけで、ローマンの目の前が赤くなった。

うなり声が聞こえてしまったのだろう、マットが笑った。

『落ちつけって、ロー。順調なんだし。なあ、今日うちに来て夕飯食わないか？　ラザニアを作ったってルーシーからメールが来てね、あんたにも会いたいって。彼女のラザニア絶品だよ、絶対気に入る』

「行くよ」

　家に、ルーシーのいるところに招待されて、ローマンはうれしかった。ティムとの会話がまだ心に重く残っていて、時々ローマンは、彼との仲をマットが隠したがっているのではないかと考えこんでしまうこともあった。

『よかった。七時ごろでいいか？　そうだ、色々と、本当にありがとうな。あの糸の仕掛けがなかったら連中の動きに気が付けなかったよ。少なくともあんなに早くは。報告書にもそう書いといたからさ、ローマン・チャーズガード保安官助手様々だって』

　ローマンは微笑んだ。

「ありがとう、マット」

『じゃあまたあとで、ロー』

　シャワーを浴びてさっぱりし、一番いい服を着て、ローマンはマットのキャビンに着いた。

ティムにわけてもらった花束を持っている。女性に花を渡す男をテレビで見たことがあったし、ディナーの招待への感謝をルーシーに伝えたかった。それに、きっと、マットをずっと独り占めしていることへのお詫びも。

申し訳ないと思っているわけではないが、それが礼儀のような気がした。

ティムは家の前にバラの花壇を造っていて、ローマンの大好きなバラもそこにあった。花弁がミルクのように淡いクリーム色で、花びらのふちに紫のインクに浸したような色がついているのだ。そのバラは賞を取ったのだと、ティムは言っていた。今住んでいるキャビンの持ち主の名前を冠して〝リンダの情熱〟という名にしたと。

その花に、ティムはさらにラベンダー色のバラと白く小さなかすみ草《ベイビーブレス》という花を足してくれた——赤ん坊の息、なんてローマンにしてみれば気味の悪い名前だが。出来上がった花束はとてもきれいだった。これをルーシーにプレゼントして、あの特別なバラのことを話すのがとても楽しみだ。

マットのキャビンへ行くと、いつもは見ない車が前に停まっていたが、ローマンはろくに注意を払わなかった。ドアをノックする。

マットがドアを開けた。ひどく体が固い。

「ああ、やあ、ローマン！」と大声で言った。ローマンの手の花束を見ると、マットの顔が赤らんだ。「別に気をつかわなくて良かったのに。ルーシー、ローマンが食卓に飾る花を持ってきてくれたよ！」

　マットがローマンの手から花束を受け取り、一歩寄って彼を中へ入れた。何かおかしい。マットの態度は妙だった。戸口に立ったローマンはどうしたらいいのかと迷った。

「いらっしゃい、ローマン」

　ルーシーがキッチンから出てきた。短い黒のワンピースを着ていて、とても細く見える。マットが花束を手渡すとふたりは視線を交わし、それからルーシーが歩み寄ってローマンの頬にキスをした。

「ディナーに来てくれてありがとう」

　そしてその時、目を上げたローマンは、マットの父親、将軍がキッチンの入り口に立っているのを見た。将軍は無表情だった。

「こんばんは」とローマンは挨拶した。

「ああ」

　マットの父はニコリともせず、ローマンを歓迎している様子もなかった。くるりと踵《きびす》を返してキッチンへ入っていった。

　何もかもがおかしい。キャビンの中の空気が乱れている。時の流れまでが、脆くはぜて揺れ動いているようだ。まるでアフガニスタンで、目覚めた時にジェイムズと任務に行ってはいけないと感じたあの朝のように思えた——すべてが崩れたあの日のように。背を向けて出ていきたかったが、それは失礼すぎるかもしれない。どう振舞おうとしても犬の直感じみた動きが出てしまいそうで、ローマンは、ただ突っ立ったままでいるしかなかった。

「じゃあ入って」とルーシーがローマンの腕を取った。陽気に見せようとしていたが、やはり表情がおかしい。「丁度仕度ができたところよ」

マットのほうを見るのが怖くて、ローマンはそのままルーシーにつれられてキッチンへ入った。

キッチンテーブルは四人向けに準備が整っていた。バークレイ将軍はすでに席につき、琥珀色の液体が入ったグラスを傾けていた。ローマンを見ているが、その顔からは何も読みとれない。

「誰か来るとは知らなかった」ローマンの内にパニックがせり上がってくる。「俺は、帰ったほうがいい」

「つまらんことを言うな！」将軍がぴしゃりと言った。「座るんだ。ルーシーとマットはきみを先に招いたんだ、ならば客はそっちだろう。急に立ち寄ったのは私のほうだ」

「マッドクリークの近くをたまたま通りかかってね」とマットが呟いた。

ローマンはテーブルについた。そこでやっとマットを見たが、マットはただ小さく、困り顔で肩をすくめただけだった。

これほど気詰まりな食事は初めてだ。ルーシーが、サラダとパンとラザニアを並べる。彼女が一月から始まる自分の授業について話し、マットの父に質問を投げたが、そのたびに将軍は一言か二言だけで答えた。ほかには誰もしゃべろうとすらしなかった。

ラザニアは、マットの言葉どおり美味しかったが、ローマンの食欲は失せていた。まだ自分の中から、ここを去れと囁く声がしている。ここは危険だと。一体何が危険なのか、ローマンには見当もつかないまま。

テーブルを片づけようとしたマットが大きなスプーンを取り落とし、床で甲高い音が響いた。

ローマンは椅子の上でとび上がった。

「PTSDか？」とマットの父が聞く。本気で知りたいように眉を上げていた。

「だと思います。軽いものですが」

「ほほう」将軍の目が険しくなった。「それは驚きだな。本当は、軍になど所属していなかった男が」

「父さん？」

マットの声はとがめるようだった。皿をまとめてシンクに積むと大股に戻ってきて、腰に手を当ててテーブル脇に立った。ローマンの今の気持ちに負けないくらい、マットも困惑して見えた。

将軍が何を言っているのかまるでわからず、ローマンは黙ったままでいた。

「いいか、ローマン。こういうことだ。私には上層部に友人がいる。きみの従軍記録を探してみた。そこで、友人たちの力を借りたが、ローマン・チャーズガードはいなかった。第87歩兵連隊第2大隊B中隊には、いやそれどころか軍のどの隊にも、そんな名前は存在していなかった！」

バークレイ将軍の声は冷酷だった。

心の内で、ローマンはすくんだ。凍りついたようだった。こんな態度を向けられたのは初めてだ。将軍からは憎しみがあふれ出している。どうして？　何にそんなに怒っている？

「父さん、やめろって！　そんなの何かの間違いだ！　どうしてこんなことするんだよ」

「黙っていろ、マシュー。この友達がどんな嘘つきか教えてやる。こいつは騙《かた》りだ。誰かの栄光を横取りし、己のものでない名誉や名声を食い物にする連中ほどおぞましいものはない。最低の中でも最低の連中だ」

「どうしよう、マット」とルーシーがうろたえて囁いた。

ローマンは目をテーブルの上に据えていた。自分の白い皿の、赤く汚れたところを。何を言えばいいのかわからなかった。どうすればいいのかわからなかった。こうなることを、どうして予期しなかった？　どうしてマットの父に自分の部隊のことを話した？　ローマンの名が記録に残っているわけがない。だが将軍の非難はすべて的外れなのだ。ただローマンには反論の言葉などなく、筋の通った唯一の真実をここで語ることもできない。

「ローマン――」

マットが食い下がった。ローマンは目を上げて彼を見る。マットはテーブル横に立ち、胸の前で腕を組んでいた。黒い目でローマンの表情を探り、額に皺を寄せる。

「違うよな、だろ？　記録のミスとか。そうだよな？　名前を変えたとか何かあったんだろ？　父さんに言ってやってくれ」

ローマンはマットの瞳を見つめた。そこには、困惑と疑いが見えた。昨日の夜そこにあったばかりの、ベッドで抱き合った時のまなざしのぬくもりや優しさはもうなかった。

ローマンはたったひとりだ。

深く、息を吸った。気付かぬままずっと息をつめていた。肩が焼けるように痛み、耳がズキズキとうずいた。まるでまた、撃たれたように。いや、今のほうがひどい。

「俺はあそこにいました」ローマンは、できる限り落ちついた声で言った。「第87歩兵連隊第2大隊にいました」

「この畜生が」将軍が声を荒げた。「なら社会保障番号、軍の認識番号、何か言ってみろ。ローマン・チャーズガードなんぞ影も形もなかったぞ！」

「父さん、やめろって！」

だが、マットの声は弱かった。すでに負けたとわかっている犬の威嚇のように。

ローマンの心から、ぬくもりが流れ去った。マットはジェイムズではなかった。ジェイムズは、傷ついたローマンを肩にかつぎ上げ、自分の命を賭けてローマンを救おうとしてくれた。

だがマットは——マットはただそこに立って血を流すローマンを見ているだけだ。

「俺を信じていないんだな」

ローマンの声は奇妙に響いた。

マットの目がさっと父親をうかがう。低く言った。

「だって、たのむよ、ローマン。信じられる証拠を見せてくれ」

「もう充分見せたと思っていた」

ローマンは立ち上がった。自分の体のような気がしないまま、家を横切り、外へ出ていった。


マットはローマンを見送って、途方に暮れ、混乱していた。どうしてローマンは嘘なんか？ど、こ、ま、でが嘘だったのだ？ それに父は一体どういうつもりでこんなことを？ ローマンが出ていって静かにドアが閉まった瞬間、とり返しのつかないことが起きた気がした。何を失ったのか、きっと二度と知ることはないまま。

ルーシーの同情のまなざしを期待したが、ルーシーはウサギの赤ん坊を撃ち殺した極悪人を見るような目でマットをにらんでいた。いきなり立ち上がると、なにやら「馬鹿には自業自得」というようなことを呟いて、つかつかとキッチンを出ていった。

胃にずしりとのしかかる鉛のような重さが、さらに膨らむ。マットは父に向き直った。

「父さん、一体何考えてるんだ。何だってこんなことを？」

将軍は居丈高に言い返した。

「お前を、あのデタラメだらけの友達とやらから救ってやったんだろうが！　あの男は嘘つきだ。お前が一分たりとも相手にしていい男ではない、マット」

「何なんだよ、それ。父さんと俺はろくに会いもしないだろ。それがいきなり俺の人生に踏みこんできて俺の友達を調べ上げるって？　家に上がりこんできて俺の客を侮辱するとか、そんな真似していいわけがないだろ！」

父は立ち上がり、腰に両手を当てた。マットをにらみつける。父、トーマス・バークレイは今でも威厳のある男だ。鍛えた体で、白髪混じりのミリタリーカットにマットと同じ茶色の目。ただ父の目には、ユーモアもなければ下らないことの入る余地などかけらもない。マットという人間を受け入れる余地は何も。

「この間は、お前とルーシーの様子を見に来た。お前の人生を一歩でもマシなほうへ進ませることができるかとな。それが、何を見せられたと思う？　あの男だ」

ずいとドアを指した。

「あの時は機嫌が良かったろ。父さんはローマンが気に入ったんだと思ったのに」

「はじめはな！　お前らがコソコソ会って、戻ってくるまでは！　そしてお前がケツからチョコレートと黄金でも垂れ流してるみたいな目つきで、あの男がお前を見つめ出すまでは！」

嫌悪感丸出しの言葉を吐き捨てた。

マットはきつく目をとじ、片手で眉間を揉んだ。そういうことか、畜生。それが原因だったのだ。手足の先が冷たく、麻痺したようになって、頬が熱くほてった。言葉を失い、いたたまれずにただ壁を見つめる。

「お前に問題があるのは前から感じていた、マシュー。だがせめて、そういうことなら、バイ、セクシュアルであってくれと願っていたよ。お前に、せめて一人前にまともな人生を選べるくらいのなけなしの分別があることをな。あんなのは許さん！」

マットの喉に、苦い憤怒がつまった。去っていったローマンの顔にあった失望の表情が、すべてを台無しにしたと言いたげにマットを見やったルーシーの目つきが、ちらついて消えない。これまで何年も——何年分も積もった嘘と、恐怖。決して認めてもらえずに。

マットの声には静かな怒りが滾《たぎ》っていた。

「許さないって？　そりゃ残念だったね、父さん、俺はバイセクシュアルじゃない、ゲイだよ。G・A・Y、ゲイ！　それにお断りだ、絶対ルーシーとは結婚しない——まかり間違ってルーシーが承知するようなことがあってもね。ルーシーはそんな馬鹿じゃないけどな。俺は、男が好きなんだよ。いやはっきり言うとローマンが好きなんだ、それをぶち壊してくれて心から礼を言うよ！」

将軍の顔が歪んだ。

「いい加減にしろ、あの男のことは忘れるんだ。あれは病的な嘘つきだぞ！　信じないなら軍の記録を見せてやる！」マットの上腕を強くつかんで揺すった。「お前なら立ち直れる、マット。そんな生き方はやめられる。何なら精神科医にかかって――」

マットは体を引きはがし、後悔しそうなことをする前に――父の顔面を殴るとか――数歩下がった。まさに、運命の瞬間だ。これこそが――今、父へのカミングアウトの瞬間なのだ。それならせめて、精一杯やらなければ。

深呼吸で落ちつこうとした。

「父さん。俺のこと、前から勘付いてたって言ったよな。どうしてだと思う？　俺は、六歳の頃から自分は周りと違うってわかってたんだよ。いいや、これはやめられるものじゃない。俺は誰かのせいでゲイにされたわけじゃない。これが俺なんだ！　それは決して変わらない」

父がマットを見つめていた。絶望の表情だ。首を振っている。

「父さんは、〝父さんの息子〟として育ってきた俺の気持ちを考えたことはある？　自分が決して父さんの望む息子にはなれないって、ずっとわかってたよ。ミッチのような兄さんを持って、俺がどうだったと思う？　俺がどれほどミッチに憧れてたか知ってた？　どれほどミッチのようになりたかったか。ミッチこそまさにヒーローだった。兄さんこそ、本物だった――父さん、あなたもね。俺はこれまでずっと、父さんに認めてもらえるようにと、立派な人生を生きようとしてきた。でも俺がどれだけ戦おうと、何人の命を救おうと、たとえ山ほどの銃をぶら下げたって、何の意味もないんだ。俺は、父さんが絶対に愛せない中身の人間なんだから。死んだのが俺じゃなくて兄さんでごめんよ、父さん」

マットの声がひび割れた。父の目の前で弱さは見せられないと、背を向けて、鍵を引っつかみざま、早足で家から出ていく。

「マシュー！　戻ってこい！」

だがマットはドアを叩きつけて閉め、車に入り、土にタイヤをきしませて一気にアクセルを踏んだ。

何時間も車であたりを回った末、町の近くの未舗装の道に車を停めた。ローマンに電話をかけたが、出ない。いいきざしではないだろう。どう考えていいかマットにはわからなかった。父が口を開いた瞬間から、この惨事が始まったのだ。だがほかにマットに何ができた？　父の糾弾にすっかり呑まれていたあの時。ローマンに、説明してくれとたのんだだけなのに。あのローマンの表情……なんてことだ。ひどいことをしてしまった気がする。

父は、よく攻めどころを心得ていた。マットは昔から、父や兄のような軍人にあこがれ、尊敬してきた。見栄を張るために軍人だったふりをする者がいるなんて、考えただけでも許せない。

だがローマンにそんなことができるか？　考えれば考えるだけ、そんなことはありえないと思える。ローマンは根っから正直なのだ。実直そのもの。いつも思ったことをそのまま言う。

たとえそれが損になる時でさえ。それにローマンの動き方はまさに元軍人だし、戦略の練り方もそうだった。

なにより、マットはローマンが好きになっていた。とても。そしてローマンのほうも同じような気持ちに見えた。初めてなのだ、長続きするかもしれないと思える関係など……明日も、そしてその先もずっと……。

マットが愚かだったのか？　ローマンのすべてがただの見せかけだったのか？

いや、そんなふうには考えまい。結論に飛びつく前に、ローマンと話をしなければ。父親の言うことなど知るか。

さらに何回かローマンに電話をしたが、やはり出ない。しまいにマットはすべてを頭から閉め出して、苦しいながらも数時間の睡眠をとった。母の死の後に覚えたやり方だ。物事が耐えがたくなった時の。

朝になって家に戻ると、将軍の車はもうなかった。ルーシーがローブ姿でポーチに出てくるとマットをハグした。

「なんてこと、カリーニョ。ひどい話。でもお父さんについに立ち向かえたのね。本当にがんばったじゃない」

今のマットは胸を張れる気分ではなかった。

「将軍はいつ帰った？」

「昨夜のうちに。色々考えることがあるから、話をできる気分になったら連絡するって言ってたわ」

永遠にかかるかもな、とマットは思った。くそ、最低の人生だ、何もかも駄目にした。昨夜、恋人を――本当に好きになっていた相手を――きっと失ってしまったし、それだけでなく父親との仲も駄目にした。初の大きな合同作戦にかかろうというまさにその時に。何もかもうまく行っていると思っていたところに、これだ。運命の女神というやつは。

「ほらほら、こっちおいで。コーヒー入ってるから」

ルーシーがマットの手を取り、中へ引いて入った。

19　しのびよる牙

その朝、マットは三十分遅れで保安官事務所へ出勤した。じっとしていられずにローマンのキャビンへ車で寄ったのだ。ローマンは家におらず、保安官事務所にもいなかった。何か連絡がなかったかと聞いたが、リーサはぽかんとマットを見つめただけだった。

いいだろう。ローマンがマットの顔も見たくないとか話したくないと言うなら、待つだけだ。

マットには、その間にやっておきたい下調べもあった。

将軍からは、セキュリティのかかったウェブサイトのパスワードが送られてきていた。そのサイトには例のB中隊に所属した軍人の名がすべて、ラストネームと所属年分類で記録されている。父が言っていたとおり、ローマン・チャーズガードの名はリストになく、チャーズガードという姓すらなかった。

ローマンの従軍記録が失われたか、保安上の配慮で隠されているなんてことはありえるだろうか？　そんなことはスパイ映画のシナリオでしかなさそうだが。ローマンはマッドクリークの保安官助手だ。おかしな町ではあるが、ＣＩＡやＦＢＩとかその手の機関がわざわざここにスパイを送りこむとも思えない。

マットは、ローマンが従軍した年代の見当をつけ、その頃の名前を順に見ていった。ひとつの名前に目が留まる──ジェイムズ・パトソン軍曹。戦死。

ローマンが口にした名だ。親友だったと。同じ隊にいたのでなければ、どうしてローマンがこの名を知っている？　くそ、ローマンと話せたら。一体どこにいる？

オフィスのドアを誰かがノックした。マットは腕時計を見る。いつの間にか九時半近くになっている。監視に行く頃合いだ。ローマンも現地にいるのか？

ドアを開けると、ビューフォート保安官と顔をつき合わせていた。保安官は機嫌が良さそうではなかった。オフィスの中に踏みこみ、その圧力でマットを後ずさりさせる。マットは眉をひそめた。

「何か、保安官？　容疑者のことですか？」

「いいや。連中は昨夜飯を食って、そのままキャビンで夜をすごした。何人かの売春婦がフレズノから呼ばれていて、どうやら随分と盛り上がったようだ。おかげでまだ寝ている。今のところ何の動きもない」

マットはうなずいた。

「なら、農場に出てくるのも今日は遅そうですね」

ランスは何か思い詰めた表情をしていた。ローマンのデスクを指先で神経質に叩く。

「それだが、ローマンから病欠の連絡が入った。誰か代わりの者を付けようか？　チャーリーはまだ車を見張っているが、少しの間なら俺が手伝える」

ローマンが病欠？　嫌な感じだ。とても。マットはいつもの表情を保とうとした。

「いいえ、俺ひとりで大丈夫です。何かあったら無線を入れるので」

ビューフォート保安官はうなずいた、出ていきそうに見えたが、そこで動きを止める。指先がローマンの机を叩いた。コン、コン、コン。

「チャーズガード保安官助手は。ローマンは……俺の最高の部下だ。とてもまっすぐな男だ」

マットの足元の床がぐにゃりと揺れて、船酔いのような吐き気に襲われていた。ビューフォートにふたりの関係がバレている？　畜生——なんて馬鹿だったのか。だが少なくとも、この保安官はゲイだし、なら公私混同で責められても――同僚と寝るなんて怒られて当然だ――ゲイであることはきっと問題ない。

マットはうなずいた。

「チャーズガード保安官助手は、俺が赴任してきて以来ずっと、大変な尽力をしてくれました。あの農場も、彼がいなければ見つけられたかどうか」

もっと色々なことも言えた。ローマンの無限の体力とか――山中の森をマットと一緒に毎日見回りながら、彼のスタミナは底なしのようで、さらに土曜は一日中保安官と一緒に働いていたのだ。

あの日々を思い出して、マットの胃が苦く縮んだ。

信じられる証拠を見せてくれ――。

(もう充分見せたと思っていた)

「ローマンは……」保安官が咳払いをした。「……ローマンは、その、大変な体験をしてきた。それにあまり、あれだ、ひととのつき合いに、慣れていない」

カーペットを見つめる保安官の頰にぽつんと二つの紅潮が浮き上がっていた。

まさかの〝兄貴〟風説教トーク？　それもすごく……不器用な。

「わかります。ええと、じゃあ俺はもう行かないと。適時連絡して、農場の様子を報告します。どうも、保安官」

マットは上着を引っつかんで逃げ出した。保安官はもう知っているのだろうか、マットがローマンを傷つけてしまったことを。知っているなら……どこにマットの死体を埋める気だろう？

違法なマリファナ農場へ向かう山道を運転しながら、マットはまた、ローマンはどこにいるのかと考えた。どうして姿を見せない？　どうして電話に出ない。

（ローマンは、大変な体験をしてきた）

あれは何なんだ。

よし、今夜。夜にはローマンもキャビンに帰ってくるに違いない。彼の名が軍の記録にないことにまともな理由があったなら、必要とあればマットは地にひれ伏してでも謝ろう。たのむから、何か理由があってくれ。謝らせてくれ――。

夜にローマンと話そうという計画は、結局無理になった。

その午後、マットはマリファナ農場を見下ろす尾根に、木々に隠れて腹ばいになっていた。いつもどおり望遠レンズで写真を撮る。そしていつものように、その写真は衛星通信を通してじかにＤＥＡのオフィスへと送信された。

その日、農場には大した動きがなかった。前日の大掛かりな植え付け作業の後で、ボディガード風の二人と黒髪の男——DEAがルーファス・ウェザーだと確認した——だけが農場にやってきた。彼らはほんの一、二時間いて苗と散水パイプをチェックしてから、また去っていった。

彼らが帰ると同時にマットは無線連絡を入れ、ビューフォート保安官が一行の後を追った。だが、そのいつもより静かな時間も四時五分で終わりを告げた。自分の車へ引き上げる途中、マットは司令部のディクソンから電話が入っていたのに気付いた。携帯の電波は山中ではよくても途切れ途切れなのだ。車にもたれて、マットは上司に電話を折り返した。

『作戦開始だ。明日の夜明けに、我々は連中のコテージに突入する』

「え……本当ですか？　もう少しかかると思ってました」

『まあな、だが法務部が言うにはきみがこれまで集めた証拠で充分だろうと——よくやった、バークレイ。特に写真が物を言った。拡大すれば、植えられた植物がマリファナだと充分断定可能で、農場が公有地にあることもわかる。法律家もご満足だ。確証はその農場からも出てくるだろう』

「それを聞けて安心しました」

『州知事はもう許可を出したし、SWATのスケジュールも空いている。地元も作戦実行に同意した』

信じられない。ついに始まるのだ。マットにとってうれしい知らせだ。いや、最高に素晴らしい知らせだ。これまで、いつどこで予想外のことがおきて男たちが逃げ出してしまうかもしれなかったのだ。この作戦が終わって男たちに手錠をかけたらやっと肩の力を抜ける。

(それが終われば、ローマンとただ山を見回る仕事に戻れるだろうか)

そうなら最高だ。だがあのとてもシンプルな日々にふたりが戻れるかどうか、マットにはわからなかった。ローマンのことを思うだけで、身の内がねじれて息ができなくなる。

頭の外へ、その思考を閉め出した。今は仕事が優先だ。

「わかりました」とディクソンへ答えた。「で、この作戦での俺の役目は？　現地で待ってればいいですか？　ビューフォート保安官も呼びます？」

『ああ、きみには現場に来てほしいが、逮捕の指揮は私が取る。全員逮捕できたかどうかをきみに確認してほしい。ひと通り片付けば、きみが農場の捜索を仕切るといい。私からビューフォート保安官に連絡を入れておくが、今回の捜査はすべてＤＥＡの管轄となる』

「了解です」

『ああそれと、今回の報告書を仕上げてくれ。プリントしたものを用意しておくように』

「わかりました」

『我々はパイニー・トップ道の、コテージからの死角に本部を設置する。午前五時には来い』

「ではその時に」

電話を切ったマットの体を興奮がかけめぐる。時計を見た。信じられない、たった十二時間とちょっとで実行だ。まずとっさに、ローマンに電話して自分たちの仕事がついに結実したと知らせたい、という思いが浮かんだ。だがもう携帯に五、六回もの伝言を残した後だったし、ローマンからその返事もない。

その無反応が怖かった。ローマンと話したい。いくらなんでも父とのあの対立が、ローマンとの仲を粉々にするほどひどいものだったとは思えない。ありえない。そんなこと考えたくもない。だがローマンからは一言の連絡もなく時だけがすぎていき、それがマットをどんどん不安にさせていく。

駄目だ、目の前の仕事に集中しないと。報告書をまとめ、ビューフォート保安官と話すのだ。余計なことは考えず、私生活については後回し。海兵隊の人間はそのやり方を叩き込まれる。注意力散漫になれば誰かを危険にさらすからだ。

マットは目をとじ、深く息をして、できる限りの不安を吐き出した。作戦実行が目の前だ。車に乗ると、マッドクリークの町へ向かってスピードを上げた。

昼下がり、コリンは地面を割るようなゴゴゴゴという振動に目を覚ました。そのブルドーザーの轟音が、自分の頭の中で鳴っていると気付くまでしばらくかかった。テキーラめ、呪われた酒だ。

ベッドから転がり出ると、体を一気に起こそうと、冷水のシャワーを浴びた。バスルームの鏡に映った姿がヤバい。目の下にはくまがあり、首に紫になった二つの大きな吸い痕。その痕を見るとつい口元がゆるんだが。昨夜の女たちはホットで、部下たちも大喜びだった。男たちには時々発散の機会が必要だし、祝うことならたっぷりあった。あのクソ忌々しいローマン保安官助手は消えたままだし、それきり地元の捜査機関も静かなものだ。これまで、保安官事務所に出入りする三人の男と一人の女を見た──デイジーのダイナーにいる時、いつもコリンは保安官事務所を観察していたのだ。だがその連中もコリンの邪魔をしようとはせず、農場の近くには誰も来なかった。とにかく何ひとつない山奥だし、コヨーテだってとても彼らを見つけられそうにない。

さらに今週になってついに苗を植え、コリンは満足だった。すべてが順調。順調すぎて、農地をもっと広げようかと考えているくらいだ。今の農地の近くに作るか別の場所を探すかが悩みどころだ。擬装用のタープをかけているとは言え、これ以上広げると衛星写真に写りやすくなる。反面、二ヵ所の農場だと作業の手間も増える。じつに後ろ暗く、欲深い悩みだった。

カウチでつぶれているピンクの髪の売春婦、ジェイシーを無視して、コリンはキーをつかんだ。町まで車で行ってゆったりのんびりとダイナーで朝食を食べ、デイジーに言い寄って、計画の続きを考えよう。ルーフィ、サム、それにザーシズは今日農場に行っているが、コリンまで行く必要はない。それに、郵便局で受け取る予定の荷物もある。

「いらっしゃい、コリン！」

デイジーが胸にメニューを抱えてやってきた。微笑もうとしたが、その唇は震えていた。

「よお、カワイコちゃん。今日の調子は？」

コリンはいつもデイジーをおだてた。この町とは長いつき合いになるのだ。

「いいわよ」

デイジーがこくりとうなずいたが、やたらと頭が激しく上下した。

「どうかしたのかい？　落ちつかないみたいだけどな」

「私が？　落ちつかない？」デイジーがクスクスッと笑った。「ふ、ふ、そんなわけない。絶対に。今日はランチ、それともディナー？」

コリンは携帯の時刻表示を見た。もう四時近い。クッソ。丸一日が消えた。

「チキンサンドとフライドポテトをたのむよ」

「今すぐ！」

ほかに何か食べないかと勧めることもなく、デイジーはそそくさと去っていった。戻ってくるとテーブルにコーラ——彼のいつものドリンク——をドンと置いて、またビクビクと微笑み、キッチンへ引っ込んだ。

まあいい、何か個人的な悩みでもあるのかもしれない。コリンが気にすることじゃない。彼はコーラを飲むと、通りの向かいにある保安官事務所を見つめた。

ルーフィが言うには、彼らが植えた小さな苗はやがて一キロのマリファナを生み出してくれるほどの株に育つらしい。半キロの末端売買価格二五〇〇から三五〇〇ドルなので——そしてコリンにはもっと高く売りさばけるコネがロサンゼルスにある——そうなると一四〇〇万から二〇〇〇万ドルを、今植えたぶんだけで売り上げられる勘定になる。

オハイオから出てきて俳優のエージェントから見向きもされなかったガキにしちゃ、大した稼ぎだ。トム・クルーズなんかクソくらえ。だがコリンの一番の狙いはマリファナの合法化だった。法の内側でたっぷりと金を儲ける——それが最終目標。誰にも奪えないところへとのぼりつめたい。今年の稼ぎで広い土地を買いこみ、賄賂をたっぷりはずんで栽培免許を手に入れ、ついでにデカくて洒落た自分のコテージでも建てるのだ。政治家連中がやっと意見をまとめて法が通った頃には、こっちは堂々と栽培する準備万端。さぞやたんまり——。

道の向こうで、男がひとり保安官事務所から出てきた。コリンも知った顔だ。ビューフォート保安官。やたらキツそうな制服を着こんだ、どうにもムカつく感じのいい男で、いかにもクソ警官コンテストの一位って感じだ。どうでもいいが。せいぜいカッコつけたサングラスで車を走らせて地元民と仲良くしてりゃいい。邪魔をしてこない限り、コリンには関係ない。

保安官の隣には間抜け面の保安官助手、チャーリー・スミスがいた。痩せた、無様な手足とでかっ鼻の男。さらにあのＤＥＡの捜査官マット・バークレイまでいた。コリンが一番用心しているのはこの男だ。だがこのあたりの山と森は広く、カモフラージュシートのおかげで、場所の見当でもついてない限り空から農場を見つけるのも難しい。

ビューフォート保安官が自分の車の運転席へ回ると、そこからダイナーを、その窓辺に座っているコリンをまっすぐ見つめた。ニヤッとコリンに笑いかけると、ＳＵＶに乗りこんで走り去った。

コリンは眉をひそめた。

「コーラのおかわりは？」

デイジーがたずねながら皿を目の前へ置いた。

「ああ、ありがとう、カワイコちゃん」

デイジーがグラスを持っていく間、コリンはあの笑いの意味を考えこんでいた。保安官と直接会ったことはないし、コリンが何者か知っているわけがないのに。店内を見回したが、自分以外に笑う対象は見当たらなかった。丁度デイジーが背後にいたとか、そんなところか。

コリンは夕食を食い、金をテーブルに置くと、五時にしまる前にと郵便局へ向かった。

郵便局長のフレッド・ビーグルは、年のいった女の四万個もの荷物を測るので忙しい。まあ実際には四つだったが、ウザいことには変わりない。コリンは後ろのほうで待ちながら、掲示板を眺めた。

とことん小さい町だ。読み書き教室の募集、家計の基礎や運転のレッスン、身繕いケアなど、毎晩色々な募集がある。悲しみへのカウンセリング、料理講習。ルームメイト募集に、空いている職のリスト。どの掲示物も身内感が満載で、まるで町の住人が全員知り合いみたいな雰囲気だった。ほとんどが手書きで、情報もファーストネームだけ――たとえば「リリーの家で」とか「ガスに連絡を」みたいに。

何だこりゃと、コリンは首を振った。丁度その時フレッド・ビーグルの鋭い声が耳に入る。フレッドはさっきからずっと箱を持ち込んだ女性としゃべっていたのだが、その言葉が突然コリンの注意を引いた。

「――明日の朝イチだよ。日が出る前に。わくわくするね！　ランスは皆は来るなと言ってたが、いやいや、我々はあの連中を何週間も見張ってきたんだし、ＳＷＡＴの突入をこの目で見てみたいじゃないか。だろう？　パイニー・トップのコテージの裏は森が広がってるから、こっそり行って木の間から見たらどうかな。どう思う？　まずいかな？　向こうに気が付かれたりはしないさ、こっちは毛皮で行くからね」

「どうかしらねえ、フレッド」女性は乗り気ではなかった。「撃ち合いになるかもしれないじゃない。流れ弾に当たったりしたら大変。ランスが来るなと言うなら――」

冷水がコリンの血管を流れた。頭からすうっと、凍りつきそうな恐怖が下りていく。

肩をすぼめ、息をひそめて郵便局を出た。走りたかったが、何でもない顔をして車まで歩く。

ポケットの携帯をきつく握りしめ、車をメイン通りへ出しながら通話をかけた。

「ルーフィか？　全員今すぐコテージに戻ってこい。緊急事態だ」

20　決着

マットの家を去っても、将軍の糾弾の言葉がずっとローマンの耳に響いていた。嘘つき、騙《かた》り、最低の中でも最低。どうしたらいいのかわからない。とても明日、仕事には行けない。マットには会えない。どのみち自分の生存を隠すために保安官事務所には行っていないのだが、監視場所でマットに会うのも耐えられなかった。だからローマンはランスにメールして、明日は休むと知らせた。

それから家まで車で戻り、登山用の温かい格好に着替えて靴ひもを締め、バックパックに水とプロテインバーを詰める。ここから消えたかった。行ったことがある中でも最北の、町から一時間ほどのところまで車で走ると、そこから山に入った。

苦しかった。ほとんど、ジェイムズを失った時と同じくらい苦しい。泣いてこの痛みを少しでも吐き出したかったが、まだヒトとして涙を流したことがない。ローマンの両目は頑として乾いたままだった。

ティムの言っていたとおりだ——ヒトにとって、誰かと関係を持ったり別れたりというのは、簡単なことなのだ。ひとつのつまずきで、すぐさまマットはローマンを疑った。

(がんばれ、ローマン。お前ならできる。お前なら大丈夫だ!)

ジェイムズは必ずローマンを支えてくれた。ローマンをひとりにせず、言葉でもまなざしでも行動でもローマンを見限りはしなかった。

もっともジェイムズと彼は恋人同士ではなかったし、ローマンは犬だった。人間というのは、犬に対してのほうが誠実でいられるのかもしれない。それに犬でいれば、言葉はいらないから嘘をつく必要もない。犬でいれば何かを失敗する心配も少ない。ヒトでいる時よりはるかに、なにもかも、単純だ。

ローマンは、マットに疑われても仕方がないことをしたのかもしれない。ローマンこそが裏切ったほうだったのかもしれない。結局のところ、マットに隠し事をしていたのはローマンなのだし、ある意味では嘘をついてきた。ただ今となっては、ふたりの心を結びつけるロープをどちらが先に手放したのか、それがいつだったのか、ローマンにはわからなかった。

だがローマンの内の犬は、心から愛した二人目の人間に捨てられて、みじめで、悲嘆に暮れていた。

夜通し歩き、夜明けを歩いた。犬の姿になって獣に心を明け渡し、痛みを忘れてしまいたかったが、それは駄目だ。随分よくなってはいても肩の傷がまだ痛む。またそこを傷めたくない。それに、己の仕事を投げ出すわけにもいかない。この夜のことはランスや群れのせいではないのだから。ランスに必要とされた場合にそなえて、携帯はいつも身に付けておかねば。

だが電話をかけてくるのはマットだけだった。ローマンは出なかった。つらくて、マットと話したくない。大体、何を言えばいいのか。真実は決して話せないのに。

日が昼へと近づいていく頃、また携帯が鳴って、今回はランスの名が表示された。ローマンは電話に出た。

ランスは心配そうだった。

『今どこだ？　何があった？』

「今日は病欠のメールを送りました。ひとりでいたかったので。すみません」

ローマンは岩がちの山道に立ち、木々の頭を見下ろしていた。赤リスが安全な高みから興津々で見下ろしている。本当に、彼の犬は今とても落ち込んでいる。

『何かあったのか？』とランスが固い口調で聞いた。

「はい。でもその話はしたくないです」

今は孤独を求めていた。隅で身を丸め、世界に背を向けて。

ランスがふうっと息をついた。

『それは……それは、マットと関係のあることか？』

ローマンは返事をしなかった。

ランスが低く、うなった。

『いいだろう、ローマン。もし明日も気分が良くないようなら、その時こそ話してもらうぞ』

「わかりました」

この瞬間は、今日より先のことはどうでもよかった。

『それと、もし必要なことがあればいつでも電話してくれ、いいな？　俺たちがついてるからな。俺も、ティムも』

「わかりました」

ローマンは電話を切って、また歩き出した。

昼食にベリーを少し食べ、小さな滝の脇にある日だまりで昼寝をした。秋の森はとても美しい。ローマンの一番のお気に入りは黄色いポプラで、小さな丸っこい葉が、そよ風のたびにキラキラと揺れるのだった。カシの木の激しいオレンジ色やカエデの赤と、やわらかな深緑色の松葉とのコントラストも大好きだ。鳥や動物たちが茂みの中でしきりに忙しくしている。夏の暑い日中には静かにしていることが多いが、涼しくなった今、冬の訪れにそなえようと朝も昼も働きづめなのだ。森はこの時季が一番生き生きとしていた。

少しずつだが、ローマンの気分も上向いてきて、胸の痛みもわずかにほぐれていった。だがふと、ここにマットがいて一緒にこの景色を見られたらと思ってしまう。それでももっと悲しくなった。

しばらく山頂に座って、うねりながら広がる風景を目で味わった。そろそろ帰ろう、と決心する。怪我で寝ついていた間に体がなまっていて、足がとても疲れていた。帰り道を歩き出す。車まであと少しというところで、また携帯が振動した。マットの名を期待してポケットから取り出す。だが表示は違った。ランス。

「はい」とローマンは携帯に出た。

『ローマン？　くそ、今すぐ来てくれ。連中が逃げ出そうとしている。我々で奴らをすぐ抑えないと！』

「一時間で町に戻ります」

ローマンは駆け出した。


マットがディクソンに渡す予定のファイルをまとめていた時、ビューフォート保安官がオフィスへととびこんで来た。顔が紙のように白い。

「奴らに知られた」

「え？」マットはデスクから立った。

「コリン・クレリーとその手下どもだ。捜査のことを知られた。コテージを見張らせている者から、奴らが荷物をまとめていると連絡が来た」

「そんな！　どうしてバレたんだ？　警察無線で話したわけでもないし。それとも保安官……」

ビューフォート保安官を表立って非難したくはないが、ほかにどこから漏れたのか思い当たるところがない。

保安官は腹立たしそうに首を振った。

「それは今さらどうでもいい。問題は、奴らが動こうとしているということだ。せっせとトラックとキャデラックに荷物を詰みこんでいる最中だ。夜明けにＤＥＡが着く頃には、全員とっくに逃げた後だ」

「ディクソンに連絡してくる」

マットは、やり切れない気持ちで苛々と言った。報告しないわけにはいかない。ディクソンが指示をくれるだろう。だが何ができる？　町にはわずかな人員しかいないし、こんな短時間のうちに関係者を調整して、ＤＥＡが突入を実行するのは不可能だ。作戦は中止するしかあるまい。

「いいですか」とマットは言った。「全員の写真を撮ってあるし、二人までは身元もわかっている。ＤＥＡは彼らの逮捕状を出せる。いずれ――」

「駄目だ」

ビューフォート保安官の頑とした口調は、マットの意表を突いた。マットは保安官の顔を見つめ直す。保安官は小さなオフィスの床を開いた両足で踏みしめ、腕を組んでいた。背の高い男ではないが、その立ち姿は巨人のように見えた。青く燃える目と、固く力のこもった口元とも相まって。

「駄目？」

「ああ、それでは駄目だ。我々でパイニー・トップに奴らを足止めする。あそこのコテージに通じる道は一本だけで、湖は深い森に囲まれている。ＤＥＡが到着する朝まで我々で奴らの逃亡を阻止するぞ。あのクズどもは俺のテリトリーから逃がさん。気まぐれにコソコソとマッドクリークに戻ってきたり、町のことを誰かにしゃべりまくるようなことが絶対にないように」

ビューフォート保安官は憤怒で毛を逆立てんばかりだった。産毛とか髪とかが立ち上がってくるような、とにかく何かがこの男から発散されている。

なんて強烈な男だ。

「でも我々は、四人しかいない」とマットはゆっくり言った。口が乾いていた。

保安官に賛同したい思いもある。突進せよ、一気に切り開け――と号令をかけたくなるような。あの犯罪者たちを逃したくもない。町から出ていかせたら、二度と見つからないかもしれないのだ。だが現実的な観点からして、ビューフォートの言っていることは滅茶苦茶だ。

「それにあなたとチャーリーは、ＳＷＡＴや軍の訓練も受けてない」

ローマンは別として。だがローマンを銃火の前に立たせたくはない。想像だけで胃がねじ切れそうになる。

「道を封鎖すればいい。コテージから、山への入り口を。三、四台の車で道を塞ぎ、それを盾に銃を持って隠れる。連中は通れないし、我々は有利な位置をとれる」

「向こうの武装がこっちを上回ったら？　ロケットランチャーとかグレネードとか？」

マットは逮捕で押収された大量の火器の山を見たことがあるし、ＳＷＡＴ隊員としてかなり荒っぽい修羅場もくぐってきた。一般市民がどんな武器まで入手できるかは気が滅入るほどで、金がある裏社会の連中とくればそれこそいくらでも。

「その時が来れば対処する。何もせずに引き下がるのだけは断る」

マットは首を振った。あの犯罪者たちを逃したくはないが、ランスやチャーリー、ローマンが傷つくところは見たくない。流血の惨事になるかもしれないのだ。

「危険すぎる。ディクソンに報告してＤＥＡにまかせるべきだ」

保安官がマットのデスクへと近づき、天板に手をついて、ぐっと身をのり出してきた。まさしくレーザービームみたいな目――。

「でははっきり言おう」ビューフォート保安官が、ひとつずつ区切って言った。「あの連中は俺のテリトリーにいる。俺も、部下たちも、町の皆も、決してあいつらを逃す気はない。今から道を封鎖する。きみがここに座って手を揉みながらＤＥＡの到着を待つなら、それは好きにしろ。これで伝わったか、ミスター・バークレイ？」

　これ以上ないほどはっきり。

　町の保安官がすることをマットに止められるわけでもない。そんな権限はないのだから。マットはあきらめて、首を振った。

「とにかくディクソンに、事態を報告して、できるだけ動きを前倒ししてくれるようたのんでおきます。封鎖場所で合流しましょう。どこにします、保安官？」

　ランスはひとつうなずいた。

「よく言った。パイニー・トップ道だ。できるだけ早く来てくれ。俺は今すぐ向かう」


　マットは自分のキャビンに駆けこみ、キッチンテーブルで作業をしていたルーシーをとび上がらせた。

「マット？」

「話してる暇はない。今から制圧作戦だ。着替えたら行く」

　寝室で手早く服を脱ぎ、ＳＷＡＴ時代の防弾ベストの上にＤＥＡの黒いＴシャツと上着を着た。ホルスターを装着し、予備の弾丸もつかむ。戦闘の寸前のように血が激しくたぎっていた。必ず生きて戻れるとは限らないのだ。

「マッティ、なんか怖いよ」

戸口にルーシーが立ち、緊張した様子で両手を握りしめていた。

「心配いらないよ」とマットは決まり文句を返す。

キーを取ってルーシーの横をすり抜けようとしたが、腕をつかまれた。彼女の目に涙がにじんでいた。

「だって、どういうこと？　あの麻薬商人たちをつかまえる時はＤＥＡのチームが来るから、自分は見てるだけだって言ってなかった？」

「そのはずだったが、予定が変わった」少し足を止めてルーシーの額にキスをした。「終わったらなるべくすぐ連絡するけど、朝になると思う。あまり心配するな、いいな？」

それきり彼女の表情から目をそらし、マットは部屋を出た。

パイニー・トップ道まで猛烈なスピードで車を走らせた。窓を開け、車のエンジンがうなる音のほかに何か聞こえないかと耳をすました。だが自分のエンジン音と、時おりのタイヤのきしみだけで、静かなものだった。山道は左右にくねる登り坂で、それが敵と味方どちらの有利に働くか、マットには判断がつかない。

カーブを曲がると、保安官事務所の車二台、それに郵便局のバンと、また別のピックアップトラックが道に停まっているのが見えた。ここはまだ、犯罪者たちがいるコテージからは見えない。

ビューフォート保安官、それにチャーリー・スミス保安官助手が、マットの知らない男をひとりつれていた。ローマンの姿はどこにもない。マットは車を下りて近づいた。ビューフォート保安官は明らかにマットの到着を待っていた。

「マット」とひとつうなずく。「彼はエリオットだ。学校で射撃部にいた」

「どうも」とエリオットがマットに挨拶した。二十代で、怯えきって見えた。海兵隊の新入りが本格的な作戦に揉まれる寸前、こんな色の失せた顔色をしていたものだ。赤毛でそばかすがあり、華奢な体つきだった——健康そうだが、ひどく細い。

なんてことだ、保安官は民間人を巻きこんで、銃まで持たせているのだ。これはまずい。だがこの作戦は保安官が指揮官だし、マットは口出ししなかった。

「ローマンは？」

そう聞くと、保安官は顔をそむけた。

「ローマンも来ている。最適な持ち場に配置した。心配ない。さて、こういう作戦で行くぞ。この車で先へ、コテージが見えるところまで進む。先頭は俺だ。俺が車を道の左側へ停めたら、それが合図だ。チャーリー、きみは道の中央をふさいで停めろ。エリオットは郵便局のバンでチャーリーの前に出て、右端と路肩をふさげ。マットはチャーリーの後ろにぴったり停めてくれ。これで先頭の三台で道と路肩をふさぎ、後ろの一台が中央でそれをバックアップする形になる。ここまではいいか？」

全員がうなずいた。

「エンジンを切って、銃を手に車の後ろへ隠れろ。チャーリー、きみは俺と一緒に俺の車の後ろに来い。マットとエリオットは、チャーリーの車のボンネットの影に隠れろ。コテージからもこっちが見えるが、まだ距離はある。それが狙いだ。できれば連中には車でバリケードにつっこんでくるよりコテージに立てこもっていてもらいたい」

「もしつっこんできたら？　向こうの車は大きいが」とマットが指摘した。

「その時は撃つ」とビューフォート保安官が淡々と答えた。

マットに言わせれば、これは計画とすら言えない。敵が重武装していて強硬突破してくれば、こちらの四人と車だけで対抗できそうには思えなかった。ローマンはどこだ？　コテージの近くで連中の動きをうかがっているのか？　ここにはもっと人員が必要なのに。電話で報告を受けたディクソンはいい顔をしなかったが、ＤＥＡの到着まで保安官たちが敵を足止めしてくれるよう期待はしていた。だが今、こうして自分たちのしようとしていることを見ると、もう自殺行為だという気しかしない。

「ビューフォート保安官、我々にはこの作戦に充分な人員がいない。いいですか、聞いて下さい――」

「マット!」と保安官が怒鳴った。一歩もゆずらないという姿だ。「俺を信じてくれ。今回だけでいい」

マットは首を振ったが、それ以上何も言わなかった。

「やるのか、やらないのか？」と保安官が迫る。

「やります」

ためらいはなかった。

この封鎖作戦がどれだけ無謀なものだろうと、自分だけ背を向けて、友を見捨てることはできなかった。

友。そう、ビューフォートとチャーリーは自分の友なのだと、マットは気付いていた。ビューフォート保安官はとてつもなくタフな相手だが、ゲイで、そのことに胸を張っていて――マットもそこはもう心底尊敬している――町を守ろうとこうまで懸命だ。マッドクリークの町の誰もがこの保安官を敬愛していた。助手のチャーリーは時々どうしようもなく間抜けだが、根っから真面目で、いつもがんばっている。

いつ、こんなことに？　この友情が生まれたのはいつだったのだろう。

そしてローマン――彼のローマンもまた、この現場にいる。ローマンを残して、マットがどこかへ逃げ出せるわけがなかった。

「やってやろうぜ」とマットは肩をぐいと引き、銃に片手をかけてみせた。

ビューフォート保安官が野性的にニヤリと笑った。

「よし。行こう」

皆で一気に、次々と車を停めていった。最後尾のマットは左へ右へと大きくハンドルを切り、チェロキーをできる限りチャーリーの車へぴたりとつけた。それから外へとび出し、銃を抜きながらチャーリーの車の前側へと身を低くして駆けこむ。エリオットも走ってきてマットの隣へしゃがみこんだ。

ボンネットごしにコテージをうかがう。何の動きも見えなかったが、油断ならない。白いキャデラックのSUVはコテージ脇に鼻をこちらに向けて停まっている。後部荷室のドアは上げられていた——荷物を積んでいる最中だ。その隣に運搬トラックが停まり、その尻は開いたガレージのほうを向いていた。

「俺の車を見て、二人が中へ走っていった」

ランスの声が、静かな秋の空気をこえて響いてきた。

もうやるしかない、とマットは思った。こちらに気付かれた以上。隣で、チャーリーの車のボンネットにライフルを据えたエリオットが身を固くしていた。銃身に目の高さを合わせようと、ぎこちなく身を屈めている。

「エリオット」とマットは低く声をかけた。「まず、リラックスしろ。うっかり誤射して状況を悪くしたくはないだろう。肩の力を抜いて、保安官の合図を待て。そしてもうひとつ、安定しない体勢では撃てないぞ。膝をついてみるといい」

エリオットは、物を心得た相手がいてくれてほっとした様子でまなざしを向けた。膝立ちになったが、チャーリーの車のボンネットが高すぎて、それでは向こうが見えない。

マットは這うようにエリオットを回りこんで車の前へ向かうと、太いバンパーを指し、エリオットに丁度いい体勢を身振りで伝えてから横へのいた。エリオットが膝立ちで前へ進み、ライフルの銃身をバンパーにのせて、さっきよりずっと楽に照準器をのぞきこんだ。高さもいいし、姿もほとんど車で隠れている。マットを見てうなずいた。

マットはボンネット脇に残った。拳銃なので、屈んだり立って撃つのがライフルより早い。

コテージはまだ静まり返っていた。

だが次の瞬間、静寂が破られた。コテージの窓から銃声がはじける――タンタンタン、と。セミオートマティックの、どうやらウージーのようだった。マットは車の後ろに屈みこみ、エリオットもちゃんと頭を下げているのをたしかめた。

銃弾はやまず、車の窓ガラスを砕き割り、アスファルトや、車体の向こう側へとドドドッと撃ちこまれた。車体を、それもエンジンまで貫通するような大口径ではないはずだ。そう願う。

銃声が止まってモーター音が大きくなった。マットはボンネットごしにのぞく。まずい。やっぱりだ。発砲は陽動だったのだ。運搬トラックがドライブウェイから車体を揺らして一気にとび出しており、その後ろには白いキャデラックがついていた。どっちの車にも数人の男が乗りこんでいる。二台は、全速力でバリケードめがけてつっこんできた。

くそっ――。

「撃て！」とビューフォート保安官が叫んだ。

マットは銃を握った手をボンネットでしっかり支えて、トラックの運転手を狙って撃った。農場で見かけた大男のひとりがトラックの後ろバンパーから身をのり出し、発砲した。運搬トラックのフロントガラスは砕け散ったが車は停まらず、ドライバーが身を伏せてつっこんできた。

マットはエリオットに怒鳴った。

「タイヤを狙え！」

一瞬後、トラックのタイヤがひとつ吹き飛んだが、車体をよろめかせてまだ突き進む。キャデラックがその後ろから現れ、路肩に乗り上げて走った。両方の後部座席から男たちが発砲し、マットとエリオットは――きっとビューフォート保安官とチャーリーも――身を伏せるしかなかった。

衝撃を覚悟したが、それは来なかった。銃声が止む。ボンネットからのぞくと、二台の車はそれぞれ道端に停まり、こちらの封鎖と対面していた。四人の男たちが車の窓から銃の狙いをつけている。そしてさらに一人……あれは。運搬トラックの後部にいる男が、ロケットランチャーのようなものを肩にかついでいた。

マットはボンネットで銃をかまえたままでいたが、ごくりと唾を呑んだ。これはまずい。左側で、ビューフォート保安官がゆっくりと立った。手に銃はあるが、その手を何気なく車のボンネットにのせた。

「まずは落ちつけ、クレリー」と彼は声をかけた。「お前らは、ここから逃げられないんだからな」

マットはぐっと歯を嚙みしめた。ひと息吸うごとに、保安官の頭が吹き飛んで血の海になるのではと覚悟する。この馬鹿野郎——こんな真似はするべきじゃなかった。ここにはもっと多くの人員が、それもプロフェッショナルが必要だ。このイカれた作戦をやめさせなきゃならなかったのだ、どうやってでも——。

キャデラックから男の声がした。赤毛の、コリン・クレリーの声だ。

「その車をとっととどかしやがれ。でなきゃクズ鉄にしてやるぞ。どっちにする？」

「少し時間をくれ」

ビューフォート保安官が落ちつき払って言った。また車の後ろにしゃがみこむ。一体何をする気だ？

マットは、もう傍観しているわけにはいかなかった。何と言っても、自分にはＳＷＡＴの経験があるのだ。しゃがんだままチェロキーを回りこんで、逆側にいるビューフォート保安官とチャーリーのほうへ急いだ。保安官が彼に気付いて片手を上げた。待て、と。

「五分やる。五分経ったらぶっ放すぞ！」キャデラックからの声が、頭に来た様子で叫んだ。

「1ミシシッピー、2ミシシッピー……ちゃんと数えてるからなこのクソが！」

マットは断固とした手ぶりでビューフォートに合図し、自分たちを指し、それから道の奥をぐいぐい指した。撤退だ。保安官は首を振ってからまた片手を上げ――待て――ボンネットの向こうをのぞいた。彼はまるで恐れていないどころか、ムカッ腹を立てて開き直っているようにすら見えた。このままではこいつのせいで全員死ぬ――。

マットは耳をすませた。前で響くエンジン音以外は静かなものだ。だが……何かある。音とは言えないような、気配が。マットも頭を上げてボンネットの向こうをうかがった。

まず目に入ったのは、犬だった。道脇の森から出てきた犬が、低く身を伏せる。まるで狼のように大きくふさふさの毛並みで、黒い毛皮に斑《ぶち》がいくつか入っていた。コリーの一種だ。それもでかい。

目の隅でさらに何かが動き、マットはそちらを見た。木々の間からまた別の犬が出てくる。また一匹、そしてまた一匹。

「一体ありゃ何だよ、コリン？」

キャデラックからの男の声は、奇妙な静寂の中でよく響いた。うろたえているようだった。

「撃て」とコリンが命じる。

「どれをだよ？　もう犬だらけだぞ！」

「俺ァ犬は撃たねえぞ」と別の声が言った。

視線は目の前の光景に釘付けだったが、戦いで鋭くなったマットの意識がそれらの言葉を聞きとる。一体何なんだ？　この犬たち、どこから来た？

猟犬、レトリーバー、黒いコリーの一群、もっさりした長毛の山岳犬、グレートデーン、ブルドッグ、プードル。チワワまでいた。すごく異様な光景だ——まるでヒッチコックの映画のような。大きなジャーマンシェパードが、横から一隊に合流した。身を低くして耳を後ろに倒し、獲物を狙う狼のようにキャデラックに目を据えている。その犬が群れの先頭へと進み出た。はっきりとリーダーとしての威厳を放っている。この犬はまるで——。

（パコ？）

信じられない、パコなのか？　そのジャーマンシェパードの頭と胸の毛は黒く、右耳は……右耳は一部がちぎれて古傷になっている。まさしく元気になるまでマットが看病しつづけたあの犬だ。でなきゃマットの頭がおかしくなったか。

「保安官……？」

聞こうとしても、質問をうまく言葉にできない。頭の中ですらまとまらない。ビューフォート保安官は彼を無視した。

「お前は包囲されている、クレリー！」ビューフォートは毅然と叫んだ。「今すぐ降伏しろ。銃を下ろすか――」

クレリーがキャデラックの助手席のドアを勢いよく開け、のり出して、犬へ向けて発砲を始めた。

二発撃った。一発目が大きな黒いコリーに命中し、コリーははねて苦痛の叫びを上げた。犬たちがさっと散ったので、二発目は外れた。何かがかすむようなスピードで動き、車から外へ降りてきた瞬間のクレリーにとびかかっていた。毛皮に包まれた体がクレリーの喉笛にかぶりつく。銃がアスファルトの上に落ちてすべった。

ジャーマンシェパードだ。

パコ！

マットの口から声がこぼれ、前に出かかったが、ビューフォート保安官に鉄のような手で腕を引き戻された。クレリーが悲鳴を上げた。キャデラックの後ろから男たちがもつれあう一人と一匹に銃を向けたが、引き金は引けない。

「撃てよ！」

クレリーが叫んだ。喉を犬の強靱な顎できつくくわえこまれて、声はかすれていた。

「無理だ、コリン！　お前に当たる！」と男のひとりが怒鳴った。

ほかの犬たちがじりじりとにじり寄る。牙を剝いてうなり、敵を引き裂く気迫満々で。ありえない、運搬トラックの向こうにいる数も入れるとここには百頭もの犬が集まっている。一体どこから？　どうかしてる。

「クレリー！」

ビューフォート保安官が声を張り上げた。

静寂の中、ただ百頭もの犬たちの低周波のような深いうなり声と、地面に倒れたままのクレリーからの泣き声混じりのパニックの喘ぎがぜいぜいと響いていた。クレリーの部下は犬たちに銃口を向けてはいるが、発砲には尻込みしている様子だった。

「今から、こうなる」とビューフォート保安官が高飛車に続けた。「お前たちは、全員武器を差し出す。地面に置くんだ。そうしたら俺の部下たちがお前たちを拘束する。それから我々は一緒に、町の保安官事務所にある快適で安全な留置場へ向かう。――それか、さもなければ犬たちに攻撃の号令をかけるぞ。俺の仲間が数秒とかからずお前の喉笛を食いちぎるだろうな、クレリー。だがいいこともある、耐えがたい痛みは一瞬で終わりだ。すぐに、お前は死ぬからな」

パコが少し動き、そのうなりが強くなった。牙がさらに食いこんだのだろう、クレリーの手が上がって宙をバタバタとかいた。

「やめろ、やめてくれ！」怯えた声で叫ぶ。「畜生！　降参だ！　銃を下ろせ、お前ら！」

男たちはそれなりにクレリーをボスと認めているか、それともすでに犬の脅威にすくんで降伏する寸前だったか、とにかくほとんど即座に彼らの銃が地面へドサドサと落ちた。次々と手が上がる。

「車から出て、こっち向きで並べ。両手は頭の後ろだ」とビューフォート保安官が命じた。

犬がいる外に出ていくのは嫌そうだったが、男たちは言われたとおりにした。二人、四人……五人だ。それに、まだ喉元にかぶりつかれて地面に転がるクレリー。男たちはバリケードのほうを向くと、両手を頭の後ろに置いた。犬たちからの低い威嚇は続いていた。

「チャーリー、マット。連中を拘束しろ」保安官が低く命じた。「クレリーのこともな」

犬たちのそばに寄りたくはなかったが、ここで弱腰をさらすわけにもいかない。マットは銃をかまえたままポケットの結束バンドを探った。いつも通りの場所にある。チャーリーについてゆっくりバリケードの車を回りこみ、犯罪者たちに近づいた。行く手にいる犬たちが、操られているかのように分かれて、道を作ってくれた。

ちらっと視線をとばしてみたが、一匹たりともマットのほうを見たりうなったりはしていない。マットの背を汗がつたい落ちた。犬は大好きだ、ああ。だがこの状況は……とても不気味だ。こんな得体の知れない光景を、どう受けとめていいのか。

こんなたくさんの犬を、誰かひとりが訓練したり操ったりできるわけがない。これは何なんだ？

チャーリーが銃をさらに遠くへ蹴りとばし、キャデラックの後ろ側にいる男から、結束バンドで手を縛っていく。マットは、火に寄る蛾のように、クレリーへと引き寄せられていた。どうしてもたしかめなければ。

クレリーにのしかかったシェパードは、マットが近づいても頭を上げなかった。マットは銃をホルスターにしまうと、ゆっくり、道の上で震えているクレリーの片手へ手をのばした。犬は頭を下げたままで、だがさっと体をずらしてクレリーの首を離し、マットが遠いほうの手もつかみやすいように少し下がった。牙を剥き、クレリーに目を据え、動いてみろと脅すようにまだ猛々しくうなっている。

マットはクレリーの両手を結束バンドでくくると、怯えたクレリーを犬がじっとさせている間、両足も縛り上げた。それをすませてついに、やっと犬へ目をやる。見つめた。

なんてことだ。パコに違いない。

犬の金色の目がマットの目を見つめた。知的で、静かな目だった。

パコだ。どこにいたってわかる。

（この目――）

（このちぎれた耳）

（ローマンの肩にあった真新しい傷痕……）

ローマンも来ている。最適な持ち場に配置した。

そう、マットには、どこにいたってわかる――彼だと。

愕然として、マットはぎょっと下がり、道に尻餅をついていた。

「パ――パ……パ……」

口がまるで回らない。

犬が口元をなめ、不安そうにクンと鳴いて、背を向けた。森の中へ小走りに、片足を引きずって駆けていく。

「……ローマン?」とマットは囁いた。

「マット!」とランスが鋭く呼んだ。「さっさとチャーリーを手伝え。早く!」

叩き込まれた訓練のスイッチが入る。まだ容疑者たちの確保が終わっていないし、あたりには銃が散乱しているのだ。マットは立ち上がると動こうとしたが、その時、クレリーがひそひそと彼に囁いた。

「バークレイ! この町はおかしいぞ、どうかしてる。こいつらはエイリアンか何かだ! マジだぞ! 俺をとっととこの町から出してくれ!」

マットはクレリーを見下ろした。男の目は恐怖に見開かれていた。その喉は無事だったが、牙の痕がずらりと紫色に残って、幾筋かの血が流れ落ちていた。

マットは返事をせず、残りの男たちを縛り上げに向かった。

21　信じられない真実

マットに気付かれた。ローマンにははっきりとわかっていた。赤毛の男を拘束した後のマットの表情が、ローマンの脳裏から消えなかった。その顔は青ざめ、茫然として、責めるようで、恐れと、裏切りに満ちて……あまりにも多くの感情――それもすべて負の感情ばかりだった。

　頭の中で思い返してみたが、あれ以外どんなやり方があったのか、ローマンにはわからなかった。ランスはあの男たちを逃す気はなかった。町の皆も同じ気持ちだった。そして、群れの助力なしではあの男たちに対抗することはできなかった。

　群れがあんなふうに、犬の姿で力を合わせたのは初めてのことだ。とても見事で――恐ろしくもあった。どれだけ負傷者が出てもおかしくなかったのだ。実際、ランスの兄のロニーが撃たれた。ビル・マクガーバーによれば無事治るということだ。だがローマンは銃の傷のつらさとリハビリの大変さをよく知っている。

　ローマンは木の下で、ひっそりとヒトの姿に戻った。肩が凄まじく痛む。群れの皆は森の近くで集まり、興奮してたった今起きた出来事を語り合いたがっていた。かつて攻撃的な犬だった者はひとりもおらず、この体験に動揺してもいたが、銃を持った連中に立ち向かって町を救った自分たちを誇らしく思っていた。

だがローマンはその喜びには加われない。マットの顔が脳裏に焼き付いている今は。

家まで車で戻り、シャワーを浴びて、ジーンズと楽なスウェットに着替えた。スウェットはいい。まるで毛布を着ているみたいで。今はとにかく、できる限りの癒しがほしい。

本当はランスに電話して、マットに気付かれたようだと報告し、事務所に行ったほうがいいか聞くべきなのだろう。あの男たちを逮捕した今、ローマン・チャーズガード保安官助手はまた堂々と町を歩ける。それにランスは全員の逮捕手続きに人手が必要かもしれない。それが義務だとわかっていたが、今のローマンはただマットに会いたいだけだった。心がきしんで、とても怖い。

ランスに電話しようとしていた時、キャビンの前に車が停まった。ローマンは窓から外を見た。マットだ。彼はチェロキーの運転席から下りると、そこに立ってキャビンを見つめていた。顔に決意がにじんでいる。何かをしようと思いきるように。

ローマンの心が石のように重く冷えていった。キャビンのドアを開け、不自然にそこに突っ立つ。

逃げ出して隠れたい。マットに駆け寄って許しを乞いたい。同時に両方の衝動があった。どうしたらいいのか、ティムかランスに聞きたい。見当もつかなかった。この状況で何を言えばいいのか、何をすればいいのか。

　マットがゆっくりとキャビンへ歩いてきた。ポーチのステップを上ってくるその足音が、何百ポンドもの重さで響く。ローマンが横へのくと、マットがキャビンの中へ入った。敷居をまたいで、そこで立ち止まる。

　どちらも何も言わなかった。マットは向き直ると、片手をローマンの頬に添えて、彼の目を、顔を、古傷の残る耳を見つめた。

　マットがうなった。低く、途方に暮れた声で。一歩ローマンから下がり、少しうろついて、足を止め、ローマンへ視線をとばして、またうろうろと歩いた。

　ローマンはやっと、なんとか声を出した。

「全部うまくいったのか？　逮捕は？」

　取るに足らないことを聞かれたかのように、マットは首を振った。指をひらりと振る。

「ああ。容疑者たちは手続きを踏んで保安官事務所の留置場へ入れた。ディクソンとＤＥＡからの移送車が、朝には引き取りにやってくる。あのコテージと農場を徹底的に調べることになるな」

「それはよかった」

　マットはうなずいたが、まだローマンを見ようとはしない。さらに何回かとりとめなく歩き回り、少し震えている手を髪に通し、苦い笑い声を立てた。

「あのさ、俺はこれまでの一生で一度も、自分がイカれたと思ったことはなかったんだ。だって、気が狂いそうだとかいくら言っても、単なる喩えだろ？　それが今夜は、本当にイカれたんじゃないかって……」

「イカれてなんかいない」

ローマンは、動揺しているマットをこれ以上見ていられなかった。ローマンも不安で、腹の底から吐きそうで、なんとかマットを楽にしたかったがその方法がわからない。

「マット……」

マットはさっきから時おり、壁に掛かったローマンとジェイムズの写真へ目をやっていた。いきなり身を翻すと、つかつかとその写真へ歩み寄った。壁から外す。

「マット、やめてくれ」

懇願したが、ローマンはマットを無理に止めはしなかった。マットは飾り気のない木のフレームから中の写真を抜いた。裏返す。笑いのような叫びのような声を絞り出した。

写真の裏に記された言葉を、ローマンは知っていた。心に刻みこまれるまで幾度も読んだ。

――ジェイムズとローマン。２０１２年アフガニスタンで。

今のマットならその犬が〝パコ〟だとわかるはずだ。ローマンの耳が撃たれる前に撮られた写真であっても。

「きみは本当に、第87歩兵連隊第2大隊にいたんだ。そうだな？」マットの声は喉に詰まるようだった。「K－9に、犬として加わってたんだ」

その言葉に、ローマンの中の何かが崩れた。その吐き捨てるような言い方、茫然として、怒りのにじむ言葉に。マットは知った——そして今やローマンを嫌っている。

ローマンは床に目を据え、背を向けてキャビンから外に出た。走り出す。森めがけて。ここにはいられない、このままではバラバラに砕けてしまう。

「待てって！」

森へ駆けこむ前にマットに追いつかれた。ぐいと腕を引かれて止められる。ローマンは立ち止まったが、目は地面に据えたままだった。マットと戦う気はない。決して傷つけたりできない。

「今回は逃がさないぞ。話をしてくれ！」マットが取りすがった。「たのむよ、ロー！　一体これは何なんだ？　この町全部……そうなのか？　俺にはとても——」

言葉が途切れ、声が消えた。マットはローマンを後ろからつかみ、腰に両腕を回して強くしがみついていた。荒海の中でローマンが唯一の命綱であるかのように。額はローマンの肩甲骨の間に押し当てられていた。マットは震えていた。

まだマットがふれてくれることに、ローマンはほっとしていた。体温が気持ちいい。手のぬくもりはすべてを癒してくれる。

マットには悪いことをしたと思っていた。マットからしてみたらとんでもなく衝撃的で、信じられないことに違いない。逃げたい気持ちがローマンの中で萎えた。ベルトのバックルをきついほどつかんでいるマットの手に、自分の手を重ねた。

「マット、怒らないでくれ。怖がらないでくれ。そんな悪いことじゃないから」低く揺れる声で、ローマンは説明しようとする。「今夜は——俺たちは、あの男たちが逃げるのを止めたかっただけだ。逃がせばいつかまた戻ってくるかもしれないし、町のことを誰かに話すかもしれないと、ランスが心配していたから。マッドクリークにいるのは、いいひとばかりだ。ここに住んでいるのは——誰よりも優しいひとたちばかりなんだ。何の害もない。皆、静かに暮らしたいだけだ。だから落ちついてくれ」

マットが、ローマンのシャツの中に荒い息をついた。

「あんたがパコなんだろ、違うか？　それにジェイムズ・パトソン、彼は、軍隊でのあんたのハンドラーだったんだな」

ローマンはのろのろとうなずいた。心の一部では、マットに真実を告げることでランスと群れを裏切った気がしていた。だがもう逃げ場はないし、それになによりマットに理解してほしかった。

「きみに見つけてもらったあの夜は……きみの家が一番近かったし、助けてくれるとわかっていた。クレリーに撃たれたんだ。パイニー・トップのコテージを探っていたところを見つかって。すまない、マット。ずっと打ち明けたかった。だがこれは町の秘密でもあるから。俺だけ

の話じゃなかった」

マットが手を離し、一歩下がった。信じがたいという顔をしていたが、少なくとも怒りはもう消えていた。

「何てこった……どうして気が付かなかったんだろ？　パコが現れた途端にきみが消えて……チャーリーも森でクンクンにおいを嗅いでたし……」マットは指で宙をさした。「ランスのあの度を超した防衛本能、あの肉汁《ブロス》！　消火栓に小便をかけてた男……」

マットが笑い出す。不気味な笑いだった。

「みんな犬だったのかよ！」

ローマンはビクッと身を引きつらせた。その言い方はいい感じではなかった。

「みんなではない。マッドクリークには純血の人間もいる。ビル・マクガーバーとか。ティムも」

「ドクター・マクガーバーが？」

心ならずもマットは興味をそそられたようだった。

「ああ。ジェインというクイックと結婚している。ふたりの間には小さな子供もいる。とてもかわいい女の子だ」

「クイックって？」

「犬が活性化《クイック》して、ヒトになる。人間ととても強い絆を持った犬だけに起きることだ。俺とジエイムズのように……ほかに生まれつきの活性《クイック》もいる。両親がクイックなら子供もクイックになる。ランスがそうだ。ランスは普通の犬として暮らしたことはないが、犬の姿になれる」

マットは顔を手で拭った。まだ動揺している。

「マジか。じゃあランスのパートナーのティムは、彼も人間なんだな？」

「そうだ。きみとよく似ている。外からこの町に越してきた。クイックのことをまるで知らないままで」

「ドクター・マクガーバーとティムは、二人とも、もう知って……？」

その疑いに、ローマンは少しばかりムッとした。

「ああ、知っているとも。それでもパートナーを愛してるんだ。あの二人は、この町の話を外部に洩らして町を危険にさらすようなことはしない」

まるで非難しているような響きになった。実際そうだし、心からの懇願でもあった。突然に、ローマンは自分たちが立つナイフのふちを感じる。まるであの訓練コースの濡れたタイル屋根の急勾配をすべり落ち、爪をつるつるとはじかれているような気がした。恐怖。目をとじ、ごくりと唾を呑んだ。

「マット。お願いだ。もう……俺を嫌ってくれてかまわない。だが、このことだけは誰にも言わないでくれ。話せば、マッドクリークの町はきっとおしまいだ——俺も、ランスも、ここに住んでる皆が終わりだ。俺のことはどうでもいいが、皆のことは守りたい。たのむ」

マットは沈黙していた。ローマンが目を開くと、マットは森のほうを、淋しげな顔で見つめていた。首を小さく振る。心の中で何かが言い争っているように。

背すじをのばし、彼はローマンをにらんだ。

「なら、どうして言ってくれなかったんだ。ローマン、今はとにかく頭がまとまらない。でもこれはたしかだ——俺にはあんたも、この町も傷つけるつもりはない。それは信じてくれよな」

「ありがとう、マット」

心底ほっとすると同時に、胸が締めつけられていた。これはさよならなのだろうか？　ローマンの犬はそれを聞くまい。ローマンは一歩近づき、背を丸めると頭頂部をマットの胸元に擦り付け、言った。

「きみを愛してる。きみが思っていたような男じゃなくて、すまなかった」

マットがむせぶような声をこぼした。両腕をローマンに回し、胸を合わせてすがりつくように抱きしめる。

「なあ、聞いてくれ。うちの親父が全部台なしにしてったあの時、俺はとても……俺はさ、あんたを離したくないんだよ、ロー。全身全霊で、そう誓える。ただ少し……ほんの少しだけ、考える時間をくれ。いいか？」

「わかった」

マットがさわっていてくれるなら、ローマンは永遠にだって待っていられた。


ローマンの言葉が、雄牛の全力のひと蹴りのようにマットの神経に叩きこまれていた。

（このことだけは誰にも言わないでくれ。話せば、マッドクリークの町はきっとおしまいだ）

そのとおりだ。まさしく。マットの一言でこの町は破滅する。もしマットがこの事実を報告すれば、そして万にひとつではあるが誰かがそれを信じれば、きっと軍隊がイナゴのような大群でここに押し寄せてくる。あるいは危険物処理班が。

それは……想像すると、骨まで寒くなった。ローマンに対して、そんな仕打ちは絶対にできない。この町の人々にも――人々と言っていいかはともかく――できるわけがない。町の誰もが、来たばかりのマットに親切に接してくれたのだ。まあビューフォート保安官は例外だったが（はじめのうちは）、少なくとも今はあの態度にも納得はいく。

それにしても。まだこの事態を持て余していた。犬が〝クイック〟になって、人間に変われるなんて――そしていつの間にかマットはその秘密の集会に足を踏み入れてしまったのだ。その上そのひとりと恋までしてたとは！

いや、恋をしている。まだ今も。

ローマンへの思いがひとかけらも減っていない自分に、マットは驚いた。それどころか思いはもっと深く、まるで抜かれまいと抗う根のように心に食い込んでいた。マットはパコを愛し、あの犬の美しい魂を感じとった。そしてその魂がローマンの中にもある。はじめからマットはその存在をずっと感じていたのだ。

こうして真実を知った今、ローマンを守らねばという自分でも怖いほどの衝動がこみ上げてくる。彼を守りたい――このことを知れば襲いかかってローマンを引き裂こうとするすべてのものから。ああ、ランスがいつもあんなに警戒心むき出しなのはこういうわけか！

ローマンとジェイムズが並んで写ったアフガニスタンの写真が、心に焼き付いていた。ジェイムズはローマンを愛し、そしてどうやってか……ローマンを本物の人間にした？　一体どうしてそんなことが可能なのか。疑問は山ほどあったが、強い意志と優しい心を持ったとびぬけた犬だったからこそ、そんなことが実現できたのだろうと、マットは信じる。優しくて、大きな心を持っていたから。何があろうが、そこだけは間違いない。

恋というのはとても強力なものらしい――マットの心の一番深いところ、直感的な部分が、たとえローマンが犬になったところでそれがどうしたと訴えてくる。ライオンになろうがカンガルーか何かになろうがどうでもいいだろう、ローマンを失わずにすむのなら。

「お前は、まだお前なんだよな？」とマットは体をさらにローマンに寄せて、このずっしりした存在感は本物だとたしかめる。

ローマンは困った様子で答えた。

「それ以外何にもなれない」

つい、マットは笑っていた。

「だよな。あんたは根っから自分自身なんだ。切手の肖像みたいに。でも真面目な話、もっと色々説明してもらわないとどうかしそうだよ。今の俺は月がチーズなのかもわからないし、アルバータ州でカナダガモがこっそり弁護士事務所を開いてるって言われても納得しそうだ。頭がグチャグチャだ。たとえば――どの犬も人間になれるのか？　トム・ブロコウは、実のところコッカスパニエルなんじゃないのか？」

ローマンがきつくマットを抱きしめて、笑った。

「俺はそのトム・ブロコウというひとを嗅いだことはないが、マッドクリークにいないのならきっと根っからの人間だろう。人間に変われる犬は多くはないんだ、マット。この町に来るまで一頭しか会ったことがない。その犬が、この町にたどりつくのを助けてくれた」ふうっと息をついた。「知ってることはみんな話す。でもランスか、ビルやティムのほうがうまく答えられるだろう。たった二年前まで、俺はただの軍用犬だった。人間に……人間になったのは、ジェイムズが死んだ時だ」

マットは体を引いてローマンの顔を見つめた。

「そうだったのか……変わった生い立ちだろうとは思ってたけど、想像をはるかに超えてたな。そろそろキャビンの中に戻らないか？　知ってることを聞かせてくれ。ビールもあればうれしい。ウイスキーでも。ってか精神安定剤でもいいや。くっそ、ほんと何だこれ」

ローマンは期待する顔で答えた。

「シャンパンならある。シュワシュワが気に入って、ピクニックの後で買ってみたんだ。それに、お祝いか、これ？　乾杯しても大丈夫かな？」

こんな顔をされて、かなうわけがない。

「バッチリだ。悪い奴らはつかまえたし、俺たちは別れずにすんで、俺は親父にカミングアウトもしたし、この世の中に魔法が実在するって学んだんだ。シャンパンで乾杯しようぜ」

二人はキャビンの中へ戻った。ローマンがシャンパンを出してくると、マットが栓を抜いてふたりのグラスに注いだ。グラスとボトルを手にカウチへと移動する。

そのカウチでローマンは、とても不思議な話をマットに聞かせた。犬として生まれ育ったジャーマンシェパードがジェイムズという名のハンドラーと出会い、厳しい訓練を乗り越えてアフガニスタンへ送られ、軍用犬として爆弾を探知する任務につく話だ。ローマンは、自分とジェイムズがどれだけ近い存在だったか語った。そしてジェイムズの死を語るローマンの声には痛みがあふれ、マットの目にも涙がにじんだ。

ローマンは、自分が初めて人間になった時のことや、K－9の施設から逃げた方法を語った。マッドクリークを見つけるまでのこと、この町がローマンの家となったこと。マッドクリークにたどりついた時のローマンは孤独で、あまり人間らしくもなかった——ランスのために働くようになり、群れの仲間を知っていくまでは。

マットは耳を傾けた。脳の片隅ではまだこんなのありえないと、かつがれているだけだという声がするが、嘘ではないとわかっていた。すべての言葉が真実なのだ。すべての不可能を排除して残ったものが、たとえどれほどありえなくとも、真実なのだから。

何よりおかしなことは、段々変だとも感じなくなってきた点だ。強いにおいを嗅いでいると五分ほどで鼻が麻痺してしまう、という記事を読んだことがあるが、そんな感じだ。ありえない事態に出くわしてほんの数時間だというのに、ローマンと座って彼の話を聞きながら、マットの頭はいとも当たり前のことのようにこの話を受け入れはじめていた。

いや、当たり前とも違う。素敵なこととして。とてつもない奇跡。ローマンがすぐそこに座り、心にしまった切なく大切な思い出を、包み隠さずひとつずつマットに語ってくれている。ローマンのかけらがひとつさらけ出されるごとに、マットのかけらもローマンに渡っていく。

「俺たちのことを、本当は話してしまいたかった」

現在にまで話が至ると、ローマンはマットにそう言った。

「だがランスに、待つべきだと言われた。人間との仲はいつもうまくいくとは限らないし、人間にクイックの存在を知られるのはとても危険だと」

「じゃあ……本当に、きみの――種族以外は、誰も知らないのか？　政府も？　病院も？」

「言ったように、このことを知ってる人間はいるが、みんな群れの仲間だ。外部の誰も知らないことだ。ランスが言うには、政府に知られたら全員檻に入れられて研究材料にされるか……殺されるかもしれないと。ヒトは、理解できないものを恐れるから」とローマンが首を振った。

マットは両手で顔をこすった。

「そのとおりだな……ランスとも話すよ。俺に知られてきっと動転するだろうが、誰にも言ったりしないとちゃんとわかってもらいたい。それ、あんたはもうわかってるよな、ローマン？だろ？」

ローマンが、心からの信頼の目でうなずく。たまらずに、マットは身体を寄せてぐっと抱きしめていた。

「てことは……ティムとランスは、異種間カップルというやつなのか」

少し調子外れな笑いをこぼしながら、マットは聞いた。ローマンのミリタリーカットの頭をなでる。

「ああ。ティムはマッドクリークへ越してきた時、クイックのことは何も知らなかった。ランスが彼をあやしんで――」

「ランスだからな」

「――それでティムが脅威かどうかつきとめようと、周囲を嗅ぎ回っていた。そうやってふたりは恋に落ちて、つがいになったんだ。とても幸運なことだ」

ローマンは少し体を引き、マットを見つめた。

その顔に浮かんだ問いかけに、マットの胸が鋭く貫かれる。

つがい。うわ。マットの思考が乾燥機の中のピンポン玉みたいにあちこち跳ね回る。動揺している時に重要な決断はしないほうがいいのだろうが、ひとつだけ、マットにはたしかなことがあった。

深々と息を吸った。

「ひどいことをしてしまったならすまなかった、ローマン。俺は、あんたと一緒にいたいよ。俺たちがうまくやっていけるかどうか、たしかめるチャンスをくれないか？　ほらつまり――冷蔵庫のビールの取り合いとか、人前でどう手をつなぐかとかさ。K－9部隊出身のタフなハイカーの保安官助手の毛並みの手入れ方法を、俺にも教えてくれないか？　だって……お前を愛してるんだ、ロー」

ローマンはじっとマットの顔を凝視して、本心かどうか読もうとしているようだった。

マットはニコッとした。

「俺はわがままな男だからさ、いつも一番素敵なものがほしくなるんだ。世界で一番特別な男を見つけ出すことにかけちゃ自信があるね」

ローマンは一言も発さなかったが、かわりに熱烈なキスを返してくれた。そして、カウチベッドの上までたどりついて抱き合った時、ふたりの間には何もなかった――嘘もためらいも、わずかな迷いも。

エピローグ

六ヵ月後。

「一体何を売る気なんだよ。石か？」

マットはふうふう息をついて、ティムのトラックの後ろからまたひとつ大きな箱をつかんだ。

「その箱はタマネギ。もっと軽いやつ運んでいいよ？　ぎっくり腰でもやると困るし」とティムが優しく言いながら別の箱をつかんだ。

「そっちをぎっくり腰にさせるのはもっと悪いからな」

マットがそう言って、箱をぐいと頭上にかかげて筋肉を見せつける。トラックへ箱を取りに向かうローマンとすれ違いながら、腰を振ってみせた。

ローマンは笑みをこぼすと、赤や黄色にオレンジのピーマンがつまった蓋なしの箱を持ち上げた。ティムとマットはとてもいい友達になった。内気な園芸家と元ＳＷＡＴの男には共通点などひとつもなさそうで、意外な組み合わせにも見える。だがどちらもパートナーがクイックなのだし、それで充分なのかもしれない。

それに、最近のティムはそれほど内気ではなくなり、マットも以前とは変わった。ローマンと本格的につき合い出し、父親にカミングアウトしてからというもの、マットは肩から力が抜けた。前より楽しそうになって、はしゃいだりふざけたりと、ずっと――自然体になった。本当の自分を見せるようになった。幸せなのだ。ローマンも幸せだった。

最後の箱を持ったローマンが、ファーマーズマーケットのティムのテーブルに歩みよると、マットが緑と茶色の布の屋根を立てているところだった。そのルーフには〈ティムのマッド・ベジタブル〉と書かれていた。

そばに立ったランスが手の中でキーを鳴らして言った。

「もし何かあったらすぐ電話するんだぞ」

ティムが眉を上げた。

「何かって何？　今日はマッドクリークのファーマーズマーケットの初日であって、ゾンビとの最終戦争ってわけじゃないんだけど」

「ファーマーズマーケットには大勢が集まる」とランスは警戒の目で周囲を見回した。

「だって、それが目的だからね」

「そこには他所者がやってくることもある」ぶつぶつ言って、まだあたりへ目を配っている。

「野菜好きで腹ぺこの他所者だといいねえ」

ティムは大きな玉のようなものを積み上げはじめた。ローマンにはその作物の名がわからないが、ティムが育てたものはどれもいつも美味しそうだ。とても上手な園芸家なのだ。

「きみの玉《タマ》はとても美味そうだ」とローマンは礼儀正しくほめた。

テーブルの向こう端でマットがむせ返り、真っ赤になった。ローマンは憤慨の目を向ける。マットはセックスの話題を連想したのだ！　セックスのことなど、ローマンは食べ物の次にしか考えないというのに！　まあ、結構な頻度ではあるが。

「俺は駐車場を見回ってくる」ランスがそわそわと言った。「すぐ戻る」とせわしなく去っていく。

「ありえないだろ、いつもより神経質だとか。どういうことなんだ、あれ」とマットがティムに聞いていた。

ティムが謎めいた笑みを浮かべた。

「色々あったから。そのうち慣れてくれると思うんだけどね」

「謎々ごっこか、わかったよ。で、どの箱を開ける？　玉《タマ》だけは勘弁してくれよ。ブロッコリもお断りだ。あの野菜には接近禁止令を出させてもらったからな」

「キュウリのほうがお好みにあうかも」と返しながら、ティムはこっそりローマンにウインクを送った。足元の箱をコツンと蹴る。「テーブルの端に積んでくれる？」

マットはテーブル裏に回りこんで箱を開けた。口笛を吹く。

「おっと、こりゃ随分でっかいな」

「マッドクリークのものはでっかくなるのが売りだから」ティムは笑いのこもった目でローマンを見た。「だよね、保安官助手？」

ジョークをつかみ損ねた気がしながら、ローマンはとりあえずうなずいた。

「そうだな。物がよく育つ。俺は何を手伝えばいい、ティム？」

「ランスが邪魔しにこないように相手をしといてくれると、すごく助かるよ。そう言えば新しい家はどう、ロー？」

「とっても最高だ！」

新しい家を、ローマンは心から気に入っていた。クリスマス前にルーシーがバークレーに帰って以来、ローマンはマットのキャビンに入り浸っていた。そんな彼らに、不動産会社のミニーが湖畔のかわいいキャビンを見つけてくれたのだ。マットの元の家賃と同じ値段で、前より町に近い。ふたりはそこで一緒に暮らすことに決めた。彼らの新居にしようと。

四月の頭の水はまだ冷たかったが、ローマンは湖で泳ぐのが大好きだった。キャビンの近くをマットとハイキングするのも楽しい。それに何より、マットのそばにずっといられるなんて最高だ。

さらにローマンが喜んだことには、彼が二年住んだ狭いキャビンには今、クイックになりたての男が住んでいた。サイモンという名のブルテリアだ。あの小さな家で、彼が自分と同じくらいの幸せに出会えるようにと、ローマンは願っていた。

チャーリーが恋人のペニーの体に腕を回して、ティムのテーブルへとやってきた。

「ベーコンあるかい？」

ペニーがクスクス笑った。「ハニー、ティムはベーコンは売らないわよ！　果物と野菜を売ってるの」

「あと花もね」ティムが春の花を大きな束にしてテーブルの花瓶に挿した。「それとハーブ」

「それにバラもだ」とローマンはつけ足した。今日はバラはなかったが。

「でもベーコンはないんだ？」

チャーリーは困惑した様子だった。ティムの生き方が理解できないというように。

「肉屋のボウサーのところに行くといいよ」とティムが通路の向こうを指した。「でもその前に……」と花束からピンクの花を抜いて、ニッコリしながらペニーに差し出す。

ペニーの顔に喜びがあふれた。

「ピンク！　ピンク大好き！」

「うん、ピンクはきみにとてもよく似合うよ、ペニー」とティムが楽しそうにほめる。

「ありがとう！　とっても素敵で素敵で素敵なひとね！」

ペニーとチャーリーがのんびりと歩き去っていった。ローマンは無言で、ペニーとデートさせられなくてよかったと、少しだけ自分の運に感謝した。

「うわ、町中がここにいるんじゃないのか」

マットがそう呟く。そのとおりだ。こうしている間にも公園の混雑が増していく。

「それになんだよ、この馬鹿でかいキュウリ」とマットは三十センチはあるキュウリをかかげた。「まるでこん棒じゃないか」

そこに、全身に緊張をみなぎらせたランスがずかずかと戻ってきた。

「駐車場に異常はない。どうしてキュウリを振り回しているんだ、バークレイ」

マットがこそこそとキュウリを下ろす。

「それは素晴らしいね。見てきてくれてすごく助かるよ、ベイブ」ティムが上の空で言った。ポケットをぱたぱた叩く。「キーもある、お釣りもある……準備は万端、うまくいくよう祈ってて！　別にみんなを追い払おうとしてるわけじゃないけど、保安官とDEAがずらりと勢揃いしてると、野菜の売上げにはありがたくないかもしれないなって」

「もうDEAじゃなくなるけどな」

マットが言いながら赤いトマトを取り上げ、かぶりついた。ニヤッと、砕けた笑みを見せる。

森林局への入局を認められて、マットはとても喜んでいた。あと一ヵ月もすれば新しい職場での仕事が始まる。保安官事務所からマットがいなくなったらローマンは淋しくなることだろう。いつもそばにいられてすごく楽しかったのだ。だがDEAに所属したままでは、マットはいつかマッドクリーク以外に転属になったはずだ。森林局なら、ずっとこの町にいられる。マット自身もこのキャリアチェンジに満足していた。何かを撃つより何かを作り上げることに日々を使いたい、と言って。

マットが幸せならローマンもそれで幸せだ。

もっとも、ランスはその状況の変化を歓迎していなかった。

「言っとくがな、バークレイ。ＤＥＡからまた新しい捜査官がうちの事務所によこされてみろ……！　あんなことは二度とごめんだ」

「言っただろ、それはないって！　俺がこのままこの地区に残るんだし。これでも訓練は受けた捜査官だし、ＤＥＡの給料もいらないときてる。それにね、ディクソンにもしっかり言ってあるよ、マッドクリークにおかしなところはない、麻薬問題にもちゃんと備えができてるって。大丈夫だ、心配ない」

心配するなとランスに言うのは、赤ん坊に食べ物をもどすなと説くようなものだが、ローマンはそれは言わずに置いた。

マットがくるくるとキュウリを回しはじめ、ランスがティムのテーブルに近寄りすぎた誰かに低くうなって威嚇した。ティムが必死の目でローマンに訴えてくる。この場を仕切ってくれとたのんでいるのだ。そしてローマンも、いい方法を思いついていた。

「よし、ランス、マット！」とローマンはひとつ手を叩く。「マーケットがもう始まる。ランス、我々は町への丘の入り口にパトロールの車を配置したほうがいいと思う。あなたの担当で。

チャーリーは今日はこのマーケットの警護だし、俺とマットは昨夜送られてきた衛星写真の地点をチェックしに行かないと。問題があるかもしれない」

「そうだったっけ?」とマットが眉をひそめてキュウリを下ろした。

「ああ。かなり歩くから、夕食の頃まで戻らない。日中のパトロールをまかせていいですか、ランス?」

「わかったよ」ランスは、あまり乗り気ではなさそうだったが、とにかくうなった。テーブルごしにのり出してティムにキスをする。「少しでもおかしなやつを見たらすぐ連絡するんだぞ。絶対だ」

　ティムはあたりを見回した。ローマンもその視線を追う。向こうのほうでは、赤い吹き流しを手にしたリリーがテーブルの上を歩いている。ブルドッグだったガスはワインの鑑定人のような熱心さで木のにおいを嗅いでおり、肉屋のボウサーのテーブルの前ではペニーがぴょんぴょんと大はしゃぎではねていた。バネか何か足に付いているみたいに。

「おかしなものを見たら連絡する。うん、わかった」ティムの目は笑いできらめいていた。またランスにキスをする。「ほら、行って。僕は店番をしないと」

　ランスとマットと並んでテーブルの列を抜け、駐車場へ向かいながら、不意にローマンは胸がいっぱいになっていた。美しい日、彼の人生を彩る幾人もの愛しい友人たち、マッドクリークの町、ランス、ティム。そしてマット。マット……。

（お前は世界一の犬だよ）

本当は、そうではなかった。ジェイムズがああ言ったのは、ローマンを心から愛していてくれたからだ。

だがローマンは、世界一幸運な犬だ。それは間違いない。いや――彼は世界一幸運なヒトだ。

喉がぎゅっと締まるような感じがあった。誰かに温かな手で押さえられているような。首が

ざわつき、目が熱くなり、頬を何かが濡らしていた。ローマンは立ち止まり、頬にふれてその

指を見つめた。指先が濡れていた。

マットも止まって、ローマンをじっと見つめた。

「ロー？　どうかしたか？」

ローマンはマットに自分の指を見せた。目の前が水っぽくぼやけて、胸がぶるっと震えた。

「えっ、ロー、どうしたんだ？」

ぼやけたマットはひどく心配そうだった。近づいてくる。

「な、なんか、幸せすぎて……」

ローマンはなんとかガラガラの声でそう言った。マットが笑い声を上げる。

「やめてくれ！　幸せすぎるなんて！　いやでも、今のうちに楽しんでおくといい、どうせ遅かれ早かれ――」

ガタン、バサッ！と背後で大きな音がした。ローマンが振り向くと、ティムのテントが崩壊

していた。

「リリー！」とティムが怒鳴る。

「なによ？　傾いてたんだもの！」とリリーが怒鳴り返す。

張りつめていたローマンの胸がゆるみ、彼は頬を拭った。

「大丈夫だ。もう元気になった」

マットが首を振った。

「まったくね、うちの親も相当厄介だと思ってたけど、ありゃかなわないね。さあ行こう、ロー。ウサギでも追いかけに！」

ヒトの世界の歩きかた

2019年10月25日　初版発行

著者　イーライ・イーストン［Eli Easton］

訳者　冬斗亜紀

発行　株式会社新書館
〒113-0024 東京都文京区西片2-19-18
電話：03-3811-2631
［営業］
〒174-0043 東京都板橋区坂下1-22-14
電話：03-5970-3840
FAX：03-5970-3847
https://www.shinshokan.com/comic

印刷・製本　株式会社光邦

Printed in Japan　ISBN 978-4-403-56037-8

モノクローム・ロマンス文庫

定価：本体720～1000円＋税

「狼を狩る法則」

J・L・ラングレー

〈翻訳〉冬斗亜紀　〈イラスト〉麻々原絵里依

人狼で獣医のチェイトンが長い間会いたかった「メイト」はなんと「男」だった!?　美しい人狼たちがくり広げるホット・ロマンス!!

「狼の遠き目覚め」

J・L・ラングレー

〈翻訳〉冬斗亜紀　〈イラスト〉麻々原絵里依

父親の暴力によって支配されるレミ。その姿はメイトであるジェイクの胸を締め付ける。レミの心を解放し、支配したいジェイクは――!?　「狼を狩る法則」続編。

狼シリーズ

「狼の見る夢は」

J・L・ラングレー

〈翻訳〉冬斗亜紀　〈イラスト〉麻々原絵里依

有名ホテルチェーンの統率者であるオーブリーと同居することになったマットはなんとメイト。しかしオーブリーはゲイであることを公にできない……。人気シリーズ第3弾。

モノクローム・ロマンス文庫

定価：本体720～1000円＋税

ヘル・オア・ハイウォーターシリーズ

ヘル・オア・ハイウォーター1

「幽霊狩り」

S・E・ジェイクス

〈翻訳〉冬斗亜紀　〈イラスト〉小山田あみ

元FBIのトムが組まされることになった相手・プロフェットは元海軍特殊部隊でCIAにも所属していた最強のパートナー。相性最悪のふたりが死をかけたミッションに挑む。

ヘル・オア・ハイウォーター2

「不在の痕」

S・E・ジェイクス

〈翻訳〉冬斗亜紀　〈イラスト〉小山田あみ

姿を消したプロフェットは、地の果ての砂漠で核物理学者の娘の保護をしていた。もうEEに戻ることはない——そんな彼を引き戻したのは、新たなパートナーを選びながらもしつこく送り続けてくるトムからのメールだった。

ヘル・オア・ハイウォーター3

「夜が明けるなら」

S・E・ジェイクス

〈翻訳〉冬斗亜紀　〈イラスト〉小山田あみ

EE社を辞めトムと一緒に暮らし始めたプロフェットは昔の上官・ザックからの依頼を受け、トムとともにアフリカのジブチに向かった。そこで11年前CIAの密室で拷問された相手、CIAのランシングと再会するが——。